全国青少年
冰心文学活动
优秀作品选

青禾·成长卷

主编　吕安宁　安军

国文出版社
·北京·

图书在版编目（CIP）数据

全国青少年冰心文学活动优秀作品选．“青禾·成长卷”／吕安宁，安军主编．-- 北京 ：国文出版社，2025．-- ISBN 978-7-5125-2088-2

Ⅰ．I217.1

中国国家版本馆CIP数据核字第2025RE7174号

全国青少年冰心文学活动优秀作品选．“青禾·成长卷”

主　　编	吕安宁　安　军
责任编辑	罗敬夫
策划编辑	凌　翔
责任校对	陈一文
装帧设计	邓小林
经　　销	全国新华书店
印　　刷	三河市中晟雅豪印务有限公司
开　　本	787毫米×1092毫米　　16开
	19.5印张　　253千字
版　　次	2025年8月第1版
	2025年8月第1次印刷
书　　号	ISBN 978-7-5125-2088-2
定　　价	89.80元

国文出版社

北京市朝阳区东土城路乙9号　　邮编：100013

总编室：（010）64270995　　传真：（010）64270995

销售热线：（010）64271187

传真：（010）64271187-800

E-mail：icpc@95777.sina.net

目录

记叙文

散文

议论文

记 叙 文

采桑这间屋

上海市建平中学西校　程琬童

穿过曲折幽深的走廊，拐个弯，迎面两盏鸟笼灯散发出橙黄的光，我眼前一亮。采桑文学馆到了。

每周，我都和它有一次温暖的邂逅。师生围坐，读一本书，写一首诗。无论阴晴雨雪，盛夏寒冬，这么多年来，我从未爽约。这里的每个角落都设计得古色古香，总让人沉醉其间，浮想联翩。

门口那两盏暖黄的灯，孜孜不倦地散发亮光，橘黄的羊皮纸裹着的灯笼上，绽放一株妖娆的山茶花。枝头立着两只通体碧绿的翠鸟，一只仰头，微张翅膀，似乎在眺望远方；另一只，爪子紧捏枝条，眼眸里闪着碧蓝的亮光。它们在歌唱什么？桑间的风声、雨声、读书声？少年的天真、烂漫、自由自在？我就是那一只鸟吧。用稚嫩的童声歌唱着生命的悸动，用淳朴的文字描绘着春天的美好。

大门左右，立着两只灵巧的石狮子。粗犷的眉毛，浑圆的眼睛，两只小耳朵迎风笔立。颈上的鬣毛排列有序，虎虎生威。这气势，若在山中一吼，百兽都得钻入山林。可我不禁要想，当它还是一只幼狮时，它是多么弱小。只有经过了拼搏和磨炼，才能长成一个传说。每个人不都是这样吗？石狮子旁边，端坐一个白瓷大鱼缸。缸里有洁白的荷花，墨绿的荷叶，清澈的绿水映出我的笑脸，金红相间的小鱼儿欢乐地吐着泡泡。我想到刚刚学过的濠梁之辩，惠子曰："子非鱼，安知鱼之乐？"庄子曰："子非我，安知我不知鱼之乐？"是的，我就是那条快乐的鱼儿，在文学的海洋里畅游，我的快乐有人懂。

推开大门，映入眼帘的是温馨的客厅。正墙挂着一张孔子行教像，画像中孔子双手抱于胸前，微微拱背，眯起眉眼显得彬彬有礼。恍惚间，我看到了孔子及其三千弟子，在挂满金黄杏子的林间，捧卷畅读。或答疑解惑，或明辨是非，或坐而论道，或对月当歌。那是两千年来，人世间最动人的画面。书柜、茶几、太师椅，布置有序。青葱的绿植，装点生机。袅袅琴声和着茶香在屋里飘散。墙角的木几上，有一个古铜色的留声机，像一只绽放的喇叭花。留声机的底座凹槽里嵌着一张唱片，银色的转针正缓缓移动。这琴声可是伯牙子期的高山流水、平沙落雁？还是渔舟唱晚、阳关三叠？留下一个念想，等我在以后的日子里慢慢回味。

我的眼光落在前方的走廊里，一面墙上挂着古今中外文学名家的相框，他们就像灿烂的星斗，装点着浩瀚的文学星河，给我们以光明和向往。另一面墙上是一张水墨江南的壁画。渔家女孩戴着斗笠，满载而归。河面上鲤鱼争先恐后跃出水面。一弯石桥如新月，两岸参差人家的屋顶升起袅袅炊烟。朦胧的水雾中，只闻见桃花的甜香，只听见潺潺的流水。古往今来，有多少诗人将江南美景写进诗中？李白、杜甫、白居易、王维、陆游、孟浩然……如果我是一瓣桃花，也会沉醉在这梦幻的江南吧？也会被醉得摇摇欲坠吧？我想到徐志摩的诗："撑一支长篙，向青草更青处漫溯；满载一船星辉，在星辉斑斓里放歌。"

穿过走廊，我来到采桑书坊门口。头顶悬一块古匾——"书香斋"，三个鎏金大字。一推门，就遇见一棵直插天花板的幸福树。树干崎岖，枝叶婆娑。葱茏的枝叶，层层叠叠，从天花板上垂落下来，阳光斜照，满屋生辉。树下，十几个少年围桌而坐，他们朝气蓬勃，书声琅琅，好一个梦中的世外桃源。等一下，老师就会翩跹而至，他忘情地带领我们诵读古诗，生动地演绎生活场景，或者丝丝入扣地讲述名篇名段，或者条分缕析地解析文章思路……提问、抢答、游戏、写生、阅读或者写作、赏析或者讲评……或热气腾腾，或冷静思索，或开怀大笑，或笔尖沙沙，趣味盎然，别开生面。停笔之余，我低头看看桌面，蓝色的台布，古朴的甲骨文蜿蜒其间；抬头看看四周墙壁上的水墨、字画、挂屏，都让人灵感迸发，若有所思。我在脑海里不断勾勒着古人围炉读书、秉烛夜游的场景，顿感时光和岁月是那么美好可爱。不经意间，瞥见幸福树粗壮的树干底部，冒起来一排稚嫩的小树苗，它们纤细活泼，迎风抖擞。在阳光下，顶着晶莹的水珠闪闪发光。那一瞬间，我似乎又明白了什么，莫名地感动着。

这是一间别致的书屋，又是一个温柔的世界。在这诗情画意中，我小心地踮起脚尖仰望着，好奇地迈着脚丫丈量着。我用小小的心儿，播种着、浇灌着自己幸福的小树苗；描绘着、编织着属于自己的七彩的文学梦境。

（指导老师　葡萄）

在那温暖的日子里

西安交通大学附属中学初中部　迟泽晨

在以往那点点滴滴的日子，您总是给予我温暖的怀抱。您总是给予我希望，抚慰我受伤的心灵。世界上有一片大海，那是您宽广的心胸；心中有一泓净泉，那是您高尚的精神。一想到与您在一起的温暖日子，我便认为我有了存在这个世界上的意义。

点点滴滴的温暖回忆，铺洒在我往日的时光里，绘就了一幅绝美的画卷。我难以忘怀母亲拖着高烧39摄氏度的身躯照顾低烧的我，那真是一段刻骨铭心的温暖回忆。还记得那是我被初次确诊之时，您无微不至地照料我。您的病情比我还要严重，却依然坚持每天做饭、操持家务。望着丰盛的饭菜，再看看您日渐消瘦的身影，我不禁慢慢流下了自责的泪水。若我未曾患病，不曾传染给您，您便不用遭受这般苦楚，或许还能一如既往地向我敞开温暖的怀抱，一如既往地说着：没关系，只要你健康，我就会快乐。我依然清晰地记得，就在那天晚上，您的病情再度加重，躺在床上浑身绵软无力，但您却朝我勉强挤出一丝微笑，安慰我道：没事，我还不算太严重。我早已泪流满面，喉咙像是被堵住一般说不出话来。凝视着您那瘦弱的面庞，我哽咽着望着您，从您的眼中我看到了无尽的、深不见底的无私大爱。

母亲啊，你是荷叶，心中的雨点来了，除了您，谁是我在那毫无遮拦天空下的荫蔽？点点滴滴的温暖回忆，流淌在往日的时间长河之中，拼凑成了一幕幕动人画面。我的母亲，是什么让您在半夜拖着疲惫的身躯熬夜陪我写作业？我对课堂知识吸收效率不高，作业自然显得十分棘手。每一次我都要做到很晚，可您却义无反顾地陪着我，陪我写完每一次作业，陪我度过每一场考试。其实您第二天很早就要上班，然而您也不会忘了在午夜12：00那一句话：儿子，你该睡觉了。您偶尔会来看看我的作业，查看我的进程，有时还会焦急地询问我是不是课堂知识没听懂，作业是不是不会写。您或许知道自己对我作业的完成未必能有实质性帮助，却仍会在深夜时分给我送上一杯牛奶或者热水，让我的内心感受到无言的温暖。我感觉自己是全世界最幸福的孩子。对我而言，您就像在深夜为我照明的路灯，是在璀璨星河中那颗最闪耀的北极星，引领着我不断前行，也给予我无尽的温暖。

关于以往那些点点滴滴的日子，即便有些事情我已想不起来，但我依然可以肯定，妈妈始终如一地爱着我。如果没有母亲那无私的爱，就不会有我的存在，更不会有如今我眼中这般美好的世界。我深深地爱着她，她也深深地爱着我。在那些温暖的日子里……

（指导老师　刘格娟）

系上红色的“鱼鳍”

上海市民办扬波中学　戴俊宸

今夜，我悄然坠入梦境，邂逅了一场有关历史的奇幻之梦。

梦中，我幻化为一条灵动的小鱼，在当年抗美援朝战场上长津湖澄澈的水域里悠然穿梭。水草轻盈摇曳，湖底的细沙绵软细腻。刹那间，战争的阴霾如墨般浸染湖面，湖水瞬间变得浑浊而险象环生。我不由自主地颤抖起来，真切地感受到湖水之中弥漫的惶恐与不安。

在湖底的石缝间，我瞥见一枚沉睡的手榴弹，那是硝烟战火遗留的残痕。我游经一片废弃的战车残骸，目睹湖底那满是战争疮痍的景象。然而，在这一片混沌之中，我意外地发现一面静卧于湖底的党旗，它虽静默无声，却绽放着永恒的光辉。党旗于湖底沉睡，却始终熠熠生辉。我被湖底的这番景象深深震撼，正当我迷茫无措之际，一条慧黠的鱼闪现于眼前。它身披熠熠鱼鳞，睿智的光芒在眼眸中闪烁。它悠悠游来，用鱼鳍轻柔地拍打着湖面，湖面便泛起阵阵温暖的涟漪。

我问道：“若我们取得胜利，湖水会再度澄澈吗？我是否能够在湖底自在遨游，不再受战火的惊扰？”智者鱼微笑着回应说：“是的，孩子，你们必将迎来湖水的清澈与安宁。战胜了敌人，你们便可在湖中畅快遨游，欢声笑语。”湖底的故事自此悄然转变，党旗于清澈的湖水中冉冉升起，仿若在昭告胜利的降临。我遨游至一群朝气蓬勃的年轻鱼儿身旁，它们的鳞片皆闪烁着希望的光芒。

我摆动着那如火焰般的红色鱼鳍，朝着光明之处奋力游弋。我游至黄浦江畔，一幢幢高楼似春笋般竞相拔地而起。上海金茂大厦、上海环球金融中心、上海中心大厦比肩而立，直刺湛蓝苍穹，高耸入云。我游至西子湖边，亚运火炬烈烈燃烧，钱江潮水汹涌奔腾。无数体育健儿全力拼搏，向着“更快、更高、更强、更团结”的目标奋勇进发。潮起潮涌，奔赴未来！

梦境终了，这是长津湖的往昔，是中国人民志愿军抗美援朝的伟大胜利。我在梦中承接了智者鱼的使命，系上那象征信念的红色“鱼鳍”，向着党旗指引的方向毅然前行。梦醒时分，我望向镜子，郑重地系上鲜艳的红领巾。请党放心，强国复兴有我！

温暖的旅程

西安交通大学附属中学兴庆校区　党天奇

老师是我们成长的见证者，也是我们学习的引路人。在我初入中学之际，是老师给予了我最为温暖的帮助。

刚踏入中学，校园里的一切对我而言都极为新奇，以至于开学后的整整一个月，我都只是在校园里四处闲逛。等到月考之时，才惊觉这一个月已被虚度。成绩大幅下滑，直接跌至年级下游，我仿佛瞬间陷入至暗时刻。

然而，我的老师们并未放弃我，一个个找我谈话。老师们的办公室总是窗明几净，空气中弥漫着一股淡淡的清香。正值正午时分，我忽然瞧见一束阳光从窗外径直射进办公室，顺着光线望去，我的班主任正凝视着我。我不敢与班主任对视，便盯着老师身后的画。我在心中默默祈祷，期望老师不要对我发火，我的双手在身后紧紧相握。忽然，老师的嘴角微微一动，我赶忙立正，静候着那预料之中犹如夹杂着闪电的暴风雨降临。老师的声音响起，令我诧异的是，预期的暴风雨并未袭来，取而代之的是宛如春风般轻柔的话语。

墙上时钟的分针缓缓挪动，阳光逐渐移至我与老师之间。温暖的阳光伴随着老师的声音，仿若春雨般在我心间洒落，又似一场甘霖，洗净了我心中的杂念，使奋斗拼搏的种子得以萌发。

老师与我定下一个约定：期中考试进入年级前300名。不知从何而来的勇气让我接下了这个看似难以企及、实则颇具挑战的约定。

老师的话语深深扎根于我心间，每当我遇到难题时，我都会想起老师的教诲，忆起老师与我的约定，原本薄弱的意志力瞬间爆发，助我攻克难题，也让我愈发体会到学习的乐趣。

终于在期中考试时，经过一个月的努力，我取得了年级前70名的优异成绩。在合影留念之际，我看见台下的班主任一边擦拭着眼角，一边为我鼓掌。

老师亦师亦友，在我遭遇挫折时赋予我奋斗的力量，在我收获成功时毫不吝啬地给予我掌声。这一切，让我真切地感受到生活的美好！

（指导老师　郝梦帆）

生命中的那道光

西安外国语大学附属学校　高子涵

回首往事，在我走过的14个年头中，不仅有一飞冲天的喜悦，有被闲言碎语囚禁在牢笼中的悲哀，也有连续不断的颓废和任由自己放弃地坠落，但一想到第一次遇见你，就像遇见一个完全相同的自己，我封闭的世界被撞碎。从此，光照了进来，我便去追求完美的生活。

要写光，就不能只写光。要写阳光落下的剪影，要写光束的形状，要写夏天的蝉鸣和它的存在的时长。要写粼粼的波光，树荫下的阴影，蒸腾的柏油路。要写那束光照进了我的世界，让我找到了前进的动力，于是我撕碎了黑暗，开启了新的生活。

在几年疫情期之中，我们一家人都很烦躁，连早该到来的冬天都无影无踪。我很喜欢冬天，下雪的时候，可以看到城市饶有风趣的样貌，可以看到梅花盛开的坚强与不屈，慢慢靠近还可以闻到梅花淡淡的花香！现在却看不到它的一点影子。

母亲好似看出了我的烦躁与不安，12月底的一天，她在外面转了好长时间，然后不知过了多久便一路小跑到我面前。我很是烦躁，便问母亲："怎么了这么着急？"母亲一边喘着粗气一边笑着对我说："看我带回来了什么？"我顺着她的手中望去，我愣了一刹，看见她手里放着一段不被注意没有经过精心照料过的梅花枝，我看着母亲把它小心又细心地栽进了一个花盆中，放到了我家门口的院子中，还细心地为它浇了水。等我回过神来，母亲已经将一切都准备好了，我抱着不相信它能开花的心态，便问："它都这般奄奄一息了，还能开花吗？”母亲只是笑笑，并没回答我的问题。

我也并没在意，直到有一天母亲叫我去院子中摘几颗花椒用来做菜的时候。令我非常惊讶的是梅花枝在母亲细心的照料下，竟然一点点地活了过来，原本枯萎的花苞舒展开来，还冒出了许多又圆又小的花苞，红艳艳的，像是在给我展示它生命的旺盛。母亲却只是看了两眼笑着说：“小家伙长得还挺快。”

2月初的一天早晨，我正在穿衣服，院子中传来母亲惊喜的喊声：“宝贝，快来，梅花长出了新的枝，还开出来更多的花朵。”我愣了一下，便揣着激动跑去院中，那一棵梅花树，正如跳舞般展开枝条，满树都镶着红色的花朵，但这次它和以往不同，这次它昂起头骄傲地向我展示着它的生命力是如此的旺盛。它那红艳艳的花朵映入我的眼帘，丝毫不逊那漫山遍野的花海。映入眼帘时只觉得震撼，每一片花瓣都如此完美，就像一个梦，温柔又绚烂。不知是不是心理作用，平时的梅花香气感觉并没有今天这般浓郁，而我在那溢满整个香气的屋子中，母亲微笑着看着我。母亲对我说：“宝贝，我想告诉你的是，冬天它一直在，只是需要我们去发现罢了，就像你最开始见到梅花枝的时候，它不也是奄奄一息吗？如今它是多么旺盛啊！我只想让你知道，成绩并不代表好坏，我们要一直向前，坚持才是胜利，不管是梅花，还是学习，或是疫情我们都要勇往直前，不能因为害怕而退缩。”

我再一次被震撼到了，一直照亮我的是母亲，是母亲种给我的梅花树，是母亲让我知道原来冬天不是无影无踪，只是需要我们去亲自发现它，去感受万物生命力的旺盛。

看着院子中盛开的梅花树，耳边旋绕着母亲刚刚说的话，我恍然大悟，原来他们就是照亮我世界的一道光，将我从黑暗颓废中唤醒，于是我便亲手撕碎了黑暗，开启了新的生活。

在那寒冷的日子里

西安高新一中沣东中学　顾鑫泽

在那寒冷的日子里，在那寒风吹过不留生机的街道旁，小草在落叶的保护下仍焕发着生机；在那被黑暗笼罩满是漆黑的街道边，小狗在月亮的反射下看清前方。为何我找不见方向，两眼充斥着迷茫？

“你有什么了不起的？不就是考好了一次吗？有什么可骄傲的？”父亲气愤地说道。

“最起码我这几个月一直在努力，我想骄傲一下怎么了？你能把我怎样？我就是想骄傲。”我满不在乎地回应道。

父亲双眼布满血丝，身体因愤怒而微微颤抖。紧接着，只听“啪”的一声脆响，我捂着脸站起身来，脑袋一阵眩晕。父亲动手打了我，我眼中的惊讶瞬间转为愤怒，双手也不由自主地颤抖起来，胸口剧烈起伏。我猛地把桌子一拍，起身夺门而出，用力将身后的门甩上。身后传来父亲的怒吼：“有本事你就别回来了！”

我用双臂胡乱地抹着眼泪，大声叫嚷：“不回就不回！”我身着单薄的秋衣秋裤和拖鞋，在寒冷的腊月里，这般模样活像刚从精神病院里出来的病人。在黑暗中，我看到一道道人影，其中一位穿着羽绒服坐在豪华轿车里的老父亲，正亲昵地搂着身旁的孩子，那场景是如此温馨、幸福。可在我眼里，却只有无尽的委屈与心酸。心中的寒意远远超过了身体上的冰冷，而此刻的我又是如此倔强，心头萦绕着对父亲的埋怨。我在寂静的道路上缓缓前行，心里却盼望着父亲能来接我、找我，给我一个台阶下。

就在此时，我看到了一个人，同样是一位老父亲，而他让我意识到了自己的鲁莽。我在路边走着，眼睛不时看向四周，恐惧渐渐弥漫心头。这时，我的视线里出现了一位看上去四十多岁的中年男子，他身着黄色外卖服，正坐在路边啃着馒头。我从他身旁走过时，不经意间瞥见了他的手机，双脚竟不自觉地停住了。尽管我清楚未经许可这样做极为失礼，但手机上的信息却牢牢吸引了我的目光。原来这位叔叔是一位父亲，为了给孩子攒学费，才出来从事送外卖的工作。突然，这位父亲似乎察觉到了我的注视，便起身匆匆离去。我一直望着他的背影，直至他消失在道路尽头。我内心深受触动，眼中不知何时已蓄满了懊悔的泪水。

父亲是家中的顶梁柱，他为了家庭，披荆斩棘；他为了家庭，始终不懈奋斗。父亲所做的一切，都是为了不让我们在寒冷的日子里忍饥挨饿，不让我们在冰天雪地中饱受严寒。在这寒冷的街道上，我理解了父亲的一切，在他那冷峻严苛的外表之下，实则藏着一颗炽热的心。哪怕化为落叶，也要为小草送去温暖；哪怕只是黯淡的月亮，也要直面强烈的日光。因为他深知，如果他不去承担，那么他的孩子将会在黑暗中迷失方向。

在这寒冷的日子里，我明晰了自己前行的方向！

（指导老师　邓煜婕）

无法抹去的记忆

上海杨浦双语学校　杭果

温煦的阳光细细碎碎地穿过梧桐的枝叶，落在身上，暖暖的，渗进了记忆深处。我的目光沿着阳光照射的路径，恍惚间又回到“金龟子朗诵”比赛的候台室。

在候台室里，我盯着稿件，默默地背着，可是有段文字好像故意跟我作对似的，每当我快要记住时，它就“嗖”的一下从脑海里溜走。焦躁的我眉头紧蹙，心中一片疑惑：背得滚瓜烂熟的稿子，此时怎么在我脑海里混作一团糨糊了？目光落在墙上滴答作响的时钟上，呀！准备时间只有半小时了！我如同热锅上的蚂蚁一般急得团团转，额头上冒出了细密的汗珠，双手紧攥着稿件，跟小和尚念经一样小声背着。一想到为比赛准备这么久所付出的努力有可能会化为乌有，我的心情冰凉如寒冰之窖，紧张的心绪犹如野火般呼啸而来，几乎要将我的信心烧尽。在我萌生弃赛的念头时，一个女孩走向了我。

她比我大，跟我同在一个候台室。她有着干净利落的短发，戴着黑框眼镜，脸上挂着笑，让人忍不住想去亲近。她走到我身边，轻拍了一下我的肩膀，温柔地询问我为什么这么着急。得知原因后，她坐在我身边，有条不紊地帮我梳理着讲稿。在她的耐心帮助下，我慢慢找回了感觉，稿件在脑海里越来越清晰，不安的心情也逐渐平静下来。

“254号请上台……255号请准备。”马上就要轮到我了，我又抑制不住地颤抖起来，手紧紧地攥着衣角，不住地深呼吸。她好像察觉到了我的紧张，双手握住了我的手，低声鼓励着我。她的手很大，很温暖。那是一种我从未感受过的温暖，仿佛汇成一股涓涓细流温润地浸过心田，漫过全身。原来，这就是那种暖意——在你需要帮助的时刻，邂逅陌生人的温暖。这份温暖，“忽然一夜清香发，散作乾坤万里春”，把我拉回到自信的轨道，内心的无穷力量“春风吹又生”了。

“255号请上台！”报幕员的声音响起，她松开了我的手，给了我一个微笑。我笑着回应了她，带着手上的余温走上赛台。

这份温暖如今已在我心中扎根，无法抹去。我现在依然不知道她的名字，更无法去回报她，我只能将这份温暖传递下去，让这无法抹去的记忆带着我的手去温暖下一个人。

（指导老师　魏彦钗）

慢慢地，我懂了

山东省烟台市中英文学校　郇滢

“一颗，两颗，三颗……”爸爸挨着我的身边坐下，和我一起抬头望向天空，“数什么呢闺女？”“数数你有多爱我！”

快放学了，雨却像开了口的洪堤一样，从天空直泻而下，瞬间地面满是积水，没过了脚面。校门口挤满了来接孩子的家长们，各种花色的雨伞堆在学校门口，多得像银河里的星星一样数不清。我努力做好各种思想斗争，准备冒雨冲回家中。两天前，爸爸骑电动车摔伤了腿，我笃定今天是没有人来接我放学。我双手托起书包，举过头顶，两腿像猎豹一样飞速交替，奋身冲进放学的大军中。刚奔出校门口，“滢滢——”我循声望去，是爸爸。只见爸爸右手高举着黑色雨伞，伞柄上挂着另外一把雨伞，左手拄着拐杖，打过石膏的左腿已经浸泡在水里，一摇一摆地向我走来。我一个箭步飞奔向前，连忙接过爸爸手中的雨伞，嗔怪道：“爸爸，雨太大，你的腿……”“没事，没事！”雨越下越大，我的脸上已经分不清是雨水还是眼泪。

“人家家长都带着孩子出来套大鹅，你却抠门的一分钱不想花，谁家妈妈和你一样啊？”我坐在地上，双腿乱蹬，双手使劲拍着大腿，望着妈妈歇斯底里地喊着。根本不管集市上的人用怎样的眼光看着我这个撒泼的孩子。妈妈可没惯我的毛病，把我绑在电动车上，一溜烟回家啦。“哐当”，我火冒三丈地把门撞开，一脸惊愕的爸爸抬头看着我，这时我才发现爸爸又在卫生间里刷他那双在部队里穿过、到现在已经12年的布鞋。鞋的颜色已经褪得差不多，鞋帮缝补了两三次了，鞋头已经磨损得根本看不出颜色，鞋垫薄得像纸片一样。我怒火中烧，对着爸爸吼道:“又刷这双破鞋？谁家家长和你们一样抠门？”说完，我便摔门冲进自己的房间。

隔一天，我放学回家，房间里竟然摆放着一张崭新的书桌，那是我看了好几天广告最心仪的一款。我疾步上前，用手轻轻抚摸着，“爸爸，爸爸，我的吗？真的是我的吗？这也太棒啦！”“怎么样？你老爸厉害吧？”“你是我心中最棒的老爸！”很久以后，我才从妈妈口中得知，从不舍得给自己买一件衣服买一双鞋的老爸，连续两个月上夜班，给我攒钱买了这张学习桌子。

我们成长的过程中，总有一个伟大的身影罩着我们，他从不在我面前抱怨，总是轻描淡写地述说着生活的艰辛。他从来不说爱我，却能将他的所有都给我。从小都是他陪伴我的左右，让我赢得了成长，而他却输给了时光。

慢慢地，我懂了，懂得那个从不谈爱的男人，最长情。

（指导老师　刘保华）

在那温情流淌的日子里

陕西省西安湖滨中学　雷子萱

每当我轻轻地合上双眼，眼中便尽是你在那昏黄灯光下的温柔笑靥，触动着我的心田。

儿时，盛夏，蝉鸣声不绝于耳。夜晚时星光正好，我总会央求着你带我到家门口的青石板上看星星。你总是笑眯眯地拿床薄被子，拉着我到家门口。在那昏黄的灯光下，我们一躺就是一个晚上。亮晶晶的星儿，密密麻麻地洒满了无垠的天空，向我们祖孙二人倾斜。听着蝉鸣，看着星星，那是我最轻松愉悦的一段时光。这一躺，我便躺了一整个童年。

日历换了又换，翻过一页又一页。一晃几年过去，我到了上学的年纪，回乡的次数大不如前。但每当我回到故乡，总会看见你笑眯眯地站在家门口等我的身影。身后，依旧是那盏昏黄的灯光。走进家门，你早已为我准备好了粥和我爱吃的饭菜。饭桌上，你不停地变换着餐具，伸入我碗里的筷子始终没有停下来过。一桌普通的饭菜，却让一股暖意流淌于我心间。临行前，我们又去看了一次星星，就如同小时候那样。只是你的身影早不如原来轻巧，手上多了许多岁月的痕迹。星光微曦，洒下金光点点，恰似你的温情。

初中课业负担愈加繁重，你为了陪伴我，便在城里待了一段时间。晚自习下课，我拖着疲惫的身体回到家，总会看见你为我留下一盏灯和一碗热腾腾的饭。微光下，你静静地坐在对面，看着我狼吞虎咽，絮絮叨叨地讲着学校的趣事。垂下的鱼尾纹总会微微抬起，笑意闪烁。在因学习压力大而难过沉默时，你眼中满是心疼，安慰我后又转身进入厨房，端出一碗热气腾腾的粥。正是这一碗碗夜宵和你的笑脸，给予了我青春路上乘风破浪的勇气与力量。

再回故乡，却已不见了你那道笑眯眯的身影，不见了迎接我的你。昏黄的灯光下只剩我一人，我发觉了我的成长。夜晚，故乡的星星似乎更亮了一些，蝉鸣也清脆了起来，风叶席卷着，都在诉说着你的温情，代替你迎接着我的归来。那一段温情，一直在我的青春岁月里流淌，永不凋零。

每当我轻轻地阖上双眼，眼中尽是故乡里你的笑靥，笑靥里是你的温情留恋，触动着我的心田，永在我的记忆深处。因为有你，我的青春温情流淌，风景无限。

（指导老师　穆文娟）

遇见您，真好

西安交通大学附属中学 李沛宬

春蚕到死丝方尽，蜡炬成灰泪始干。

—— 题记

每个人的生命中都会有难以忘怀的事以及感恩遇见的人，而你，便是我在迷茫之际邂逅的一抹光亮。

十岁那年，因母亲工作调动，我告别了革命老区延安，前往古城西安求学。繁华的都市、全新的环境、生疏的面容，令我一时之间茫然无措，甚至萌生出放弃学业的念头。在一个黄昏时分，所有同学都已放学归家，由于我“手速”较慢，尚未完成学校作业，金老师您让我留校。我的心急剧跳动，眼见您缓缓朝我走来，我的“手速”愈发迟缓，我把头埋得越来越低，脸颊滚烫……您轻轻抚摸着我的头问道：“知道我为何留你下来吗？”我羞愧得不敢抬眼。您用温和的语气对我讲：“我知晓你初来乍到有诸多不适应，一直想找你聊聊，平日里班里同学众多，怕你难为情。这几周我默默留意着，发现你是个极为努力的孩子。我欣赏你踏实认真的态度，只要你持之以恒，必定会收获惊喜！”当我听到您对我的肯定与鼓励，再联想到自身优越的生活条件，我决心合理规划生活中的每分每秒，提升自己的手速，努力学习。

自那日起，只要我完成作业，便会帮老师与同学们做一些力所能及之事。或许是因较为勤快，我被同学们推选为班级的“劳动之星”。这小小的荣誉给予了我极大的鼓舞，让我对生活和学习满怀信心。我每日认真记录老师的学习要求，清晨第一个抵达教室整理作业；为能更高效地收发作业，在放学回家途中，我总是默默背诵同学们的学号；能为大家服务，为班级奉献，我满心欢喜。渐渐地，我的学业也有了显著进步，与同学们愈发熟稔，迅速融入了这个崭新的班集体。

回想起那日您与我的交谈，我终生铭记。是您赋予我战胜陌生环境的力量；是您给予我继续刻苦学习的勇气；是您赐予我成长历练的契机。金老师，您就是我在迷茫中遇见的一缕光明。遇见您，真好！感恩有您，感恩相遇！

（指导老师　刘厚超）

遇见您，真好

西安交通大学附属中学创新港校区　李宇轩

遇见是一种美好而奇妙的存在，其时长或长或短。或许如花丛中一只美丽蝴蝶的匆匆掠过，转瞬即逝；又或许似相机定格的照片，得以永久留存。遇见的感受可能是愉悦的、失落的、抑或是美好的。而与您相逢，乃是我人生中最为美妙之事。

在我尚未出生之时，您是那般美丽动人，身姿婀娜苗条。然而自怀上我后，诸多变化接踵而至。为保障我的健康与营养，您每日摄入大量高蛋白质与高脂肪食物，致使身形逐渐丰腴。还记得您曾提及，您那纤细的双脚支撑起圆润的大肚子是何等难受，难以想象您为我承受了多少艰辛与疲惫。我出生之后，夜夜哭闹不休，让您无法安睡，可您依旧耐心地安抚我，一次次为我掖好被子。历经数月的操劳，原本青春洋溢的您，脸上竟悄然爬上了皱纹。但您依然每日坚持为我诵读唐诗，冲泡奶粉，为我操办一切所需之事。

六年光阴转瞬即逝，我踏入小学，而您却愈发操劳。每日归家后，您都会监督我完成作业，关切询问我在学校的一日情形，是否与同学发生争执，是否认真听讲。每当我写作业时感到饥饿，您总会即刻下厨做饭。犹记三年级时，我与同学打架受伤，老师迅速通知了您。您也在第一时间赶到学校。我本以为会遭到您责备，可您脱口而出的第一句话竟是“有没有受伤，疼不疼？”随后便径直带我前往医院。待医生为我做了简单处理后，您才聆听事情的缘由本末，并为我耐心讲道理，引导我主动向同学致歉。您曾告诉我，那日正在开会，接到老师电话后，会都未开完便匆忙赶来接我。那一晚，我在被窝中悄然落泪，或许是因伤痛，抑或是源于自责。为何您总是在第一时间牵挂着我？去年，我已满十二岁，青春的活力与激情展露无遗，同时也伴随着情绪的冲动。月考成绩公布那日，成绩差强人意。您略显焦急，不断追问我为何未能考好，是课堂上心有旁骛，还是考试时未能正常发挥。彼时我心情低落，在听闻您的问询后，内心的情绪终于失控爆发。我夺门而出，边哭边跑，誓言永不归家。后来天色渐暗，我的肚子也咕咕作响，心想先回家吃饭，再向您赔礼道歉。未曾料到刚到楼下，便瞧见您焦急徘徊的身影。当您发现我时，几乎是飞奔而来，紧紧将我拥入怀中，泪水几欲夺眶而出。我亦满心愧疚，不住地向您道歉。自那以后，我内心的“火山”便再未“喷发”。

如今，我已然十三岁了，不再那般顽皮淘气，已然成长为一个懂事的孩子。然而岁月流转，您的乌发间增添了不少银丝，面容上也布满了更多皱纹。这数年间，您历经诸多改变，而唯一永恒不变的，便是对我的挚爱。能与您相遇，真好！

遇见您，真好

陕西师范大学杨凌实验中学　李昀穆

那天是立冬后的一个周五，轮到我值日。当我打扫完卫生，窗外下起了倾盆大雨，没带伞的我被困在了教室。爸爸妈妈都要加班，不会有人来接我。我频频看表，想等雨小一点再走。五分钟，十分钟……我眼睁睁地看着雨由线织成屏，丝毫没有变小的迹象，只好咬咬牙，心一横冲进了雨中。

雨比我想象中更冷，夹着阴冷的风，冻得我直打哆嗦。走了几步，雨水便浸湿了我的帽子和衣袖，每走一步都带来一阵刺骨的寒冷。我默默地跑回走廊。正当我孤独无助时，突然有人叫住了我。我看见王老师撑着伞站在雨中，那伞是橙色的，虽然隔着好几层雨幕，但我依然能感受到那颜色所散发的温暖。我心想，在那伞下一定很暖和吧！

王老师看到我如落汤鸡般狼狈的模样，几乎不假思索地马上说："你没有带伞吗？那先拿着我的伞吧！"可老师也不能没有伞啊！我带着感激与歉意问老师："那您怎么办呢？"王老师满不在乎地一笑，说道："我没事，办公室里还有一把伞，你先用着吧！"说完便把伞柄塞到我手中，转身回办公室了。我撑着伞走在雨中，虽然身上依旧很冷，但因为那温暖的伞柄，我的心里却暖烘烘的。

记得有一次数学小测验，我有一道大题不确定对错，便一脸渴望地看向刘老师。刘老师缓缓走到我身边，我指了指那道题，可刘老师只是默默地看了看，随后就走开了。直到考试结束，也没提示我那道题的对错。考完试一会儿，刘老师单独把我叫进了办公室，问我是不是不会做。我羞愧地低下了头。刘老师一步一步给我讲解思路，带我攻克了那道难题，同时告诉我：主要是平时练习少，没有掌握知识的重点内容，不能举一反三，以后除了上课听讲，也要多动手练习。我不好意思地像蚊子哼哼般低声道谢。刘老师帮我整理好衣领，轻轻拍掉我肩膀上的灰尘后，对我说："考试也是一种查漏补缺的方式，要认真对待考试，发现问题通过正规渠道解决，而不是要小聪明，将知识牢牢掌握才是关键。"

遇见好的老师，是我们的幸运，我们理应感到幸福。如今的我们应当树立远大理想，努力学习科学文化知识，珍惜当下，把握机遇，从点滴小事做起，为美好的明天不懈奋斗！遇见您，真好。感谢我的老师们，我永远敬爱您们。

难忘的一课

上海市建平中学西校　李泽润

在生命的这棵参天古树上，挂满了五彩斑斓的鲜花，每一朵都承载着一段独特的记忆。轻轻摘下一朵，那花瓣的芬芳瞬间化作一把金色的钥匙，悄无声息地开启了尘封的记忆之门。

初一的时光里，我已在钢琴的黑白世界里徜徉了六年。然而，随着年岁的增长，那份对音乐的热爱似乎被繁重的练习和难以捉摸的技巧所淹没。我望着眼前这架静默的钢琴，心中充满了焦躁与迷茫。那些曾经跃动的音符，如今却像是一道道难以逾越的障碍，横亘在我与音乐之间。

每当夜幕降临，窗外的蝉鸣愈发高亢，仿佛在诉说着生命的故事。它们蛰伏于黑暗的地下数年，只为那短暂而热烈的夏日之歌。在无尽的等待与黑暗中，它们积蓄着力量，等待着蜕变的那一刻。每当想到这些，我的心中便涌起一股莫名的力量。是啊，蝉的生命虽短暂，但它们却用尽全力去绽放自己的光彩。我又怎能轻言放弃呢？于是，我开始重新审视自己，重新找回那份对音乐的热爱。我告诉自己，即使前路再艰难，也要坚持下去。我开始更加努力地练习，一遍又一遍地弹奏着那些看似复杂的曲目。每当遇到困难时，我便会想起那些在地底默默等待的蝉，它们用坚韧与毅力告诉我："天将降大任于斯人也，必先苦其心志，劳其筋骨，饿其体肤，空乏其身，行拂乱其所为，所以动心忍性，增益其所不能。"

终于，考级的日子来临了。我坐在钢琴前，心中充满了自信与期待。我的手指在琴键上轻盈地跳跃着，每一个音符都像是经过精心雕琢的宝石，闪耀着迷人的光芒。优美的旋律在空中飘荡着，仿佛将我带入一个梦幻般的世界。当我演奏完最后一个音符时，我知道自己成功了。那一刻，我的心中充满了喜悦与自豪。我意识到，这一段经历不仅让我学会了如何面对困难与挑战，更让我明白了生命的真谛。它教会我，只有经过不懈的努力与坚持，才能收获属于自己的成功与喜悦。

如今，再回首，那一段与钢琴相伴的日子宛如一朵盛开的鲜花，永远绽放在我生命的道路上。在黑白键间，我经历了一场深刻的心灵觉醒，那是我人生中难以忘怀的一课，也是我持续前行的动力与源泉。未来的日子里，我会继续怀抱着“今日之我非昨日之我，亦非明日之我”的执着信念，在黑白键的交织中，绽放出属于自己的光芒，让音乐成为我生命中的永恒伴侣。

（指导老师　常金亿）

岁月留痕

山东省济南育英中学　李至璇

日月经年，世事无常；人生如月，盈亏有间。

—题记

年少的我们，像狂野的风暴一样自由奔驰，所到之处，天使也不敢靠近。但我们为自己过去的岁月，留下印记……

触球，后仰，蹬地……同样的动作练了一遍又一遍，可球却像是空中蹦跳的阳光，怎么也稳不住，却在我的小臂上留下一个又一个的殷红的印记。

晨曦微露，缕缕阳光透过枝丫，点点滴滴，在排球场上呈现出交错的光影。阳光轻抚每一滴汗珠，任它们从鬓角落下，也舒展开我那挥洒汗水的笑容，灿烂皎洁……“两臂夹紧，控制住球，很好……”终于，那球被我牢牢控制，它似是一个轻盈的音符在我的小臂上弹起，落下，在空中划出的弧线与夕阳交织，在空中擦出一道道明亮的火花……

“右手攥拳，手臂伸直，左手抛球，击打……”击球的一瞬，手臂僵直、酸痛，球也被抛在了身后，“继续练习吧……”老师无奈地摇了摇头，转身离去。我呆立着，手中的排球也随之掉落——“啪”地落地……

偶然回眸，见到那句话：“明明可以变得更强却不去努力，那样的人生多无趣。”抬眸，望见天边灿烂的云霞；起身，用僵硬通红的手拾起满是灰尘的排球。踏着自己夕阳下的倩影，我再次来到球网前。“右手攥拳，手臂伸直……”脑海中一遍遍回响着老师的提醒，双脚前后迈开，双腿微曲，目光上移，手掌冒出冷汗，指尖微微颤抖，让那颗排球也跃跃欲试，想从手中逃走……深吸一口气，定了定神，随着哨声响起，我左手将球轻抛，右臂摆动，将球击出。我目光随着球划过的印迹来到球网边，这一次，它没有再被阻挡，而是优雅地越过网边，郑重地落地，留下它来过的痕迹……

“正因为没有翅膀，人们才会寻找飞翔的方法。”天边的云霞被落日染红，点点滴滴，落在球场角落那只磨损的排球上。日光洒下，仿佛映照出我在排球场上奋力拼搏的倩影，在岁月中拼搏的痕迹。亦在我的心灵深处，种下了成长与梦想的种子，擦出了美丽而绚烂的火花。

球声响起，跳跃，我将排球扣过球网，也拍响了梦想与希望。我也在岁月一次次的洗礼与磨炼中，踏着自己曾经留下的痕迹，继续向前，永不停歇……

（指导老师　马晓雪）

我的座右铭

西安高新第一中学初中校区　刘昊岩

在我书桌前方的墙上，挂着一幅字:“世上无难事，只怕有心人。”没错，这就是我的座右铭，每天看着它，被它激励着、鼓舞着、前进着。

记得三年级的一天放学后，爸爸把一辆崭新的自行车推到我的面前。哇，这不是我心心念念的“炫酷蓝”吗？我迫不及待地把它推到了院子里，抬腿跨上去，满脑子都是我骑着小蓝风驰电掣的样子，俨然一个潇洒的追风少年。可现实却事与愿违，我甚至都没法稳当地双脚离地，当我想靠惯性前进的时候，强大的地心引力一秒把我拽向地面。当我第三次连人带车倒在地上的时候，心情就和灰头土脸的我一样沮丧。我摇摇头，坐在路边的台阶上，看着躺在地上的小蓝，觉得它与我无缘了。

就在我要放弃的时候，爸爸走了过来，告诉我:“世上无难事，只怕有心人。”他愿意帮助我。我想了想，擦了擦额头的汗珠，用力地点了点头，暗暗下定决心，一定要学会骑自行车。于是，我再一次跨上了小蓝，爸爸在后面扶着帮我保持平衡，我双手紧紧攥着车把，颤颤巍巍地再次出发了。也不知时间过去了多久，也不知摔倒了多少次，只记得汗水浸湿了全部的衣服，枝头的蝉也噤了声，我和小蓝在脱离爸爸的保护后终于骑出了自己歪歪扭扭的轨迹。

我拼命地蹬着脚踏，仿佛只要我骑得够快小蓝就不会倒。身后的夕阳把我们的影子拉得很长很长，我感受到了拂面而来清凉的风，也感受到了垂下的柳枝似有似无的轻抚。我开心得合不拢嘴，攥着车把的双手还是很用力，时不时地倾斜还是让我心惊胆战。但是这一刻，这些都不重要了，因为我体会到了成功的滋味，我做到了。没有比这更鼓舞人心的了。我骑的时间越来越长，摔倒的次数越来越少，骑得越来越稳，胆子也越来越大，自信也越来越多，状态也越来越放松了。

从那天起，我的书桌前就多了这样一幅字，每当我在遇到困难的时候，当时狼狈、崩溃、奋起、努力、坚持、胜利的场景就一幕幕浮现在眼前。我爱成语，就是靠着这句成语的激励，战胜了一个又一个困难。此刻，让我们再次共勉："世上无难事，只怕有心人。"

（指导老师　杨明格）

身边的光芒

陕西省咸阳师范学院附属中学　刘嘉雯

今有吾等少年之辈，卸下沉甸甸的行囊，走向四方。俯瞰芸芸众生，体悟生活之真谛，感受善意之温暖。

实则善意距吾等并不遥远，仅需于身边用心感知。去探寻身旁之善举，便能体会源自生活的丝丝暖意。

那日午后，天空飘洒蒙蒙细雨，仿若受训的孩童般低声呜咽。路旁的报亭下人头攒动，拥挤异常，令人几近窒息。

片刻之后，数辆出租车停靠路边，众人蜂拥而上，伴随着嘈杂之声忽近忽远，报亭下仅余寥寥数人。刚才抢夺出租车失利之人，终于盼来一辆。身边之人左推右搡，正当无助的我于人群中左右晃动时，“让孩子先上！”不知何时何人呼喊一声，紧接着数双有力大手将我推上出租车。我趴在车窗上，心中满是感激，然车已启动，那些人亦消失不见踪影。

即便身处这寒冷天气，我被冻得不住颤抖，可内心却多了些许慰藉。途中，寒意直逼心底，侵袭肌肤，实在难以忍受的我咳嗽出声。“你没事儿吧？”司机师傅问道。

“我没事。”

“咳咳！”待我再度抬头，眼前出现一只粗糙大手，握着一个杯子，“是热的，暖暖吧！”他关切地说道。“谢谢。”我略带歉意地一笑，接过杯子暖了起来，不一会儿，胸口便暖和起来，真的很暖，很暖！

生活之中难免艰辛疲惫，但亦总有绵延不绝的希望与不期而至的温暖。实则，被治愈有时仅在刹那之间，哪怕是一句话语、一个眼神、一抹微笑。当吾等内心感知到温暖，真情便会永驻！黑夜过后总会迎来白昼，寒冬过后春日必将降临，温暖常在！

（指导老师　冯嘉欣）

温暖的旅程

西安理工大学附属中学　刘美辰

成长宛如一场温馨的旅程，在人生这列飞驰的列车上，生活的丝丝缕缕汇聚成一幅绚丽的画卷。在这幅画卷之中，朋友于我而言，占据着极为关键的地位。

身为校排球队的一员，我时常在学校参与训练。尽管训练时全情投入，可仅仅训练了一周的我们，显然实力尚欠火候。故而在赛前，我们已然做好了充分的心理建设，准备坦然接纳极有可能面临失败的结果。在奔赴赛场的途中，我们为舒缓心情而谈笑风生。然而抵达现场后，紧张之感却依旧难以抑制。

踏入赛场，我们依照预先设定的位置进行准备。只见对手施展出我们尚未研习过的扣发球技艺，令我们一时之间难以招架。在这场较量里，对手胜利时的口号响彻云霄，着实让我们心生怯意。未上场的同学奋力为我们呐喊助威，场上的我们，有的面露焦急之色，有的则已流露出失望之情。老师和我一同竭力鼓舞士气，老师说道："莫要埋怨队友，我们是一个集体。"我亦向大家高呼："诸位切勿懈怠，只要比赛尚未落幕，我们便理应坚守到底！"

接踵而至的两场比赛，我们皆败得颇为惨烈。当老师示意我上场时，给予了我极为信任的眼神。在这场比赛中，队友们的心态明显平稳了许多，这也让我信心倍增。

我的专长在于发球，可真到了关键时刻，内心的躁动却难以避免。同学们见我准备发球，纷纷呼喊："好发！"我轻拍两下球，仔细斟酌发球的位置与动作要领。一抛，一击，球以一道优美的弧线落入对方区域。我的队友们亦是相当出色，成功为我们争得一分，我们皆欣喜若狂，相互呐喊助威。此次成功的发挥令我心中愈发笃定。于是，我接连发出四球，再配合队友们的精妙协作，我们连得四分！

仅剩下最后一分时，队友们将球递给我，眼眸中满是自信、信任与赞赏。她们说道："仅剩最后一分了，加油！"我接过这球，只觉它分量颇重。我再次回味刚刚的完美发挥，当裁判吹响那决定命运的哨声，全场的目光皆聚焦于我。我深吸一口气，奋力将球击出。队友们全神贯注地应对，当那颗球重重地落在对方界内时，命运的哨声再度响起。老师与全场所有同学却为我们欢呼雀跃。他们兴高采烈地朝我奔来，高呼着我的名字。汗水顺着我的脸颊滑落，而我心中满是充实之感。

虽说三场比赛我们仅胜一场，但我们是如此乐观豁达。我们总会为队友欢呼喝彩，人生之中总有那么些许瞬间能够成为永恒，这场比赛便是其中之一。

（指导老师　杨玲）

倒计时

天津市第一中学　刘文章

在这个世界上，几乎每一件事都有专属的倒计时：生命的轮回，火箭升空，跨年……而初三也有专属的倒计时。

所谓倒计时，就是一件事即将结束的步骤，通过这种方式使其定格在时间的长河中，化为历史。就好比作为季节的开头和末尾之间，人们也通常使用倒计时的方式见证着四季的更替循环。而作为初中学生的我们，也因此使用倒计时的方式来证实初中生活的结束和迈向高中新起点的开始。初三是进行九年义务教育的最后一年，也是夹杂着各种学习烦恼和种种困扰的一年，看着教室墙上挂着的中考倒计时牌子，思绪翩翩飘向了那个初一的少年……

在刚刚来到一中之时，早已是2022年，开学之际就迎来了开学典礼。作为一名新生，从和平区中心小学到天津市第一中学开启初中生活，可以说是非常幸运。当天早上，我豪情满怀、精神饱满地步入校园，站在充满生机的绿茵场上，凝望着红日的升起。阳光照耀在我们每个人脸上，照亮着每一位学生所蕴含的赤子之心。听着校长、教师代表的讲话，虽然脚已经站酸发麻，但心中那份期待早已按捺不住。

一周之后，我迎来了人生中第一次军训，心里出现的第一种感受就是真的好辛苦，练习队列、站坐军姿等各种训练，持续练习了整整一周。那时我真正感受到军人坚强的意志力和雄心壮志。我也因此体会到原来最辛苦的并不是整天服务于社会的工作人员和整天勤奋刻苦学习的学生，而是整天驻守边疆、保家卫国的军人。他们才是最可爱的人，他们见证着祖国母亲日复一日安宁无恙的倒计时。初二时，学校为我们举办了运动会，每一位同学都高喊着班级的口号，迈着整齐的步伐在跑道上列队前进，虽然班级有好有坏，但心中对班级的自豪感从未削减。同学们在操场上给正中间围成一个圈，观看着来自各种社团的老师同学的精彩演出和各种体育趣味项目的比赛，同学们有的欢呼雀跃，有的在玩各种游戏，共同度过了开心美好的一天。

随着时间的推移，我们终于从以前充满阳光、满身朝气的新生变成了整个初中年级年龄最大，每天都埋头苦学的初三毕业生。这一年将会充满各种苦辣酸甜，心中的疲惫不堪肯定也会导致时常抱怨着，当看到日常学习中一些细微的小成就，也算是一种安慰……这时，思绪从过往的片段中飘了回来，不由得感叹着："时不待我啊！"倒计时的牌子依然在教室的墙上悬挂着，它意味着中考的来临，同时也意味着我即将走出这座美丽的校园奔向自己的未来，也许最后的答卷不是最完美的，但起码我会说，来到这个校园我无悔于青春，无憾于分分秒秒的倒计时。

倒计时记录着我初中生活的种种经历，它成了烙印在时间长河中的珍贵回忆；倒计时让自己懂得时间的珍贵，清晰地认识到时间的转瞬即逝。坐着说不如站着行，我要刻不容缓地把握住今天，珍惜当下，一丝不苟地对待分分秒秒的倒计时。

（作者系天津市南开区作家协会会员　指导老师　尤朝华）

温暖的旅程

陕西省安康市汉滨中学　马子涵

我站长街忆当年，寒风刺骨；蓦然回首，只见灯火阑珊存人影，或微笑，或善言；瞬间暖雨晴风初破冻，载着心头的温暖，毫无畏惧地奔向茫茫前程。

——题记

春风吹化了冬雪，时间暗淡了岁月，墙上的时钟穿梭着时间的画面，手捐轻轻在指针上往逆向一拨，它便从反方向开始移动；所有回忆围着我，犹如浪花一般涌上心头，把我再度推向旅程起点……

2022年夏　朋友鼓励

夏的宣言把我带向2022年。那一年，是我真正开始努力的第一年。

别人上课开小差时，我在全神贯注地听讲；别人自习课窃窃私语时，我在奋笔疾书地完成老师布置的作业；别人下课疯狂打闹时，我在整理笔记、温习功课。

周围的同学看见我这么拼，感到疑惑和可笑，纷纷跑过来嘲讽我："拉倒吧，你装给谁看呢！哈哈哈，太好笑了，你一个学渣这么拼，依旧比不过我们，就看你期末能考多少，呵呵……就你？"他们骂痛快后，笑嘻嘻地走开了，而我的心情就像大冬天当头被浇了一桶冰水。是啊，我这么拼或许真的永远比不过他们吧？要不放弃呢？

我正这么想着，我的朋友Aaron走过来，坐到了我的旁边。他浅浅地笑了笑，拍拍我的肩膀，轻声说:“慢慢来吧，谁还没有一个努力的过程呢?熬过这种无人问津的日子，才有诗和远方。”说完这些，我感觉一束暖阳照在了我的身上，而真正让我更奋力地向前奔跑的理由，却是他下一句话:“再悄悄地加点油，无论如何，我都想听你说一句，‘我终于成为不负众望的人了’。”

我并不知道剩下的半学期我到底有多拼，但我一直知道背后有一种力量在支持我。那学期的期末，我的成绩全部是A。

Aaron在我绝望时给予我的温暖是清纯的。哪怕那是个夏天，那种“温暖”也不会让人感到燥热。

2023年夏末初秋　书籍治愈

八月，没有风，也没有刺眼的阳光。它是夏日与秋天的交界点，同时代表着我的下一段旅程——中学。

临近初中，最重要的事情便是准备分班考。小升初的成绩已经过去，根本决定不了初中的班级。尽管我的小升初成绩非常优异，但做了那些分班试题后，自信心消失得无影无踪。

望着那些试题上惨不忍睹的分数，我再也控制不住自己的情绪，又哭又吼:“只是刷刷题就考这么低的分，过几周真考怎么办呢？”那段时间，我感觉自己整天被黑暗敲打着，甚至感觉被世界抛弃了。

一个下雨天，我随手拿起哥哥的理科生必刷题，不知为何，每页的左下方都印着一句话。

而我第一眼就看到了第一句话:“生物老师说过，就算你被全世界都抛弃了，你也要记住，你的大脑中还有几十亿细胞，几十亿个生命，仅为你而活。”而第二句便是：“光合作用告诉你，叶子都要先在黑暗中消耗掉原有产物，才能再次进行光合作用。这个实验说明，你被黑暗敲打，恰恰说明你是光芒本身。”

短短两句话，却让我的人生有了很大的一个转折。是啊，几十亿个生命仅为我而活，而我就是那光芒本身。所谓万丈深渊，即使掉下去也是前程万里啊！

于是我拿起笔，不顾一切搞懂难题。

直至今天，天果然放晴了，雨停了，阳光笔直地射进房间，照亮书桌，照亮书页，照亮了我的内心世间。微风夹着几分太阳的味道飘进来，温暖而又治愈。

一路走来，一路温暖治愈的风景，我把这闪烁着人性光辉的风景涂抹成一树自开自谢的桃花，虽没有耀人的光华，却有一种温暖人心的深沉和优雅。我把它们裁成图画绘于心间，奔赴茫茫前程也不害怕。

（指导老师　冯丹）

人生的航标

江苏省南京市鼓楼实验中学 钱韵贻

在人生这广阔的海洋中，每一个人都有着一艘扬帆起航的船，正朝着一座座明亮的灯塔开去，而目标不仅是照亮前面海面上前行的道路，更是驱使我们前进的动力源泉，激励我们在遭遇挫折与挑战时不轻言放弃。也不能满足于现状，要敢于冲破束缚，追逐心中的星辰大海。

苦闷的十月，书页在寒冷的空气中变得脆弱，零乱的试卷撒了一地，我坐在窗前发呆，一动不动，满脸忧虑。

因月考的失利令我心神不宁，在最后将要考试的危急关头，我却停滞不前。“我回来啦！看你最近学习这么认真，今天刚好周末我们回趟老家吧，正好多陪陪外公和外婆！”母亲此话一出，将我从凌乱的心绪中拉回了现实。“好啊！等我收拾一下。”我应允着，大包小包地提下楼。

傍晚的河边，太阳西沉，只剩最后星星点点的彩云，鸭子在河边游泳，白鹅在水边叫着，仿佛是对这美好景色的赞叹。外公在河边靠着椅背上抽烟休息，“外公”我的这声轻唤，打破了刚刚的宁静静谧。“来啦！”外公闻声站起，用手掸了掸身上的灰，抬起了头。“走！休息好了，我带你去捉虾捕鱼怎么样！”显然，外公看到我们回来很是欣喜与激动，说话语调都愉快了许多呢！大概半个小时后外公拉着我，带我坐上了他的那饱经风霜但依旧坚实的小渔船。

船只在河面上前进，周围的野鸭都一股脑地躲进了水草丛里去了，生怕我们要吃掉它。不一会儿，外公将船速渐渐放慢，来到提前下好的渔网。只见外公用他那两条黝黑又有力量的胳膊，半弓着腰，拉起渔网。看着外公吃力的样子，我以为有许多战利品呢，可定睛一看，才发现是许多杂草夹杂在渔网之中。经过一个来回，多少次撒网，收网，撒网，终于有大半桶鱼虾了。

我目光看向外公，即使生活不易，但他们始终以乐观的心态去面对生活，也都奔着一个目标努力。我这才发现，他粗短的头发直直地立着，片片泛白，他身上的衣服似乎总是同一件，松松垮垮的。

河面微风吹拂，我不禁感叹道：人生犹如无垠的大海，无论如何，我都是那小舟，沿着光照射的方向前进，奔向自己的目标，跨过险阻渡过难关，那已是成功了一半。

奋斗的十月，书页在温暖的空气中铺开，我弯腰捡起那些散落在地上的卷子。

（指导老师　丁路）

遇见你，真好

陕西省西咸新区秦汉中学　谯智元

有一把伞，撑了许久，雨停之后仍不舍收起；有一束花，嗅了良久，枯萎之际亦不忍丢弃。有一种友情，渴盼直至永远，即便黑发渐成白发，亦能于心底深深留存。

友谊乃是极为珍贵之物，我们人人皆应珍视这份情感。一件微乎其微的小事，亦会因这份情谊而令人长久感动……

犹记那日，放学后，天空仿若被一层薄灰笼罩，转瞬之间，便落下数颗雨珠。可我偏巧那日忘却携带雨伞，眼见雨势愈发汹涌，我愈发显得手足无措。正当我茫然无措之际，我的朋友行至我身旁，对我讲道："咱们一道走吧，我的伞挺大的。"我心中满是感激。在这把伞下，容纳了我们二人。我们漫步于路途之中，欢声笑语不断，我顿感丝丝暖意。虽置身于倾盆大雨之下，然我依旧能察觉心中涌起一股温热的暖流。直至将我送至家门口，她才与我道别，转身离去。望着她的背影，我唤住了她："多谢你啦！"她回首浅笑，说道："不必客气！"言罢，便渐渐在视线中消逝……这一细微举动始终铭刻于我心间，亦持续温暖着我。

我们于五年级结为好友，经此一事，我们的友情更上了一层楼。她伴我一同哭泣，一同欢笑。我甚是喜爱她，喜爱她的性情，喜爱她的为人，尤为喜爱与她共处的时光。我期望我们的友谊能够长久维系，于我成长之途的每一阶段，皆望有她相伴同行。人之一生会邂逅诸多人士，然我以为，遇见她已然足矣。

我们理应珍惜每一位所遇之人，珍视每一段友情。除家人之外，我们亦需一位知己，一段诚挚的友谊。

人间骄阳正好，风拂林梢，彼时你我正值年少，感恩与你相逢，我至善之友。

遇见你，真好！

（指导老师　张振霞）

只要理想还在

西安高新一中实验中学　任珂柯

只要秋天尚在，纵有暴风骤雨侵袭，亦坚信终能收获累累硕果；只要热爱犹存，即便遭受生活挫折，亦能毅然从头再来；只要拼搏不息，哪怕路途布满坎坷，亦会无畏无惧、攻坚克难、披荆斩棘，一路高唱凯歌迈向胜利，拥抱成功！

周末的薄暮时分，夜幕悄然降临，于老家的瓦房之前，沐浴着美丽乡村独有的清凉晚风，仰望湛蓝苍穹，眺望那已然升起的散发着莹黄光辉的月牙，"是金子总会发光的，只要你肯努力"这句话蓦地在耳畔回响。

自小学一年级起始，我的学业成绩向来颇为优异，堪称老师眼中的好学生、乖孩子。然而在此次七升八的期末考试里，我的成绩显著下滑，且下滑幅度之大，超乎众人预期。我由优等生沦为中等生，这一状况令我心急如焚，究竟该如何是好呢？经过深思熟虑，我决意拼搏、全力拼搏！因我不愿沦为差生，亦不甘心仅仅成为一名平庸无奇的中等学生。我渴望斩获佳绩，获取家长、老师与同学们的认同，成为一名出类拔萃的中学生，成为心目中理想的自己。

于是，我憋足一股劲，充分利用假期以及一切闲暇时光，奋力复习，遇有不解便请教，有所不会便研习，大量地刷题演练，广泛地阅读书籍。我鼓足干劲，紧紧抓住一切可提升自我的契机，拉来母亲充当"陪练"，锤炼我的讲题能力，期望在开学之际，能够凭借自身实力令同学与老师刮目相看，用优异成绩彰显自身的蜕变。

只要理想仍在，热爱便在；拼搏亦在，希望即在；心怀理想，破浪前行！我们便能成功跨越，便能拥抱春天，拥抱未来，拥抱成功，拥抱胜利。我真切希望能成为心目中渴盼的那个卓越的自己！

我终于理解了您

陕西师范大学杨凌实验中学　任玫桦

寒风凛冽，雨点打湿了我的脸颊。灰蒙蒙的天空不见一丝光亮，雨点似千针万线刺进我的心灵，眼前的这一幕令我仿若回到了往昔……

午后的阳光艰难地穿透云层，我焦急地向外张望，心跳如揣着一只小兔子，忐忑难安。

时间飞速流逝，那“咔嚓——”一声响起，我屏住呼吸，手心沁出汗水，心中仿若压着一块千斤巨石，憋闷难受。

“妈妈，您回来啦？”我小心翼翼地询问她。

她一言不发，铁青色的面庞皱缩起来，眼神黯淡无光，冷冷地盯着我。

正当我欲上前接过卷子时，突如其来的一巴掌重重地落在我的背上，“你看看你，这次考成什么样了？考得如此之差！老师都问我最近是不是没用心督促你学习。学习是你自己的事，你不努力，谁也给不了你想要的生活！”

“我没有，我已经很努力学了，可为什么您就是看不到呢？”

“你说你怎么学了？你知道为了你的学习我操了多少心吗？不争气的东西！”

“哐当”一声，我愤怒地将餐桌上的玻璃杯摔碎，强忍着泪水冲进了自己的房间。

我躺在床上，回想着妈妈说的每一句话，越想越气恼，从床底下翻出我的速写本，随意翻阅之前画的画，翻到某一页时，我愣住了。这一页画着两只雀鸟，亲昵地依偎在一起，旁边写着："小雀鸟明白了妈妈每天让它自己去捉虫子是想让它学会独立，它变得坚强起来，它也终于理解了妈妈的良苦用心。"

泪水一滴接一滴，顺着脸颊簌簌滚落，我跑出房间，紧紧抱住母亲："妈妈，我错了……"

此时已不再是寒风呼啸，暖风轻轻拂过，云卷云舒。我擦干眼泪，心中好似有一朵朵浪花在翻涌沸腾。我沿着小路向家奔去。

"谁言寸草心，报得三春晖。"自那时起，我才知晓了母亲的不易，理解了母亲的辛劳，我亦满怀感激，在这悠悠岁月里——我终于理解了您。

（指导老师　王美化）

温暖的旅程

西安高新一中沣东中学　宋冠叡

“春蚕到死丝方尽，蜡炬成灰泪始干。”春蚕到死的时候丝才吐尽，因此，正值青春年少的我们就应该去学习如何破茧成蝶，去寻找温暖的旅程。

破 茧

初一开学，军训不可避免。某日下午军训之际，天空飘起淅淅沥沥的小雨。我迈着极小的步子想要悄然离开，心中对大家充满畏惧。从军训开始到现在，我始终一言未发。反观其他同学，他们已然熟悉了新环境。

教官让大家介绍自己，轮到我时我支支吾吾小声嘟囔，不敢开口大声介绍自己，嗓子好像被棉花堵住一般。教官见我害羞就大声道：“这个男同学有些害羞，让我们给他鼓鼓掌鼓励一下他吧！”掌声过后，我鼓起勇气大声地喊出了我的名字，那一刻我笑了，风吹散了我的腼腆。

成 长

进入初二，学校将要举办田径运动会，我毫不犹豫地选择了擅长的200米赛跑，因为我起跑较慢，途中跑可以弥补我起跑所失的优势。而一个让我万念俱灰的消息传来，原本参加100米赛跑的同学，因大腿扭伤而退赛，班里空下了“100米”这个位置。在同学的建议与自身的思考下，我几乎放弃了所有赛事，专攻百米赛跑和接力。

起初我信心十足，练起起跑，在老师的指引下，我实行了换脚起步，但成绩很不理想，甚至比我左脚慢出许多。我知道现在练习已无济于事，当我想要放弃的时候，老师说："'长风破浪会有时，直挂云帆济沧海。'李太白都在人生低谷时做出如此坚定的选择，你为什么不坚定？"那一刻，我开悟了，我必将扬起双臂、高呼冲线，尽情享受那时的欢喜。

成 蝶

步入初三，我端正学习态度，暗自立下壮志要拼出自己理想的成绩。每次成绩不理想或者闷闷不乐时，她都会陪我聊聊天，听我倾诉，不让我被负面情绪所打动。每一次的抚慰，都让我从黑暗中看到光明，让我坚定内心的正道决不动摇。一次老师给我一张红色卡纸，卡纸上面写着"不怨天不尤人"下面附着一颗硕大的爱心。一次次的抚慰，让我心中的云雾被驱散，我相信在不久的将来会考出自己的目标。

"路漫漫其修远兮，吾将上下而求索。"虽然路途遥远艰难，但我都会自强不息。只有脚踏实地地迈出每一步，才能领略到最高峰的美景。让我们不断超越自我，去寻找温暖的旅途，去描绘多彩的青春画卷吧。

（指导老师　李娟）

温暖的旅程

西北大学附属中学　宋懿恂

那天，我做了一个梦。在梦里，我上了一辆奇怪的列车。

起初，列车仿佛进了隧道，周围黑茫茫一片，车厢里也静得可怕，直到有一丝朦胧的微光从车窗照射进来，我才看清了列车里的陈设：车厢很大，一眼望不到尽头。墙上挂着的是名贵的字画，书架上陈列的是雕刻细致的瓷器。桌子上，一张宣纸赫然平铺在上面，笔架上的毛笔被整齐地排列着。这里像一个“家”，一个书香气很浓郁的家。忽然，列车停了，上来了好多人，他们各自介绍着自己：爷爷奶奶，外公外婆等等，这些词汇不断涌入我的脑海中，但，父母二字却令我感触最深。

他们自称是我的亲戚，来到这儿，是陪我过年的。接着，他们从身后拿出窗花，往窗户、橱柜上贴，车厢成了红色的，很喜庆，很热闹。父母做了菜，摆满了一桌子，自称这是年夜饭，车厢上的人看见菜上齐后，便围在桌前，举起杯子，在烟花绽放的那一刻，高声喊道：新年快乐！就这样，我在车厢里度过了第一个年。知道了什么叫过年，什么叫团聚，什么叫家人，什么叫温暖。

年过去后，列车又停了，好多亲戚都走了，只留下了四个人：我，妹妹，父母。我们每天都待在一起：吃饭、睡觉、玩乐，很是和谐，从不吵架。而且，我的妈妈每天早上都会很准时地做早饭，我的爸爸也是晚上，都会做上一桌的美味佳肴。我明白了，什么叫陪伴，什么叫幸福，什么叫温暖。

可好景不长。一天，爸爸告诉我说，我要上学了，不能每天和他们在一起了。

我不同意，第一次哭，可爸爸还是坚持，抱起我往另一个车厢走去。门开了，我看见有很多年龄和我一样的小孩，在凳子上有说有笑。还看见了一个有着满头白发，长胡须的老人很和蔼地朝着我笑，我停止了哭泣，警惕地观察着这一切，最终还是离开了爸爸的怀抱，和那些小孩做游戏。那老人对我们说，我们已经正式地成为一名小学生了，从今以后要称他为老师，和其他的孩子们成为朋友，要改掉坏习惯。

接下来，我每天的生活就是上课、考试、作业，但一些快乐始终存在。课间的十分钟，是我最期待的，我会和我最好的朋友聊天，从宇宙起源，到世界毁灭我们都想象过，还有那丰富的活动，令人回味无穷。和同学们在一起的时光里，我懂得了什么叫友谊，什么叫快乐，什么叫温暖。

梦醒了，但我知道，人生又何尝不是一次旅程呢？这个旅程可能是悲伤的，不如意的，但一定是精彩的，温暖的。

我们的旅程还很长，向前是一望无际，回首是漫漫长途。希望接下来的旅程，我们每一个人都能沐浴在那最为璀璨的阳光之下。

（指导老师　景畦芸）

温暖的旅程

西安藤信学校　滕昊松

温暖，是一种美好的感受。当看到好心人将垃圾丢进垃圾桶，当看到爱护生命的人投喂流浪小动物，当看到热心肠的人帮助他人认路，当看到热心人士帮忙抬重物时，我们都会心生温暖。

一年前，我目睹了一位热心人士帮助他人搬抬重物的场景。那天晚上，圆圆的月亮泛着淡黄色的光。我和妈妈正往地铁口走，不经意间，我看到了极为暖心的一幕。画面中，一位妇女拉着一个一人高的大行李箱，准备将其抬上去。她双手紧紧抓住行李箱，青筋暴起，面色通红，却未能搬动丝毫。一秒、两秒……五秒过去了，她一下子瘫坐在地上，手撑着地，不断大口大口地喘气，豆大的汗珠从额头上滚落下来，一滴一滴地落在地上。这时，一位外国小女孩一路小跑着来到那位正为搬运行李箱而犯难的妇女身边。小女孩伸出手，和妇女一起紧紧抓住行李箱。她们齐心协力，共同发力。一秒、二秒、三秒……时间在她们的努力中慢慢过去，在两人的通力合作下，她们成功将行李箱扛到了地铁口。放下行李箱后，外国小女孩露出洁白的牙齿，便匆匆离开了，以至于我都没来得及看清她的模样。

经历此事后，我深受感动。瞬间，我觉得寒冷的空气不再寒冷，一股暖流涌进我的身体。这堪称一道风景线，一道令人温暖的风景线，一道彰显人心真、善、美的风景线。

好人无国界，就像雷锋一样做好事不留名。虽然肤色不同、信仰不同、国家不同、语言不同，但他们都怀揣着一颗乐于助人、善解人意、大公无私且温暖的心。在我们的生活中，有很多这样的人，他们在这个社会上默默无闻、无私奉献。比如，交警叔叔顶着火辣辣的太阳，一站就是一天，这也是一道温暖的风景线。

这些人值得我们认可！我也希望更多的人加入进来，让温暖更多一些。每一个小小的故事，都是我们心中一段温暖的旅程。他们善良美好的心灵，温暖着我们每一个人。

遇见您，真好

创新港西安交通大学附属中学　王浩月

夏日傍晚，放学时分，我走在乡间小路上。雨滴滴答答地落在我的肩头，不经意间，我瞧见道路两旁的树在清风的吹拂下摇曳，仿佛在追逐着我。

脚下是坑坑洼洼的小土坡，下午还万里无云的天空瞬间乌云密布，眼前是一眼望不到尽头的道路。“爷爷怎么还不来接我呢？”望着周边黑漆漆的一片，恐惧的感觉不断在我心中回荡。我的双脚颤抖着，心里不禁打起了寒战。稍不留神，脚底一滑，我摔了个仰面朝天。缓缓站起身来，手掌和膝盖上渐渐出现了血迹，新买的鞋子也被泥土染成了土黄色。夏日的雨本是温暖的，可我的心却倍感凄凉。在生理和心理的双重压力下，我实在撑不住了，只想倒在地上，想象着家人把我丢弃的画面。

我趴在地上，闭着眼睛，却不知远处的光芒越来越近。没一会儿，那光源就来到了我的身旁。我能感觉到，便抬起之前耷拉着的头，睁开双眼，视线逐渐变得清晰。“哟，调皮大王怎么趴下了？以往的朝气去哪儿了？”是爷爷！我情不自禁地喊了一声。看到爷爷身上的泥土，我能想象到爷爷骑着电动车也经历了和我一样的遭遇，我开心地笑了。膝盖的疼痛和心灵的创伤一时间消失得无影无踪。

“爷爷今天有点事，来晚了，快上来。”我嘴里回答道：“嗯！”天空就像人的心情一样，伤心时，天空会暗下来；开心时，便是晴空万里。

你有没有深爱的人呢？我有，他就是我的爷爷。在绝望时，他慈祥的面容我永远忘不掉。我心里不禁感叹一句：“遇见您，真好！”

温暖的旅程

西安锦园中学　王书音

天空灰蒙蒙的，似乎永远不会有阳光穿过云层。周围的景物仿佛都失去了颜色和生气，一切都显得暗淡无光。

我独自走在街道上，心情低落，想着这次期中考试应该怎样给爸妈一个交代？他们会不会对我失望，我又应该如何保证下一次的考试考好？我徘徊不定，就像是一条迷失了的小船。抬头仰望那广袤无垠的天空，一片片连绵的乌云似乎也在对我肆意嘲笑。

不知不觉到了家，爸妈一句话也没有说。只是妈妈的嘴唇紧紧地抿在一起，她在努力克制自己的情绪。刹那间，四周的空气变得紧张而沉重。我心绪不宁地坐在学习桌前，刚打开平板，便看到一条弹出的消息。我蓦地一愣，随后点进页面，果然，消息的发出人是我童年时最好的朋友，那个无论我做何事都会支持我、鼓励我的挚友。

那是一个晴朗的早晨，我正在家里放开嗓子，聚精会神地照着谱子练歌，起因是在前不久我偶然看到了一个视频——一个穿着亮丽，手拿麦克风，表情自然的姐姐唱着歌，台下的观众响起热烈的鼓掌声和欢呼声，声音此起彼伏。也许是在那一刻，想成为歌手的念头在我的脑海里开始萌发，于是我把这个想法说给爸爸听，结果爸爸并不支持我，还说我五音不全，根本不是当歌手的料。我难过极了，手指胡乱地切换页面，直到切换到微信，于是对我的好朋友诉说起这件事。她听完后乐观地对我说："为什么要过多地在意他人的评价呢？你喜欢唱歌，那就唱呀，你爸爸认为你五音不全那就唱好证明给他看啊！加油，我相信你可以的！”我眼睛红红的，望着那段话使劲地点点头。

这一次，也不例外，我点开屏幕上出现的语音听了起来。听完后，我笑了，就像我早就料想的那样，是鼓励我的话，是安慰我的话，是让我努力不要放弃的话，也是最能温暖我的话……

于是我又重新振作起来，调整心态，翻开试卷，认真分析出错的题目，仔细地思考出错的原因，找出差距，制订计划。失败是成功之母，从错误中学习，不断进步，我相信自己的实力。

谢谢你，我的好朋友，是你让我享受成长中的温暖；谢谢你，是你在我的人生中留下最美好的一笔。

（指导老师　梁景媛）

温暖的旅程

西安市曲江第一学校　王思元

读万卷书，行万里路。

——题记

“不必说碧绿的菜畦，光滑的石井栏，高大的皂荚树，紫红的桑葚。也不必说鸣蝉在树叶里长吟，肥胖的黄蜂伏在菜花上……”每每读到鲁迅先生的这篇文章，我便不自觉地幻想，先生所处的环境会是怎样的呢？国庆节，一个千载难逢的好机会，我和爸爸去了北京，参观了北京鲁迅博物馆，如愿瞻仰了北京鲁迅故居。

下了地铁，穿过一条古老的胡同，北京鲁迅博物馆便远远地隐约可见了。博物馆看起来并不起眼，不在繁华的街道旁，而是在一个安静的、虽人烟稀少却并不显得荒凉的胡同里。除了旁边小卖部的老板和参观博物馆的人，就没有其他的人了。这地方正如我想象中先生的住所，宁静而又充满生机。排队的人至少有十几米长，站了一会儿，往后一看，我们身后排队的人也已经不比我们前面的少了。进入大门，首先映入眼帘的是先生的一座雕塑。雕塑下的绿草地上摆着三束鲜花和一堆零食。可以猜到，应该是有准备的游客买来了鲜花来表达对先生的尊敬，事先没有准备的人便用自己身上的零食来代替鲜花。与其说是表达对先生的尊敬，不如说是人们对先生“俯首甘为孺子牛”的回报与感谢。

还未走进先生的院落，我便已经感受到了一种温暖。不仅是周围的环境带给我的温暖，还有周围的人。我们来自不同的地方，但我们怀揣着同样的心情，感受着这瞻仰先生故居的温暖旅程。

踏入院门，走进院内，是一个小小的四合院。院子中央立着一棵老树，遮蔽了半个院子的阳光。树干并不笔直，饱经时间流逝的洗礼，却依然粗壮，如同先生那不朽的精神。来到后院，可以说是很小了，还没有半个教室大。正方形的小院，碧绿的草，一棵树，树下有一只橘猫，猫眯缝着眼睛在晒着正午的太阳。不知道猫是什么时候过来的，它就如同这座院落威严的守护者，守护着先生的故居。

读万卷书，行万里路。这次充满温暖的旅程，照亮了我前进的路，先生的精神更是深深地铭刻在了我的心中。

花开有时

上海市鞍山初级中学 吴一凡

在漫长的人生道路上，每个人都是一朵独一无二的花，都有自己绚烂绽放的时刻。尽管人生的道路布满了荆棘与坎坷，但只要我们坚持自己的梦想和信念，终有一天，微风中摇曳的花儿能散发馥郁的芬芳……

记得在三年级的时候，我曾对未来之路深感迷茫和困惑。当我看到同学们在一些学科上表现得如此出色，而我却一直在困境中苦苦挣扎，我曾一度陷入自我怀疑之中，也会心生羡慕，但我却从未放弃过自己。我知道，我是一朵历经风雨的鲜花，终会迎来属于自己的绽放时刻。于是，我开始设定目标，为自己的梦想付出努力。我放弃了休闲娱乐的时间，每天坚持不懈地复习、预习，我不再关心别人对我的评价和看法，只是专注于自身的进步。日子一天天过去，我清晰地看到了自己的进步。我开始在一些学科上取得优异的成绩，我开始感受到了自信。我知道，我的花朵开始准备绽放了。

终于有一天，我在“PED芭蕾舞全球赛”中取得了第一名。前所未有的成就感与快乐充斥心间，我知道，我的花瓣已经舒展开了，向阳绽放。我看到了自己的价值和潜力，只要我坚持自己的梦想和追求，终能在成长的道路上焕发耀眼的光芒。

我不再羡慕别人，也不再感到迷茫和困惑。我知道，每一朵花都有不同花期，唯有用汗水与智慧灌溉自己，才能让醉人的芬芳溢满人生之路。

所以，无论你正处在人生的哪个阶段，无论你历经了多少困难和挫折，都请你记住，你是一朵花，你也有属于你的绽放时刻。花开有时，只要你坚定不移，砥砺前行，终能绽放最耀眼的光芒，让世界都为你喝彩。

（指导老师　梁屹）

花开有时

上海外国语大学附属浦东外国语学校　吴一非

生活中充满了无数个“花开”的瞬间，这些“花开”有时令人激动，有时令人欣慰，有时令人感慨。但无论如何，我们都需要明白一个道理：花开有时，一切皆有其时机。

我记得那是一个初春的早晨，空气中弥漫着湿润的土壤气息，鸟儿在枝头鸣叫，一切显得那么和谐而宁静。你我同在这春光里，你带着初识的羞涩，我带着对未来的期待，我们一同站在新的起跑线上。

你是我的同桌，一个文静的小姑娘，笑容如春花般绽放。你总是默默地在一旁学习，而我，总是兴致勃勃，跃跃欲试。我羡慕你那一份沉稳，而你却总是微笑着看着我，不言不语。

春天过去，夏日里热情如火，我焦灼着期待着花开的那一刻，而你依然安静如水。期末考试来临，我犹如骄阳下的花朵，枯萎了，而你却如夏日的莲花，静静地绽放。我沮丧地看着你，你却微笑着对我说：“花开有时，不必急于一时。”我愣住了，看着你那平和而坚定的眼神，我似乎看到了生命的另一种可能。

于是，我开始学习你的沉稳与淡然，开始学着理解那句“花开有时”的含义。我开始明白，每一朵花都有其绽放的最佳时机，无论是人生的春天，还是夏天、秋天、冬天，只要我们用心去接纳阳光雨露，甚至风霜雷电，把每一分经历转化为绽放的力量，那一刻总会来临。

感谢你，是你让我明白，花开有时，生命亦然。每一朵花都有其绽放的最佳时机，每一个人都有其盛开的时刻。我们只需默默努力，其余交给时间。

如今，我依然怀念那个初春的早晨，怀念那个笑靥如花的你，怀念那个一起等待的花开时刻。

（指导老师　潘红）

心中有一粒种子

西北工业大学附属中学　徐煜皓

自古以来，便有不到长城非好汉之名言，于是，借着母亲出差的机会，我们一家人来到了北京。远远望去，长城好似大山一般起伏不一，顺着山脉前进，一眼望不到头。顿时，我心中征服长城的烈火被扑灭了大半。

顺着长城的起始点向上爬去，头上，背上瞬间被汗水打湿，我一步步艰难地向上，蜗牛爬似的缓缓蠕动。此时，我心中已经打起了退堂鼓，望着身后还在向上攀登的母亲，再看看旁边的万丈悬崖，心脏像被狠狠地揪了一下，惊出一身冷汗。我彻底灰心了，心中充满了畏惧，我小心翼翼地转过身来，踩着饱经风霜的石块，缓缓地下来了。可我却不见刚刚还在身后的母亲了。向上望去，母亲竟然已经爬上了第一座烽火台！我惊呆了，这到底需要多大的勇气与毅力啊！霎时间，我看到的不再是长城给人带来的威压与畏惧，而是自己不愿冒险，甘于现状的软弱。我深吸一口气，快速转过身来，直面长城这座大山，不再害怕它的高直险陡。我毅然决然地抓住石块，用尽全力向上爬。

成功了！我登上了烽火台！我成功征服了长城！雄心壮志者，无不有为国捐躯的勇气；翱翔天际者，无不有展翅高飞之力量；荣光万丈者，无不有敢打敢拼之毅力。有勇气则无败者，敢于奋勇向前便能取得成功！长城之旅后，我心中埋下了一颗勇敢的种子，它将会生根，发芽……

（指导老师　任娟娟）

温暖的旅程

国际港务区西安铁一中陆港中学　许子萱

成长的路上难免有挫折、有困难、有伤心……但见到光明时，便获得了温暖和爱。曾经小学六年岁月中的最后一段，特别的旅程深深地印在我的回忆中……

这是我们最后一次在晚会度过了最后一刻钟。还记得在晚会后，大家该闹的闹，该玩的玩，该吃的吃。夜幕降临，家长们离去，学校的操场上，只留下学生和老师们，还有一个个温馨的小帐篷守护着我们。大家一起吃蛋糕，喝饮料，星空缭绕在天空，小星星像一对对眼睛眨呀，眨呀。我们四个伙伴一路走来并不容易，之间也发生过一些矛盾，但当面对离别时，矛盾都一无所知，珍惜相聚，只在当下！

我们四个人一共三个帐篷，其中两个人住一起，我们把它围成一个固定又不会轻易分开的三角形。我们在我的帐篷里面玩“卧底是谁”，过了一会儿，老师来了，我们迅速倒在地上装睡，老师变成宿管了吗？在查“宿舍”吗？一个晚聚不必搞得这么紧张吧！那注定是个不眠之夜，我们珍惜每分每秒，生怕缘尽人散。然而时间从未停下它那匆忙的脚步。

嘀嘀，凌晨五点了。

大家纷纷从帐篷里出来，啊！怎么这么冷，大风呼啸，冻得大家瑟瑟发抖。有的人又跑到帐篷里睡下了，虽然这只是夏日的凌晨。不多久，大家都开始吃早点，收拾东西，在老师的指导下我们分散而别。夏日的离别，第一次离别……那一个夜晚我们都在希望时间过得慢一点，再慢一点！一秒钟，一分钟，一刻钟，一小时，一个夜过得极快。大家都被这宁静而漆黑的夜静静包裹着，都融入其中。

盛夏的离别，深深地刻在我们的记忆里。

下一个夏天，教室里又坐满了人，可惜不再是我们……

每一次离别为什么都是在最火热的季节，时光请你慢点！

这一夜是一段师生的温暖旅程，有缘再见！

（指导老师　张莉）

温暖的旅程

西安交通大学附属中学兴庆校区　严卓然

成长就像一次旅行，这段路上，我们在父母和朋友的陪伴下欣赏大自然的美好风光，在老师的指引下见证学海书山中沁人心脾的书香……

成长之路让我们有了知识，学会了做人，而在我的成长之路上，是小学六年时光中的一位老师是她成就了现在的我，她就是我小学六年的班主任——蔡老师。

我与蔡老师的相处有太多故事，它们好像夜空中璀璨的明星，而其中最耀眼的那一颗，我想是那年夏天的诗词比赛吧。

那是一个清晨，伴着聒噪的蝉鸣，诗词队的成员们进入了训练室，那是我们赛前的最后一次训练，大家都十分紧张。我们深知，明天的比赛不同于以前的训练，可蔡老师却一脸淡定，不紧不慢地听写着成语和诗句。不知是天气太热还是有些紧张，大家明显有些急躁，皱着眉，面红耳赤的。不知怎的，那天的听写好像很仓促地结束了。老师也仅是叮嘱了几句，就让大家回到班上去了。

第二天一大早，诗词队的几位同学在学校集合。蔡老师带大家上了车，在车上，蔡老师强调了一些重点的诗句，让大家放松心态不要紧张。在蔡老师的鼓励下，我们充满信心来到了赛场。

进入赛场，严肃的裁判员和专业的机器让整个赛场充斥着紧张的氛围，不过多次的模拟训练让我不再惧怕赛场，可面对强敌，我仍然感到紧张。在激烈的比赛中，我们还是在第二轮败下阵来，只取得了二等奖的成绩。可回想之前付出的那么多努力，心中还是有些不甘。大家拿着奖状，却怎么也开心不起来。蔡老师却鼓励大家说："比赛的成绩并不能否定你的努力，能一路闯关到决赛，已经很不错了。而且经历挫折才能成长，不是吗？"是啊！成长之路不会一帆风顺，但它一定是充满温暖的，我们要向前看，看那万里征程，看那前途灿烂。

这路上，我步履匆忙，可蔡老师始终陪伴在我的身旁，让我不畏艰难险阻，播撒成功的种子，一路走向梦想，走向自己的诗和远方！

这温暖的旅程，终将会走向成功！

（指导老师　何向向）

温暖的旅程

陕西省安康市汉滨初级中学　杨厚熙

成长，是一段充满未知的旅程，既可能是鲜衣怒马、意气风发，也可能会屡经波折、茫然无措。但不管遇到泪水或者欢笑，亲情始终如同阳光般沐浴大地，温暖人心，给人以无尽的力量和勇气。

成长的旅途上，亲人总是在背后默默付出，如同花儿一样悄然绽放，散发着亲情的芳香。伴随着一声“乖孙女，吃饭了”的声音，我在餐桌前兴奋地坐下，同时也等待着奶奶的入座，可直到开饭时，奶奶也只是满含笑意地在厨房忙来忙去。“奶奶，您不吃吗？”我疑惑地问道。在我的记忆里，奶奶好像只有在过年一家团聚时才会上桌坐坐，其他时候总是在忙忙碌碌。“我不吃，我不吃，看着你们吃，我就饱了。”奶奶总是这么回答，她好像只要看着我们吃，就已经很满足，很饱了。小时候的我并不理解，长大后才明白，在我们欢聚一堂开怀畅饮的背后，是奶奶这类传统女性几十年如一日的幕后辛勤付出，再看着奶奶，心里有了一丝悲伤，我起身，将奶奶搀扶到餐桌前坐下，说：“奶奶，您歇歇，这些活让我们来干。”这时，奶奶总会笑着说“我的孙女长大喽”，我看到，奶奶的皱纹随着笑意一同舒展开来。

成长的旅途上，亲人间的相互陪伴，如同一壶老酒历久弥香，温暖了我的岁月。一天，爷爷问我在手机上应该如何调整图像，我心不在焉地说道：“这个有点复杂，我教了你也学不会。”他好像有些无奈，摇摇头，重新坐回椅子上不再言语。我的心却突然似乎被针戳中，想起书上的一段话：“在家人需要帮助时选择置之不理或者敷衍了事，是对家人感情的一种伤害，会让他们感到失望和无助。”此刻，我不正在犯这样的错误吗？我停下了笔，拿过手机给爷爷认真讲解，并开始主动寻找话题。慢慢地，爷爷的“话匣子”被打开，他从自己蹒跚学步开始讲起，小时候背着干粮步行几十里山路去上学，为了买“闲书”上山挖药材拼命攒钱，参加工作后领到第一笔工资的自豪和喜悦，以及他和奶奶如何相遇相识，还讲了爸爸和姑姑小时候的糗事……讲到开心时，他开怀大笑，一瞬间好似年轻了十几岁，原先的古板被鲜活所替代，让我认识到了一个与往日不同的爷爷。更为奇妙的是，在和爷爷交谈的过程中，我内心的一些东西也被触动，对家人、对学业乃至对社会、对未来的一些认识和看法逐渐从模糊变成清晰。那一瞬间，自己感觉我成长了很多。

成长，是一场渐行渐远的旅程。在这条路上，我收获了一份份温暖，它们如同散发着芳香的花儿，如同缠绕在心间的甜蜜，指引着我，安慰着我，温暖着我。“能治愈一个人的，从来都不是什么灵丹妙药，而是陪伴。”在未来的路上，我将珍惜每一段时光的馈赠，珍爱每一次心灵的触动，挚爱每一份真挚的情感，一路从容前行，一路感恩怀念，风雨兼程，不断进取，力争成为更好的自己。

（指导老师　张家伽）

照亮我世界的光

创新港西安交通大学附属中学　杨可儿

光沿直线传播。而那束光，如同正在燃烧的小太阳，坚定不移地照亮着我的世界，沿着直线永不动摇。那束光——“宝剑锋从磨砺出，梅花香自苦寒来”，将我的世界点亮。

初次相见，是在舞蹈教室里，一次偶然，让我注意到了它。那是2017年的夏天，只记得那年夏天格外的热，整个夏天没下过几场雨。“咚咚咚”从舞蹈教室传出敲鼓的声音，这声音连绵不断，一响就是几个小时，那是我们在排练舞蹈《童心古韵》。为了参加一个舞蹈比赛以及一个开幕式的表演，我们十几个七八岁的小孩儿，一边跳着，一边跑着，一边敲着鼓，从头到脚已经满是汗水，脸涨得通红，身上的舞蹈服也被汗水浸湿。再加上空调坏了的原因，舞蹈室闷热无比。“好热呀！”“我太累了！”“我不想跳了！”在第十遍音乐停止的那一瞬间，我们所有人瘫坐在地上起不来了。老师说道：“休息一分钟，快起来继续，今天必须把它练熟！”这话一出，我们的哀嚎声越来越大，都不想再跳下去了。老师见状，知道我们真的很累很热，便说：“那你们再休息一下，我给你们讲个故事。”一听有故事，我们立马竖起耳朵聚精会神地听了起来。“来，往这儿看。”老师走到墙边，指着墙上的一句话念了起来：“‘宝剑锋从磨砺出，梅花香自苦寒来’，有哪位小朋友知道是什么意思吗？”“不知道。”“我也不知道。”我们摇摇头，表示不知道。“这句古诗的意思是宝剑经过打磨才能有锋利的剑刃，梅花是经过一番严寒后才开花的。这说明了不论什么事都要不断磨砺，坚持不懈，学会吃苦，在困难中学会慢慢成长，才能取得成功。你们可以将自己看成严寒中的梅花，只不过你们所处的环境是炎热，在这种极端环境中，小小的梅花都能克服困难，然后换来美丽的绽放，散发出诱人的香味，那你们呢？”“我们也可以！”“我们要拿第一名！”我们顿时和开了窍一样，想象着拿第一名的场景。“那拿第一名需要做什么呢？”老师又问。“需要不断练习，克服困难！”“那我们开始练吧！”一言为定！我们重新站起身，拿起鼓，开始了漫长的练习。

又是两个小时过去了，我们终于把它练熟了，每个人脸上都洋溢着灿烂的笑容。在一个月后的比赛中，我们果真取得了第一名。“宝剑锋从磨砺出，梅花香自苦寒来。”这句话也深深地烙印在我的脑海里。

两年前的电子琴考级，我又因为一直练不熟而感到急躁，正是“宝剑锋从磨砺出，梅花香自苦寒来”这句话救了我，让我有了信心，并最终顺利通过考级。

其实这句古诗在我的生活中帮了我很多次，在我做一道很难的数学题时，在我因为困难做不下去一件事情时，都是它“救”了我，让我克服许多困难并最终取得成功。正如一束光，它照亮了我的世界。

反射角等于入射角。正是那束光如同月亮与地球，在光中互相旋转，默默守护，帮助对方。有入射角，反射角才永远不会离开。

（指导老师　林苏欣）

遇见你，真好

陕西省西安市曲江第一学校　杨孟泽

外婆家的院子里种着几株葡萄树，那是在我快出生时，妈妈亲手为我种下的。妈妈想着过几年就可以摘自己种的葡萄给我吃了。

小时候，我们一直住在外婆家。不知从何时起，那葡萄藤已爬满整个架子。每年夏天，葡萄架上都会是一片郁郁葱葱，站在下面便能看到一串串米粒大小、嫩绿嫩绿的葡萄。再过两三个月，它们便成熟了，一串串紫色的葡萄，仿佛一颗颗被串起来的玛瑙，晶莹剔透、饱满亮泽，在阳光的照射下闪着微光。每到这个时节，我总爱嚷嚷着让妈妈给我摘葡萄吃。妈妈也很乐意带着我一起摘葡萄，搬个梯子到葡萄架下，让我扶着，然后自己爬上去，一边摘葡萄一边笑着逗我。我在下面抬着头眼巴巴地望着，时不时还着急地蹦跶几下，催着妈妈快点儿。看着我一副等不及的样子，妈妈总会笑得特别开心。

上小学后，我们搬回了自己家。我不能再看着葡萄花开花落、叶绿叶黄，成了心里一个小小的遗憾。每到节假日，我都会特别期待能去外婆家，总想去看看葡萄发芽了没？叶绿了没？开花了没？挂果了没？成熟了没？还记得上五年级时，一个周末的晚上，外面狂风暴雨。看着窗外的景象，妈妈一脸担心地问我，葡萄树会不会被刮倒？我也跟着担心起来。第二天一早，妈妈便带着我去了外婆家。万幸的是，葡萄树没有倒下，只是被刮落了不少叶子。看到这一幕，我俩悬着的心也放下了。妈妈转头看了看我，笑着道："这葡萄是妈妈为你种的，想让它们陪着你一起成长，现在它们已经很粗壮了，我儿子也长大了，都经得起风雨了。”我心里也感慨起来，是啊，时间过得真快，不知不觉我都长得比妈妈还高了。

现在，我已经上初中了。随着学业越来越重，我也很少能有时间去外婆家了，除非是那些时间较长的节假日。紧张的学习之余，我也会时常想起那些陪伴我一起成长的葡萄树，也时常会在妈妈跟前念叨着想去看看。每到周末时，妈妈送完我去上辅导班，便会开车去外婆家，拍几张葡萄架的照片回来给我看，葡萄成熟时也会给我摘一些回来。吃着甜甜的葡萄，我总是在想：这甜甜的葡萄不正代表着妈妈对我的爱吗？那葡萄树因我而生、伴我成长，不正像是一道连接着我和妈妈的情感纽带吗？不正像是妈妈对我丝丝缕缕的牵挂吗？

亲爱的葡萄树，遇见你，真好！春夏秋冬、寒来暑往，你一直陪伴着我，见证着我的成长，更见证了妈妈对我无微不至的爱。你用藤萝和绿叶绘出一把有形的伞为葡萄遮风挡雨，而妈妈用辛勤和汗水织出一把无形的伞来呵护我、保护我。是你让我更加懂得了妈妈的爱！什么时候我能像你一样，也织出一把大伞，为妈妈撑起一片天呢？

（指导老师　魏敏娜）

二十年后的我们

咸阳师范学院附属中学　杨延旭

插上理想的翅膀，畅想二十年后的我们，一起来看二十年后的你、我、他吧！

这是八年级三班的一节音乐课。音乐教室里，琴声悠扬，歌声悦耳，一位披着长发的女教师一边弹琴，一边教学生们唱新歌。她时而俯身，时而昂首，学生们神情专注，跟着老师的节拍学唱。咦，这位美女老师不是我们班的郝芸琪吗？哈哈，小学就爱唱歌爱跳舞的她终于如愿以偿，当上了音乐老师。

看，CCTV5正在实况转播世界杯男子篮球决赛，中国VS美国。上半场，28：20，中国队暂时领先。下半场，美国队发起了强攻，比分很快追到了38：36。中国队随机应变，调整了战术，三分球一个接一个投中，比分又渐渐拉开。58：44，中国队获得世界杯男子篮球冠军！队长高举奖杯，队员们手捧鲜花，他们站在高高的领奖台上，聆听国歌奏响，凝望徐徐升起的五星红旗，多么庄严神圣、激动人心的时刻啊！你们可曾知道，中国男篮队长就是我们的班长——周钰熙！

一个星期六的早晨，我和探亲在家的航空兵某部飞行大队长张皓然相约，一块儿去看望我们小学的班主任——介老师。驾驶着自己发明的在空中会飞的汽车，遇到交通堵塞时，我会按动起飞键飞过去。张皓然好奇地睁大眼睛看着我。我告诉他，我的汽车造型奇特，功能多样，全身充满了气体，燃料也用的是空气，十分环保，他耳闻目睹之后，不住地点头称是。

在介老师小区门口停车场放好车，旁边活动广场一群人身着红装在打太极拳，中国红一片，好壮观啊！走近一看，原来是人们在晨练。教练在最前面一招一式地教，动作娴熟，刚柔并济，看上去简直是一种美的享受。好熟悉的声音啊！“介老师！”我们不约而同地小声喊了起来。端详着我们敬爱的介老师，她还是那么年轻，那么漂亮。畅艺轩和汪九洲分别研发的治嗓子和美容的药应该递给介老师了吧？！

二十年后的我们，一个个还都不错吧！？为了实现美好的愿望，让我们努力学习，一起向未来勇敢奔赴吧！

（指导老师　王雪）

奶奶与我

西北工业大学附属中学　叶禹彤

我的奶奶个子很矮，相貌平平，但她对我的照顾细致入微。

在美国时，奶奶一直陪伴着我，可奶奶毕竟已经老了，有时候她也需要我的照顾。奶奶在美国没有朋友可以聊天，所以感到很孤独。我很为奶奶感到着急，我可不想让奶奶无聊，就是无聊了一点也是不行的。

为了让奶奶高兴起来，我变着法儿地逗奶奶开心。放学一回到家就闹着要和奶奶玩，给奶奶讲笑话听，给奶奶讲学校中有趣的事情。奶奶终于开心地笑了！

在美国，奶奶不会过马路，我就每次牵着奶奶的手过马路。我一路上都紧紧地拉着奶奶的手，小手拉着大手。坐公交车时，奶奶耳朵不好，没有听见要下车了，我赶紧走到奶奶的身旁，告诉奶奶："要下车了，奶奶。"有一次中午饭，奶奶给我做排骨吃，将小排骨全部放在我的碗里，她没有吃一块，我问奶奶："奶奶，您怎么不吃？"奶奶笑眯眯地看着我，说："奶奶不爱吃，你多吃点，吃吧！"

到了奶奶的生日，我送给奶奶一幅画，上面写着："奶奶，我永远忘不了您。"奶奶没有想到我会这么用心地给她准备礼物，顿时热泪盈眶。此时阳光正好，金灿灿的阳光洒在奶奶的脸上，奶奶暖暖地笑了。

她很郑重地把这幅画和那些昂贵的名画放在了一起，奶奶说，她永远都会珍藏起来的。

如今奶奶的脸上已布满了皱纹，那是岁月留下的痕迹。七十四岁的青春，让我和奶奶一起度过。

（指导老师　李军）

温暖的旅程

西北工业大学附属中学含光校区　张晟恩

我深知，有些事情是难以忘却的。尤其是人生这场旅程中沿途的风景，每每在夜深人静之时，便会悄然浮现在眼前。

起程：幼儿园的天真烂漫

老师从妈妈手中牵过我的小手，我有些胆怯地望着老师。“别怕，跟老师走，看，那么多的小朋友都在等着你呢。”从此，我踏入了一个浪漫的岁月，尽情享受着天真美好的时光，感受着未来萌动的时刻。在这里，我们在老师的引领下，学会了洗手、做游戏，懂得了什么是美、什么是丑。

“老师，怎么才能让教室里的花艳丽多彩呢？”“勤浇水，多施肥。”于是，我们就天天精心呵护着那些花，浇水、培土、施肥，满心期待着有一天蓓蕾绽放、摇曳生姿……这段旅程，虽然那般幼稚，却也充满温暖。我就在这段旅程中，渐渐体悟到老师的陪伴以及人性的温暖。

初遇：小学时期的坚韧刚强

“一次的失败怕什么？不经历风雨的洗礼，哪里会有鹰击长空的雄姿？”这是在我参加学校演讲失败后，老师给予我的鼓舞。“老师相信你，只要你摆脱自卑的束缚，你就一定可以站在成功的巅峰！”我明白，一个人不能被失败打倒。于是，我仔细剖析自己的不足，每日勤奋练习演讲技巧，最终，我在市级演讲比赛中荣获一等奖。更重要的是，我变得更加坚强。我要铭记这些事情，体会它的艰辛与苦涩，让失败和挫折使我更加坚韧。同时，我也牢记老师的指引，感受那温暖的力量。

逐风：中学时期的拼搏进取

“你别总憋在教室里了，和我们去爬学校的后山吧！去呼吸下新鲜空气，晒晒太阳，你最近黑眼圈越来越重了。”几位见我昏昏欲睡的同学说道。

我心里暖暖的，但还是问道：“老师会同意吗？”

“我们悄悄地去，别让老师知道。”

结果当我们爬上山顶，回头一看，不远处站着的正是老师。我们大吃一惊：他是怎么知道的？老师笑眯眯地说：“在期末前的关键时刻，老师怎么会不时刻关注你们的动向呢？老师知道你们很累，放松一下也好，只是老师担心你们的安全，只好悄悄跟着了。”

“自信人生二百年，会当水击三千里。”这段旅途，正是青春勃发的时刻，少年心事，谁人能解？我为拥有这样的岁月而自豪，为这岁月里的青春热情而骄傲。我更体会到了友谊的温暖，以及老师关心的温馨。

是的，这些事情让我难以忘怀。在这段旅途中，我肆意挥洒，尽情奔放。体会着沿途中父母、老师、朋友……带给我的温暖，让我的生命历程多姿多彩！我要留住这些温暖，品味这些美好。而人生的旅程才刚刚开始，我要继续在沿途的风景中，感受温暖的旅程，温暖的人生。

（指导老师　张石）

温暖的旅程

西安交通大学附属中学兴庆校区　张芃浩

成长中，有苦有甜，有酸有涩是很常见的事。不过人们的成长却大多是以温暖为主的，这得益于人们的乐观以及种种因人而异的原因。于我而言，这原因正是母亲的陪伴。尤其是她的眼神，令我难忘。

那是一个漆黑的夜。昏黄的台灯照出无力的光，将白纸渲染成同色，令人一看就昏昏欲睡。一个个本子上，早已经没了章法的字随意地交错着，像是一个醉汉随意地从文字库里抓了一把字撒上去的一般。一道道题像一排排形态各异的蚂蚁一般横在纸上，仿佛要把我前进的路堵死似的。我坐在这堆满本子的桌案前，正用着洪荒之力支撑着眼皮，不让它掉下来把我砸得昏迷。我似乎是想从那些蚂蚁的排布中找到什么规律似的，却还是放弃了。

不知何时，我终于放弃了，准备辞退这份似乎永远也完成不了的工作。我想要坚持，但渐渐酸软的双臂和渐渐加重的眼皮还是让我向困难低下了头。我用尽最后一丝力气，把头转向一直坐在一旁的母亲，眼神中透露着祈求。

不过，当我看到她的眼神时，却愣住了。她的眼神依旧平静，没有焦急，没有催促，更没有愤怒，与我平时看见的样子没有丝毫区别，却带着一股力量。我内心的某个部位突然颤动了一下，似乎被这股力量触动了，一股力量已是油然而生。这股力量先是将我要出口的话塞了回去，然后又潮水般地涌入我的大脑。瞬间，我似乎有了几分类似倔强的感觉。我用似乎变强了千百倍，实际却并没有半分变化的力量粉碎了压着我眼皮的大山，支撑起了已经几乎弯了九十度的腰，看向那之前让我焦头烂额的白纸。那一群群蚂蚁似乎真的有规律了似的。我用我的笔画出一个个符号，与那规律应和着，并冲破严严实实的防线。又不知过了多久，那之前困扰着我的工作却已经被完成了。

正是有了这眼神的陪伴，我才能一直成长到现在。这平静眼神中的力量激励着我，总是能在困难关头给我温暖，激发我心中的力量。

（指导老师　孟雯）

树的传说

天津市田家炳中学　张晰媛

相传在很久很久以前，有一棵古老的大树。它的树干粗壮挺拔，直冲云霄，像一把巨大无比的大伞屹立在大地上。树上生活着多种的飞禽和小昆虫，它们与大树和谐相处，同呼吸共命运。时间一长，这棵大树就成了当地的坐标和独特景致，给老百姓和过往的行人带来许多的方便与乐趣。

可意想不到的事情发生了：那天早上，当地人惊奇地发现，那棵古老的大树不见了。原来，那棵古老的大树日积月累地汲取日月之精华，集聚了神灵之气与独道的特异功能，它到荒山秃岭播种造林去了。更让自己意想不到的是，我家小院里，神奇地冒出了一棵树，我好奇地凑过去想看个究竟，却从树干正中央出现一个洞口，接着洞口探出了一个小精灵，长着十分呆萌的脑袋。这是怎么回事呢？

正当自己迟疑时，小精灵突然开口道：“小姐姐，你愿意和我一起行动，保护我们家园的环境吗？”我立即告诉它：“爱护环境靠大家，从我做起见行动，我当然愿意呀！”小精灵听罢，说着：“好咧，变！”一个树杈模样的飞船出现在了我跟前儿，小精灵从树洞里出来，跳到了驾驶飞船的座位上，待我也上了飞船坐好后，飞船闪电般地飞了起来。转眼间，出现了一个光秃秃、不见丁点儿绿色的丘陵地带。小精灵放慢了飞船的飞行速度，待飞船停在空中不动时，它回过头来认真地对我说：“小姐姐，我们就要撒种播种了。等一会儿飞船飞起来后，船身上下地抖动。你呢，在后边配合，就像荡秋千一样，不停地站立、坐下，做得越快越好。”听罢，我忙点头，说：“明白，肯定没问题。”

飞船继续飞行后，开始了上下抖动，我顺势配合地站起、坐下，频率变得越来越快。时间一分一秒地过去，双膝渐渐变得酸软，腿上的肌肉变得麻木、胀痛，眼看快要坚持不住时，飞船渐渐地停在了空中。我身子一软，有气无力地瘫坐在了座位上，小精灵回转身冲我挑着大拇指，说：“好棒呀，小姐姐，在你的助力下，本来是半天时间才能干完的活，半个多小时就提前播种完成了。小姐姐知行合一，也太能干了吧！”我被小精灵夸得有些不好意思，就又岔开了话题，说：“接下来，我们还准备去哪儿呢？”小精灵听后呵呵地笑道：“回家，回你家的院子呀！”说着启动了飞船，它又像闪电似的飞了起来。

在回来的路上，小精灵特意绕道，带我去了趟上古原始森林，那里长满了像古老大树一模一样的树木。当风儿吹过时，森林里就会响起鸟儿们欢乐动听的啼鸣，仿佛悠然自得地讲述着古老大树的传说。

（作者系天津市南开小作家写作班学员　指导老师　尤朝华）

温暖的旅程

西安高新一中实验中学　张芯旖

尽管生活兜兜转转，有诸多不顺，但还是会有无数温暖的人、温暖的事。有了这些生命的旅程才有了点滴温暖……

初秋的小雨淅淅沥沥，淋湿了一纸禅意。我正在教室伏案写作，雨滴落下，字迹晕染成了一朵墨花。这时我才惊觉，天色已晚，同学们都已走了，雨势不算太大，但也不是不撑伞就能挺过来的，毕竟，我回家要走半个小时呢！没带伞的我站在校门口四处张望，期盼着妈妈能破例来接我，但怎么也看不到那个熟悉的身影。这时，我听见有人叫我小名，朝声音处望去，原来是对门的刘奶奶："月月，你是不是没带伞啊？走吧，奶奶送你回家！"一路上，被雨打湿的桂花散发着幽香，我的心底则暖流涌动。

第一次期中考试结束，我的数学成绩万分不理想，看着答题卡上鲜红的叉，我的眼泪不争气地流了下来。这时，一张纸递到了我的眼前，抬首，原来是我的好朋友夏夏。"没关系的，一次没考好而已，你不能就这样否定自己。我陪你一起努力，加油！"看着她明艳的笑容，我信心大增，用力地朝她点点头，嘴角不知不觉上扬。那一天的阳光，很温暖。

"这么简单的剪纸都不会，我不想教你了！"同桌一边说着，一边没好气地把剪刀扔给了我。我很生气，又自知理亏，只好闷闷不乐地去找美术老师请教。我红着眼向老师倾诉："老师，我是不是真的很笨啊？你看我连这么简单的剪纸都不会……"老师摸摸我的头，安慰道："没关系，每个人刚开始都不会。来，老师手把手教你。"老师握着我的手，剪刀在纸上游走，剪出了美丽的图案。我还记得，老师的手，很温暖。

感谢你们，莅临我生命的旅程，让它变得温暖如春。

（指导老师　李书安）

甜

西安高新第一学校　张歆研

每个人都尝过生活中的酸、甜、苦、辣。我在生活中尝过最多的就是甜。下面请让我为你娓娓道来。

很多小朋友认为“甜”是好吃的零食特有的味道，它那独特的味道能让你意犹未尽。其实“甜”在生活中也很常见，同样能够让你回味无穷。

收获的滋味是甜的。记得在我2021届模特复赛，我竟然成功入选了省级决赛。老师家长都对我抱以厚望。于是，我每天都要进行魔鬼式训练：早上9点开始训练，12点吃饭，13点继续训练，傍晚6点才回家。每天的魔鬼训练把我累得像一摊烂泥，一回家就倒在沙发上。每天辛苦地练习但还是会出错，我有点怀疑自己的能力，自己像个泄了气的皮球，我想放弃打起了退堂鼓。老师知道后对我说：“人啊！都有遇到困难和瓶颈的时候，但如果半途而废就永远不会成功，可要是不放弃呢，就一定有回报，台上一分钟台下十年功，每一个高光者的背后都是无数次失败和无数次努力换来的。”我听了老师的话后惭愧极了，决心重新振作，一定要努力坚持下去。

经过一个月的魔鬼训练，我终于迎来了省级决赛。在比赛前我既兴奋又紧张，老师看到我的状态后鼓励我说：“你可以的，相信自己！”我想：“是啊！沉住气相信自己，我一定要把最优秀的一面展示出来。”我上了台，以最好的状态完成了比赛。最后我以优异的成绩取得了金牌。当站上领奖台的那一刻，收获的滋味真的好甜啊！

收到祝福的时候也是甜的。记得在我9岁生日那一天，由于太忙把生日早就忘到脑后，哪还有心管今天是我的生日，但等我忙完后，才想起今天是我的生日。我想：今天这么忙，我自己都忘了，父母和朋友肯定也忘了。想着，心里不免有些小失落。正在这时，门铃响了，我想这个时间谁会来呢？我疑惑地打开门，门外站着的却是提着蛋糕的好朋友，我热泪盈眶，这一刻真甜啊！

生活中的甜有很多种，分享是甜的；帮助别人是甜的；同学、老师的鼓励是甜的……只要我们用心去感受，这甜便无处不在。

（指导老师　杨佩）

桥

深圳市福田外国语学校（景田）　张雨桐

五千年华夏，一桥贯古今。

从秦朝的万里长城到明朝的紫禁城，它们如同一座座无形的桥，连接着过去与现在，让后人得以窥见古人的智慧与辉煌。传承，不仅仅是为了铭记，更是为了在那座名为“文化”的桥上，继续前行，探索更加美好的未来。

记得儿时手中的孙悟空泥人吗？炯炯有神的大眼，闪闪发光的金铠甲，那不仅仅是一个玩具，它更是《西游记》文化的缩影，承载着儿时的纯真与梦想。然而，随着时间的流逝，那个小小的悟空和校门口捏泥人的老爷爷，如今你还记得吗？这不禁让人反思，我们的根，我们的文化，是否正在被悄然遗忘？

不久前，我因为学习资料来到中心书城。门口整齐划一的小店，让埋头书海的我得到一丝放松和惊喜。不经意间走到一家无人问津的小店，店主认真的模样勾起了我的好奇心。一个个精心捏制的小泥人，瞬间唤醒了我童年的回忆……

头戴金冠的孙悟空、手拿钉耙的猪八戒、骑在白龙马上不分妖魔的唐三藏。《西游记》的九九八十一难如同电影般在我脑海中闪过，仿佛重回那无忧无虑的童年，与小伙伴举着泥人一起嬉笑的情景。这时，我突然想起家中的床头柜上还藏着一个“钱塘关”。回到家，我准备再次打开那封尘已久的记忆。

打开小檀木盒子的瞬间，我震惊了，目不斜视地瞧着那十几栋小房子，小哪吒好像又干了坏事一般被李靖一手拎起。更令我意外的是，金吒和木吒也在！望着这一个个小人物，我仿佛瞧见了爷爷捏人时的专注，也让我深刻体会到老一辈对传统文化的热爱与坚守。

然而，随着西方文化的传入，现在的年轻人似乎觉着西方的节日更“潮”。我们应当意识到，每一种文化都有其独特的价值，而中华五千年的文明更是人类共同的瑰宝。

因此，我构想了一座“传承之桥”，它不同于任何物理上的桥梁，它存在于每个人的心中，连接着对传统文化的尊重与未来的憧憬。而我也将踏上这座传承之桥，带着前辈的智慧与期望，去探索、去创造、去见证新时代的美好生活。

无法忘记的回忆

辽宁省大连开发区第七中学　张语涵

时光匆匆，白驹过隙。时间，恰似那奔腾不息的洪流，永远无法被挽留。我悠然地漫步在书声琅琅的校园之中，尽情地欣赏着那令人心旷神怡的景色。耳畔传来蝉声阵阵，仿佛在低吟着夏日的旋律。抬眼望去，花儿正在绚烂绽放，犹如青春的笑靥，灿烂而富有活力。那娇艳欲滴的花瓣在阳光的映照下熠熠生辉，宛如大自然用最细腻的笔触勾勒出的绝美杰作。六年时光仿佛就在昨日，那些酸甜苦辣的回忆像照片一样定格在我的记忆中，那些记忆的往昔如同影像般在我的脑海中回放着，我用力地去捕捉它，留下了抹不去的印记。载着记忆的脚步越发沉重，任凭那摇曳的清风浅吻过我走过的脚步……

那一次，我们牵起彼此的手在操场上奔跑，在阴凉的树荫下畅谈心声，我们安静地坐在那倾诉着自己的烦恼。尽管手中没有任何东西，可不用言说的友谊早已在心中堆起厚厚的积雪。在炎炎夏日里不但有蝉鸣、鸟叫，还有一起打闹交心的朋友和未来的期望。十年树木百年树人；插柳之恩，终生难忘。陪伴我们走过四季的老师，仅凭她一句温暖鼓励的话语就能使我们重拾信心，坚定不移地走下去。

不知怎的，我的心像是被狠狠戳中，眼泪便不争气地流下来。我躺在床上，望着那漆黑的夜空，回想着六年以来的点点滴滴。老师、同学、校园，无一不让我难忘。无话不谈的朋友，细心教导的老师，生气蓬勃的校园，这些景象一一浮现在我眼前，但渐渐的它们被泪水打湿了，变得朦胧起来。我不停地发问着："六年真的就这样结束了吗？……我真的毕业了吗？我的小学时光就这样过完了吗？我们还会再见面吗？心中纵有万般不舍，也只能被一句"再见"轻轻打散了。完美的故事总有完美的开始和残缺的结局，离别也是因为有了相遇。泪水顺着脸颊流淌下来……

可"离别"并不是那么伤感，毕业也不代表结束。是的！正如一句歌词所写的那样："各自踏上，锦绣的明天！"我们虽然要各奔东西，去追逐自己的梦想，但我仍然期待再次相逢的那一天，也永远记得——"今年夏天"。我们在这里，画下一个完美的句号，再一次踏上人生的另一个起点。

记忆向深处沉淀，却冲刷不了珍珠的光泽，带不走那些温暖的记忆。惊鸿一般短暂的时光像彩虹般绚烂，那段相濡以沫的岁目，留下了我们携手走过的痕迹。

（指导老师　刘彬）

破茧成蝶

中山大学附属中学　周至善

琴音泠泠绕指柔，弦乐杳杳压星河。余韵从生命中穿堂而过，跌宕起落终成余烬。否极泰来，破茧成蝶，千蝶共舞。

自幼，我便犹爱小提琴。正是因为心中热爱，赋予我无畏的力量，方能让我劈波斩浪，一次次跨越小提琴考级的关卡。可随着考级级数的攀升，心中傲慢悄然滋长，我越发傲然视物。直到在小提琴七级的考试中，我因一时失误折戟沉沙。一时之间，我犹如困茧之蝶，失意颓唐，深觉自己泯然众人矣。

直到那日，我如往常般机械地练着琴，低沉抑郁的情绪拖慢节奏，小步舞曲原本的典雅灵动，被我奏出了几分哀戚。老师察觉到我的低落，向我走来。他轻拍着我的肩膀，说道："每一次的蜕变，必将经受无与伦比的考验。所以，坚持不懈，努力朝前吧，你终将破茧成蝶！"话语如珠，落于心底。蝴蝶轻振羽翼，或许就能掀起未来的风暴，而我，决心蜕变，聚沙成塔，振翅奔赴烂漫春光。

我重新审视自己的不足，从手腕发力到运弓角度，逐一打磨精进。既已往者不可追，来者犹可期。这一坚定的决心，似乎在为我破茧成蝶之路做见证。自那时起，晨曦初露时，我便来到琴房，独自一个人拉着小提琴，于练习中，不断揣摩其技巧与要领。夜幕降临，烟消云散，月下的亭阁间依旧回荡着小提琴的琴音。琴罢，停琴，不动浮尘，不觉涟漪。自朝晖至夕阳，自春夏至秋冬，在日复一日的时光里，我始终咬牙坚持，虽有放弃的念头，但既然选择了坚持，便只顾风雨兼程，让拼搏成为破茧路上的熠熠华光。

时光知味，岁月沉香，小提琴七级的考试再一次翩跹而至。我徜徉在和煦暖的阳中，从容应对，心手相合。我深深呼了一口气后挺直腰板，架起琴弓。琴音袅袅，音符恰似缕缕炊烟，缥缈悠扬，荡漾进入心扉；又似千万只蝴蝶，振动蝶羽，与坚持的心声同频共振。不时，携来几缕春风，扰乱思绪。一曲终毕，我方如梦初醒。望着鎏金证书，迥然间，心中蝴蝶破茧，飞向蓝天白云。

世人只知化蝶之美，却不知它们历经七个白昼的蛰伏，承受着无可预料的破茧之痛。它们游走在时间的缝隙里，等待下一场春和景明的到来。而少年郎亦当如此，坚持不懈，破茧成蝶，与春同频。

（指导老师　尹倩雯）

遇见你，真好

陕西省西咸新区秦汉中学　林子涵

初春时节，处处生机勃勃，春风拂过面颊，虽带着些冬日残留的丝丝冷意，但仍然昭示着温暖的春天即将到来。柳树堪堪抽了新枝，便有鸟儿飞去为自己准备新家了。和煦的阳光普照大地，照亮了人们新的一年的路。

在这欣欣向荣的景象里，你出生了，比我大一周，双鱼座，性格温柔似水，对生活充满了热情，脸皮薄，说不了重话——我们的性格如此迥异。

你小时候很爱哭，但我那时皮得很，也讨厌爱哭的人。刚遇见你时，你就被你父亲给说哭了，两岁多的小孩脸上挂满了泪珠，时不时抽噎一下，惹人心疼。可你父亲是一个军人不吃这一套，看到我伶俐皮实更是对你恨铁不成钢，经常拿我和你比，我们的梁子也算结下了。

后来，我们分道扬镳，去了不同的地方上小学。我天真地以为我们不会再见，当我发现你和我住同一栋楼时十分惊讶，我俩的“孽缘”竟然还没完！那时的我仍旧与男生一样，上蹿下跳的，没有一点女生样子。而你依旧腼腆，十分淑女。一次，我跟着一个姐姐去爬山，一不小心没踩稳，直接从坡上滚了下来，树枝划破了我的脸，我的腿也蹭破了。我心里后悔，想哭，但又忍住了。回家一看，你竟然在我家，我出丑的样子被你看到了。我以为你会笑我，却没想到你却找大人要来了医药箱给我消毒。阳光正好透过窗户照在你认真的面庞上，那阳光也融化了我对你所有的偏见。一直到现在，我们成了无话不谈的闺蜜，我们的性格也似互换了一样，你变得越来越活泼，我反而沉静下来了。

随着时间的推移，好像什么都变了，又好像什么都没变。变了的，是我们对对方的看法；不变的，是我们怎么也打不散的友谊。遇见你，真好！我的生命中拥有了这样一份不离不弃的友谊，温暖着我，陪伴着我！

冷遇见暖，有了雨；冬遇见春，有了岁月；我遇见你，有了我们情比金坚的友谊。手中的笔到此就搁下了，但我们的故事还很长，我们还会继续陪伴着彼此走过一个个春天、度过一次次生日，走向我们友谊的未来！

遇见你，真好！

（指导老师　马梦欣）

刷新着我的生活

江苏省宜兴市实验中学　沈修羽

日出而作，夜深而眠。生活如同一柄刷子，刷走了很多。

它对我说："你是个初三的学生，应当专心学习。"所以，它刷走了我枕边的书堆。它对我说："你是个初三的学生了，爱好应当放一放。"所以，它刷走了我柜中的军模。

我像一个跑者，拼尽全力地奔跑，前方是迷雾，后方是黑暗。耳边只有"唰唰"的风声，身后是竭力追逐的灵魂。

我很累，却因怕被生活的刷子抹去，竭力狂奔。

秋日，随着闹铃声响起，麻木的身躯从被窝中窜出，继续新一天的奔跑。风卷残云般"刷"完早饭，背上书包，冲出门，留下疲惫的灵魂。

快步在路上，秋风"唰唰"地催促我向前。到达公交站台，小坐些许，喘口气等公交，也让灵魂得以赶上几步。抬首，车站旁的梧桐不知何时已落光了叶，堆叠于树根处，等待腐烂，化为尘土。这些生灵啊，曾是多么骄傲自豪，一身绿装，立于枝头，风光无限，却仍敌不过时光与生活，脚步一慢，便被黑暗吞没，被从跑道上刷下，只待一阵风，一场雨，便被生活的钢刷彻底抹除。我叹口气，却又引起一阵后怕，几阵冷汗神经质地回头，生怕下一个被刷下的便是我。还好，它还没指向我。

又一次抬首，想看看那些牺牲者生前的位置，却发现了几个另类。光秃的树梢上，仍有数片秋叶在摇摆。它们已然枯黄，干瘪，于树头飘忽不定。但，它们在那，傲视大地，也傲视着我，仿佛无言地向生活抗争。是生活的钢刷有疏漏吗？怎么会留下这一批漏网之鱼？还是说，这是他们最后的倔强？我顿觉汗颜，却告诉自己，它们只是苟延残喘。

车来了，躯体逃上车，留下它们于风中“唰唰”作响；灵魂仍立于原处，与他们对望，听他们“唰唰”吟唱。

月明星稀时，我又一次乘上了公交。离站近了，更近了，不由惦念起那几片秋叶。“大概已然被刷去了吧。”躯体对灵魂说，灵魂不语。

车近了，那棵梧桐的轮廓愈发清晰。不知怎么，灵魂难得躁动，先一步跃下车去，疲惫的身躯随后跟上。灵魂还是立在那，向着树顶张望，我顺着他的目光望去，一阵战栗。

它们还在那儿，傲视大地，傲视生活。

它们明显更飘忽了，似乎再有一阵风，便真的会被刷下。但任凭生活的钢刷如何刷洗，它们还在那里，随风摇摆，哼着“唰唰”的歌，那样悠闲，浪漫，骄傲。

“我们甚至比不上那几片秋叶。”灵魂低语。我自惭形秽，无地自容。我畏惧于生活的刷，畏惧于被抹去，因而向前拼死奔跑。殊不知，刷去身后的黑暗，才是光明与终点。然而，一直以来我却连回头直视黑暗的勇气都没有。

没错，我不如这几片秋叶。

那么，我要继续逃吗？

不。

与其让生活来刷新我，抹去我的灵志，不如让我去刷新生活。一味地忍让只会失去更多，只有向它奔跑，向它进攻，才有一线可能。

纵光芒如风中秋叶，我亦立誓刷去我眼前之黑暗迷瘴。

再回首，灵魂无踪影。不，它便是我，曾经旧的我，现在新的我，将来永恒的我。抬首，那几片秋叶还在唱。冲它们笑笑，它们报以歌声。“唰唰，唰唰。”

回身，向家走去，从容。夜空中，启明星闪烁；有几颗新星，悄然出现……

（指导老师　成阳）

化蝶之路

南京师范大学苏州实验学校　孙博

手中捧着那如轻盈蝴蝶般的小册子，阳光洒下，照亮了册子上烫金的“团员证”三个字。望着它，往昔为了入团而努力奋斗的点滴，如电影般在我眼前回放，那是一段充满坎坷却又无比珍贵的“化蝶之路”。

彼时的阳光和煦地铺满了午后的教室，班主任正在讲台上宣讲入团事宜。对于共青团，我向往之至，可彼时的我刚刚来到这个新集体，对于它还不甚熟悉。我心里明白，自己并不那么亮眼，至少不是那种出类拔萃、光彩夺目的佼佼者，不是那舞于群芳之侧而独领风骚的彩翼蝴蝶。然而，入团的机会就像一束光，深深吸引着我。我咬了咬牙，默默填好投票纸交了上去，随后走到教室一角的阴凉处，看似漫不经心地看着唱票，实则心里紧张得像揣了一只兔子，七上八下。

计票结束，我还是落选了，虽说早有预料，可失落感依旧忍不住涌上心头。我还是强打起精神来，上前向三位当选人表达了恭贺。就在我准备转身回到座位时，余光不经意间扫到黑板上自己那寥寥无几的票数，那一刻，我心里五味杂陈，有几分惊讶，毕竟没想到自己还能得到几票；更多的却是难过，感觉自己距离那向往憧憬的“蝶”遥不可及。我默默地回到座位，望着窗外那依旧明媚的阳光，却觉得自己仿佛被一层阴影笼罩，陷入了深深的自我怀疑，不知是该继续坚持，还是就此断了念想，放弃这遥不可及的梦。

那一天，毛毛虫与阳光定下约定，待它化蛹完成，来迎接那个不一样的自己。

接下来的半年时光，在匆匆碌碌的生活里悄然溜走，于笔下墨水流过的每一寸纸张、清晨脱口而出的每一声朗读中逝去，恰似结茧的毛毛虫在独属于自己的节奏里细数长夜。自从立志蜕变那日起，我便在沉闷的“茧”里度过了繁忙的五个月。从堪堪中流跻身弄潮浪头，从默默无闻到崭露头角，我一路风雨兼程，期待着化蝶之日。

蛹已开始在茧中呼唤黎明破晓，然而，阳光却迟迟未至。

新一轮的竞选落下帷幕，当我得知自己以一票之差名落孙山，那一瞬间，仿佛一盆冷水兜头浇下，满心的期待再度落空。我感觉所有的努力都如泡沫，一戳就碎。我失落地坐在角落，望着那竞选的结果公示，眼泪在眼眶中打转，心里不停地问自己，是不是真的不行了？是不是该放弃了？

“嘿，别灰心，你这一路走来的努力大家都看在眼里呢！”好朋友走来，轻拍着我因抽噎而颤抖的肩膀。“一步之遥罢了，下次一定可以的！”老师也来鼓励我，说我进步很大，只要继续坚持，一定能实现目标。他们的话就像黑暗中的一抹曙光，让我在迷茫中重新找回了坚持下去的勇气。我暗暗告诉自己，绝不就此放弃，哪怕这茧房再黑暗、再让人喘不过气，我也要继续走下去！

又是半年的茧中奋斗，我如同一只新生的蛹，把自己缚入不停歇的日常。这半年，我饱受脚伤感染的痛苦，辗转于医院、家和学校。但即便因伤难行，我依旧奋力向前。“茧”似乎越收越紧，让我难以喘息，但又期待着有朝一日跻身于那“彩蝶”之列，我不得不拼着一股劲，咬紧牙关加油干，向着那近在咫尺又似乎遥不可及的目标，坚定不移地伸手抓住那一丝希望的微光。

蛹并不知晓茧的那一侧是否还会有阳光，但它遵从着对未来光明的渴望，义无反顾地踏入茧房里那未知的长夜。好在这一次苏醒，阳光如约而至。

半年时光在这一日日苦中带甜、如巧克力般的氛围里过去，又是一年选票时，随着我的名字一次次被念起，每多一票，我就心跳加速，紧张而期待。当票数公布，一阵狂喜涌上心头——走过了这一路荆棘丛生，我成功化蝶！

拿着这来之不易的团员证，我深知它不仅仅是一张小小的证件，更是我这段“化蝶之路”的见证。回首过往，那些孤独奋斗的日夜、那些自我怀疑的时刻，都成了我宝贵的财富。而此刻，我已做好准备，带着这份蜕变的力量，在未来的日子里，奔赴下一段“化蝶之路”。我明白，人生路上还会有更多的挑战、更多的“茧”，等待我去冲破，但我不再畏惧，我将以更坚定的姿态，去拥抱每一次成长，去绽放更绚丽的光彩。

津门特色小吃

天津市第一轻工业学校　杨鲲鹏

作为一个土生土长的天津人，我对津门特色小吃有着特殊的情感。它们不仅美味可口，别具特色，而且历史悠久，随便挑一种美食就可以追溯到几百年前。

天津有“三绝”，这“三绝”享誉全球，而这三绝指的是“狗不理包子”“十八街麻花”“耳朵眼炸糕”。其中，狗不理包子的历史堪称悠久。

清道光十一年，也就是1831年，“狗不理”的创始人高贵友出生在天津市武清区，而其父老来四十得子，为祈求平安，给高贵友取乳名为“狗子”，是为了让他像狗狗一样好养活。“狗子”学手艺时，因为勤学好问，又加上师傅们的指点，技艺不断长进，17岁时独自开了一家名叫“德聚号”的包子铺。“狗子”制作的包子分量十足，口感鲜而不腻，因而，在当时独具特色的“德聚号”生意变得十分兴隆。随着慕名而来的新食客和源源不断的回头客不断剧增，“狗子”一天到晚忙得都顾不上和主动打招呼的顾客说话，慢慢的，来吃包子的人戏称他为：“狗子卖包子，不理人。”经食客们口口相传，“狗不理包子”这块新招牌立于门上。

1916年，高贵友病逝，其子高金铭继承了产业。1917年，在南市东大街创立了分号，并在1932年把老号迁址到北大关桥口，随后于1937年两家店铺合并迁至现在的劝业场。又过了十年，高金铭之子高焕文继承产业，至1952年后歇业。中华人民共和国成立后，狗不理包子成为国企后迁至山东路。

三绝第二绝，就是桂发祥十八街麻花。

十八街麻花诞生于1927年，是由一位手艺人刘老八首创。在海河西侧的东楼村十八街处，有个精明利落的生意人刘老八，出身面点世家，深得祖上真传，身怀面点绝技，尤其是他炸的麻花备受欢迎。这个人非常有意思，每天做的麻花都不重样，今天拿发面做一个，明天就用死面炸一个。但有这种创新能力可不太好，当时天津的小吃市场非常宏大，想要脱颖而出就必须集百家之所长，制作出自己的特色小吃。功夫不负有心人，他遍访各地，历时数载，独创出一套和面、发酵和制作的工艺，在白面条和芝麻面条中间夹一条含有桂花、闽姜、核桃仁、瓜条、青红丝等多种小料的酥馅儿，制成了什锦夹馅大麻花，使麻花酥脆香甜，形成与众不同的独特风味小吃。随后，刘老八的麻花铺取字号为“桂发祥”，并很快在津门赫赫有名。

第三绝，便是这始于光绪年间的耳朵眼炸糕。耳朵眼这个名字来源十分接地气，创始人刘万春在“耳朵眼胡同”边开的店铺，而耳朵眼胡同旁边也是估衣街，来往食客也慢慢地叫他的店铺为“耳朵眼炸糕”。而炸糕的“糕”字也谐音步步高升的“高”，取意发财之吉利，也使得其生意蒸蒸日上。

承载着悠久的历史和传统文化，这便是天津小吃的一大特色。它们通过口感和味道，让人们感受到这座城市的独特魅力，同时也反映了中国社会的发展历程。无论是狗不理包子的喷香，桂发祥的历史记忆，还是遍布大街小巷乃至走出国门的煎饼果子、大福来的锅巴菜、石头门坎的素包子、高粱面的茶汤，都让津门的特色小吃成为一道美味的文化符号，并传递着这座城市的温情和韵味。

（天津市南开区作家协会会员　指导老师　娄杨）

人与我

山西省朔州市平鲁区李林中学　张路涵

“天将降大任于斯人也，必先苦其心志，劳其筋骨，空乏其身。”披星戴月、风雨兼程的不只有自己，还有他人。

人们常说，最大的敌人是自己。可正有“知己知彼”，方可“百战不殆”，在这场漫长艰辛的马拉松长跑中，坚持到最后是基本；超越别人、突破自我才是胜利。那就意味着要了解对手、认清自我，面对那些表面劣势的人，我们要时刻清醒，才不会被表象迷惑，自负自大，终会一事无成；而那些遥不可及的佼佼者，我们可以持有崇拜，但绝不能认输、退缩。迎难而上的挑战才更让人热血沸腾，毕竟“乾坤未定，你我皆是黑马”！

常处于安稳无忧的境地，使人麻痹懈怠，我亦如此。高中刚开学那段时间与初中的紧张气氛对比，简直轻松惬意。我每天同新交的朋友玩儿得乐不思蜀，成绩沿y轴负方向下降。我却不以为意，面对父母的耳提面命充耳不闻。

得意忘形的我，终于受到了来自老师的“鞭挞”。他没有声嘶力竭地呵斥，更没有棍棒相交的体罚，而是拿出了成绩单，一一对比着我同别人的成绩差距，一旁观望的我，霎时眼泪氤氲出来，那些平日里“资质平平”的人，正一步一个脚印地追上我，并把我狠狠地甩在后面；而那些师生赞颂的“大神”成绩，更是让我望尘莫及。老师的一句话点醒了我：“看见了吧？同学们都在默默努力，稳步前进。只有静下心来学习，才会有收获。”

从那天起，我“浪子回头”，奋起直追。

“德不孤，必有邻。”志同道合的人，说不定在下个路口转角就会出现。奋斗的征程上，总会遇到毕生所信的朋友，彼此携手，创造辉煌。有人向我伸出有力的手，带我踏上跑道；有人需要我搀扶一把，去追逐前方的梦想。在奔跑的路上，我们相知相惜，相伴相争。

中考前夕是我的“至暗时刻”，他的出现，像一缕日光照了进来，让希望重燃。我们自小就认识，他是我父母口中的“别人家的孩子”，作为“对照组”的我常因与他相伴而自惭形秽，所以总是刻意疏远着他。而他却主动承担起辅导我的责任，不管何时，有问必答。尽管最后我没能与他考入同一所高中，但我还是感激。因为他，我能抽空眺望一眼那盛夏中开放的花。

而步入高中的那一刻，不太聪明的另一个他便与我打了个招呼，纵然老师也会被他的奇思妙想气到无语，但我还是很乐意为他讲题，成就他的同时，我对知识的掌握也一步步加深。

得到那荆棘深处的玫瑰，纵然开心，倘若一人欣赏，也不尽兴致。若是在骄阳普照的七月，能与朋友共同收到来自大学的录取通知书，我想，那定是一件幸事。

愿我们都能砥砺前行，顶峰相见！

（指导老师　田玉英）

又是一年桃花开

陕西省榆林市高新二中　张译方

天空中云丝芊芊，阳光顺着云丝洒向大地，风儿领我走到了院子里。不知不觉中桃花挂满了枝头，不禁让我回想起了童年里的那个她。

春花开

"小宁，小宁，快起来了，桃花开了。"一到四月，每天中午我总会被这样的声音叫醒，"小椿，只是花开了，又不是桃子熟，让我睡会儿嘛。"贪睡的我最终也只能提起兴趣跟上小椿。小椿会跳起去摘最高的那朵桃花，之后就将它别在耳后，还要让我也别上，说是好看。然后她拉着我去屋里将粉色的床单披在身上，假装自己是仙女，在院子里唱歌跳舞。阳光照在我们身上，只觉得像是从天上专为我们照下的光，我的心中不禁荡起了一朵象征幸福的涟漪。

夏日照

一到夏天，烈日守在天上，恶狠狠地炙烤着大地，好像要榨干大地最后的水分。但夏天一到，冰西瓜、雪糕就可以无限畅吃。夏天无疑是我们俩最爱的季节，抱着冰西瓜盘腿坐在树荫下，你一勺我一勺挖着西瓜，西瓜贴在皮肤上，只觉得有一股沁人心脾的感觉。"我先睡喽！"我和小椿睡在树荫下，又是一份十分凉爽的幸福。

秋叶落

一片片枫树落下，红色和黄色将大地铺满，映入人们的心里。一般这时是要扫落叶的，我和小椿就在清扫时捡起几片大大的枫叶，在屋里将它们按大小分类，再用胶水贴在纸上、本子上，形成各类造型。我和小椿制作的“名画”还要装裱相框挂在墙上，欣赏之后我又觉得有些好笑，两人都忍俊不禁——欢乐亦是幸福。

冬雪飘

一到冬天就有意思了，我和小椿在白茫茫的院子里打雪仗。划分营地，再垒起高高的城墙，你一下我一下的互掷雪球，雪花冰冰地贴在脸颊上，在脸颊上化成了水。口中呼出的白气梦幻极了，像梦一样美好而短暂，这又是一份梦境般的幸福。

回过神来，将枝头最高的桃花摘了别在耳后，微风沁人心脾，虽然那年之后再没见过面，但我们依旧心连心。怀念那童真灿烂的日子，怀念那贯穿四季的幸福。

（指导老师　董宜之）

在那成长的日子里

陕西省西安国际港务区铁一中陆港学校　周凌旭

时光的车轮匆匆碾过，在生命的旅途中留下深深的辙痕。从小到大，一路走来，回首那些成长的日子，犹如一幅幅绚丽多彩的画卷，在记忆的长河中熠熠生辉。

成长是来自亲人爱的陪伴。在那成长的日子里，我曾无数次在失败的阴影中徘徊。还记得那次考试的失利，在那个下着大雨的下午，我拿着不忍直视的成绩单走出校门，忽然听到有人在叫我。我抬头，是妈妈！她一手撑着伞，另一只手裹在外套里，好像拿着什么。我走到她面前，本以为会迎来一顿劈头盖脸的指责，但没想到的是，我听到的第一句话是："饿了吧？快吃点东西。"我的手里也多了一袋红彤彤的柿饼。路上，本以为她会责怪我没有考好，但她却只是劝我慢一点吃，不要噎着了。雨虽然淅淅沥沥带着寒意，但我的心却暖暖的，满满的亲情让我不再轻言放弃。我渐渐懂得了责任和担当。

成长是一次心灵的蜕变。曾经的我，成绩在班上也是名列前茅。但当竞争激烈时，当自己下功夫不够时，在班级的名次迅速下滑，鲜红的分数如同一把利剑深深刺痛了我的心。我常常把自己关在房子里，泪水浸湿了书本。当热腾腾的饭菜端上桌时，妈妈亲切地叫我吃饭，让我不要太在意一时的得失，鼓励我只要努力一定会重新取得好成绩。回到学校，老师细细地给我分析卷子，发现我的问题后，告诉我要关注细节，在记牢知识点的同时还要仔细和认真读题，不能凭经验作答……在妈妈和老师的关心帮助下，在经历了一次次成绩下滑的痛苦后，我学会了勇敢地面对挫折，也对自己充满了信心。

成长也是一场与自我的较量。成绩的起伏使我正视自己，妈妈老师的鼓励使我发生蜕变。我渐渐明白了学习的真谛，逐步改变了不好的学习习惯，并开始利用点滴时间背知识点，查漏补缺，在课堂上积极回答问题和讲题。在一次次的练习和巩固之后，我做题的速度和正确率都有了很大的进步。在妈妈的支持和鼓励下，我对自己的信心也有所提高，于是我每天在完成当日的作业后，都会拿出时间背诵课文、解决难题。就算再忙也会挤出时间，不能辜负了妈妈和老师对我的希望，更不能辜负了自己的努力。时间一点点过去，又到了出成绩的时候，看到比上次高出不少的分数，我心里高兴极了。这一次迎接我的不仅是妈妈和老师的表扬，还有满满的自信与激动。我正一步一步实现着对自己的超越。

在成长的日子里，有酸有甜，有苦有辣，走过了，这就是甜美的回忆！未来的路还很长，我将继续怀揣梦想，带着成长日子里积累的智慧和勇气，坚定地走下去，书写属于自己的精彩篇章。

（指导老师　陈婷）

大学生活侧记（连载）

天津中德应用技术大学　陈柳夙

难忘的生日快乐

很喜欢这段文字："穿过山峰，追过汹涌流，然后醒来发现世界依旧，在一遍遍重复的街口。看每个人，都在找，都在丢，多少个迷茫的夜晚，望着宇宙，想着以后，多少次无谓的羁绊，不断纠缠。终于踏上了四海的航船，作别后各自寻找着，青春的宝藏，找到了——是你和我。"

出生以来就一直在循规蹈矩的世界里活着，每年的生日都是在家里，一成不变的生活，一成不变的蛋糕还有一成不变的我。我想走出去，我想人们生来是自由的，不应该被困在生活中，为了活着而活着。

跟妈妈提出今年的生日想出门旅行时，妈妈是理解的，因为她知道我向往自由，墨守成规的生活不适合我，甚至常常压得我喘不过气。她知道我看起来沉着、冷静，但内心渴望向往外面的世界、新鲜的生活。但姥姥姥爷不理解，他们觉得生日就是要和家人一起过，共同庆祝新的成长，新的开始。不过，在妈妈的劝说下，姥姥姥爷理解了我的想法，说年轻人嘛，总归是要去外面多看看世界。

虽然说服了家人，但目的地在何方却始终令我迷茫，北京太近，去的次数太多，没什么新意；上海太远，物价又高，还无法让我远离城市的喧嚣。这时，我的朋友向我抛来橄榄枝，问我愿不愿意去他家开的庄园看看。就这样，我带着妈妈踏上了旅程。

早晨5点半给我妈薅起来，洗漱完把洗漱用品装包，打车去天津西站，坐高铁到北京南站倒车，再坐地铁到北京北站。不得不说，北京南站真的是无论什么时间段人都很多，扶梯两侧全是七猫小说的热门榜单，我心想七猫究竟投了多少钱，我番茄给双倍！

坐上前往张家口的高铁，对未知地方的紧张与期待让我无法闭眼补觉，我开始享受窗外的风景。或许是心理作用，我感觉窗外的天空越来越蓝，云朵越来越像洁白的棉花，眼前出现了连绵的群山，好像车厢中的空气都变得清新了起来。下了车，我朋友在出站口接我和我妈，他妈妈开车带着我们仨先去他们家接他弟，我妈妈坐副驾，我们俩坐后排，完全不像是才认识两年的朋友。见到他弟弟真的很尴尬，虽然平时在网上经常一起打游戏，甚至前一天晚上还大言不惭地说网友面前要先给对方一拳，结果两人第一面只会唯唯诺诺地握手说你好、幸会，还被我朋友吐槽两人前一天不还互骂呢，见面就沉默了，真的太好笑。接上他弟一起去吃饭，由于我一时间忘记我朋友是左撇子这件事，导致吃饭的时候我夹在了他俩中间，我一度想退出“群聊”，但位置不允许。

吃完饭休息了一阵就出发去坝上，刚上高速就看到那句爆火的推广语：“这么近，那么美，周末到河北。”一路上，无论是道边的牛羊、远处的山峰又或是转动的风车，每一种景象都让我感受到自由是灵魂的氧气。当然我不只是在感受自由，还有车里两位好友给我的震撼。我从包里掏出青少年无法拒绝的“任天堂”游戏机，成功俘获了他们俩的心，我也知道路上信号不会好，所以就只带了《动物森友会》的卡带，让弟弟感受小岛的生活，教他在游戏里收集材料、制造工具去砍树、钓鱼等等，令我万万没想到的是他的“钓鱼新手保护期”这么厉害，在海边钓到了别人开船出海都不一定能钓上的大鱼，运气简直逆天！

到了处于坝上的庄园，我才知坝上真的比市区冷好多，主要是风大，但我们居然在这么大风的情况下打了半个小时的羽毛球，当时真的很佩服我们这种无所畏惧的精神。去我和妈妈居住的房间里收拾了一下，就要吃晚饭了，真的好大一桌子菜啊，烤羊排、烤羊腿一应俱全，我直接做好回家胖10斤的准备。大人们在那里客套寒暄，而我们仨就凑在一起唠嗑，被大人吐槽三个人不知道在密谋什么。

吃完饭后，因为当天庄园人很多，就开了个篝火晚会，热闹欢脱的氛围，是独自旅行所体会不到的。朋友妈妈喊我们去拿烟花棒，也分给来游玩的旅人，此时此刻旅人们的脸上都洋溢着发自内心的喜悦。朋友的弟弟又给我拿了烟花加特林，美其名曰让我促进销量，但我知道这是热情地为我营造一个美好的夜晚。烟花打在了天空，也打在了我心上，那是我梦中都不曾有过的绚烂，它是那么的美好，瞬间从眼中映刻到我心里。

转天早晨6点半，我就被我妈薅起来出门遛弯。她说外面空气超级好，拽着完全没清醒的我就出门了，虽然被叔叔夸起得早，但我感觉我的灵魂还在床上躺着呢。路边的野草中长了很多不知名的小花，还有许久未见的蒲公英——它象征着洒脱、勇敢。我挑了一朵最圆润的蒲公英，它在太阳的照射下散发着金色的光芒，微风带着蒲公英的种子，也带着我的向往与希望飘向远方。等大家都起来吃过早饭后，阿姨说昨天下了一阵子雨，草地上可能会有蘑菇，就带着我们去摘蘑菇了。进了草场，真的好广阔，到处都充斥着青草的清新气息，这就是我向往的景象。草场上有一只骆驼一直在地上趴着盯着我们，我们就喊它起来，可能在别人眼里这么做是很有病的行为，但是和好朋友在一起就是随性快乐。不能忘记我们出来的主要任务是采蘑菇，我们一顿低头猛寻都没找到一个，可阿姨三两步就采一个，阿姨还特意叫我尝试摘了一个，这真的是很新奇的体验了。我们还想去更远处转一转，但我妈妈走不动了，她先打道回府，让我们继续逛。刚准备往回走，叔叔就开车来接我们了，我偷偷跟好朋友哥俩说，能看得出来，把咱仨带回去只是因为搂草打兔子——顺路捎带脚的事。

回去吃完中午饭就休息了，下午开始在露天KTV疯狂唱歌，有人陪着一起疯真爽啊。傍晚的时候，天空的颜色从深紫到浅黄，夹杂着粉蓝，像是新海诚的电影《你的名字》男女主角相遇的背景色。晚上回到屋里，群山后的天空开始打闪，将山峰的形状完美地勾勒了出来，我也不知道那一刻的我是更喜欢耀眼的闪电，还是被勾勒出的黑色山峰。

第三天是我的生日，我的闺蜜们都卡点给我生日祝福，还有远在隔壁的朋友。早上起来后，我和妈妈在楼下跟叔叔唠嗑，弟弟过来拍了拍我，小声地跟我说了句生日快乐，那一刻我真的超级开心，因为就连关系最近的亲戚都不曾给予我生日祝福。上午，叔叔带着我们去骑马，我的朋友骑着沙滩摩托载着我去了草场。从刚来我就对那个沙滩摩托产生了浓厚的兴趣，但是——当时那哥俩还没完全弄明白到底怎么开，更别说让他俩教我骑了。到草场以后，我们先玩了大弹弓用网球投洞，感觉像是真人版的愤怒的小鸟，射箭我是不会的，试了一下给自己胳膊弹了一下，青了一大片，叔叔教过之后，我左右手都会了，或许我就是传说中的天才吧——哈哈。终于到万众瞩目的骑马环节了，弟弟和朋友在马上的时候，叔叔直接给他俩放到很远的远处，让他俩就自己想办法骑马回来，到我时却不敢松手，被戏称自己的孩子随便撒。虽然在蓟县的时候上过马，也被牵着溜过两步，但和在草场上的感觉完全不一样，有那么一瞬间我觉得我是游牧民族，在马背上狂奔。看叔叔给我们演示骑马，那种英姿飒爽让我无比羡慕。叔叔还教我怎么骑沙滩摩托，跟我说学会了就不用管那哥俩自己随便玩了。回去的时候我载着弟弟，大概是因为我过于生猛，弟弟慌张得要命，怕自己被我甩飞。

回去以后，我们去找他们姐姐的孩子玩，看着他的玩具，我们发出了惊叹，植物大战僵尸，是那种真的可以发射炮弹的植物，原谅我们没有多少文化，嘴里就剩一句太高级了。吃过中午饭后，浅浅休息了一下，大家就一起去县城给我买蛋糕，谁懂啊——被人关心着的感觉也太棒了吧！大家一起逛了超市，买了蛋糕，路上看到“满四免一”的奶茶，转头就进去了，有便宜不占是王八蛋。姐姐请我们仨喝奶茶，还说是我们三个先看到并且拼单成功的，所以别人没份，真的好可爱啊！晚上吃饭，吃到一半叔叔才风风火火地赶回来，他刻不容缓地拿蛋糕、切蛋糕、分蛋糕，每个人都对我说生日快乐，真的超级开心，这是我过得一个最难忘的生日了。

大概是前一天太嗨了，我们和朋友的弟弟仨人快吃早饭的点儿才醒，于是选择卧屋里泡泡面，从饭桌上掏了鸡蛋回来，为我们的泡面进行一番点缀。吃完饭后，叔叔开车带着我们去了趟马镇，或许是因为刚刚过去疫情的原因，马镇并不像想象中的那样繁华，但基础建设很好，拍照很不错。又转去买了一些特产，打道回府。中午吃过饭后，回屋睡觉，下午3点多叔叔在露天KTV用麦克风叫我们起床，“孩子们起床啦，再不起床太阳都下班了！”对我来说，这是很不错的叫醒方式。

最后一天了，早晨叔叔说带我们试试开车，我坐在主驾后面弟弟坐我右边，当我朋友坐进主驾驶位的那一刻，我俩就开始害怕了，虽然知道叔叔在旁边一定不会出现意外，但真的敌不过心里的恐慌。虽然有些颠簸，但好在是没出现问题。到我开车了，上车之前，我还是问了一遍刹车、离合器、油门的位置，这把朋友哥俩吓得半死。说真的，在尝试之前我是很害怕开车的，但当我坐到驾驶位置上就感觉再害怕都没有用了，毕竟只有勇敢面对才能抵御万难。也正是这份勇敢与沉着，叔叔夸我胆大心细，开得很稳，别看只是几句不起眼的鼓励，真的让我完全消灭掉对开车的恐惧。学完车后又和朋友下地去摘了菜，这可是在城市里做不到的事。吃过午饭小憩一会儿就踏上了回家的路，像何运晨说的："我们踏上离别之旅，纵是万般不舍，我们还是要再见，下一次再会必将到来。"

平日里，一个人的时候我总是沉默寡言，尽力去隐藏自己。出门在外和朋友一起，肆意快活，敢去大声欢笑，我想那就是自由的感觉。我的幸福是每一位好朋友给予的，他们会给我制造小惊喜、小浪漫，这是家人不会想到的，如果说家庭是我温暖的港湾，那么友谊就是我快乐的源泉。

"看那山河远阔，听那青火的呐喊，想要素履以往，我们总是不甘平凡，任岁月似水流年，仍在灯火中看见，彼此的脸，骄傲的眼，骄傲的少年。"（待续）

（作者系天津市南开区作家协会会员　指导老师　尤朝华）

有一种甜

攀枝花学院文学院　贺铭瑞

风缓缓吹动茶树，树枝在风中摇曳，摇走了岁月静好，荡走了时光漫漫，却从不吹散过往。有一种甜，从未消散。

老屋房前，小孙女在闹着，奶奶在笑着。

奶奶拄着拐杖伫立在茶树花下，穿着一身洗得有些褪色的素色衣裳，留着一头干净利落的短发，原本乌黑的头发如今已不再纯粹，其间夹杂着几缕醒目的白发。岁月在奶奶的脸上刻下了深深的痕迹，每一道皱纹都诉说着过往的故事。目光凝望着河的对岸，只见一个骑着自行车飞奔的小女孩，奶奶的嘴角微微上扬，她知道她最疼爱的小孙女回来了。每逢周末，奶奶的小孙女都会从县城骑自行车回到小村庄，陪奶奶聊聊天，给奶奶做做饭，度过闲暇的周末时光。果不其然，几分钟后，骑自行车的小女孩来到了奶奶的跟前。奶奶拄着拐杖一步一步往老屋走，奶奶的小孙女推着自行车，和奶奶并肩走在这条熟悉的小路上。奶奶的小孙女时不时扭头看看奶奶，和奶奶说着最近生活中发生的趣事，奶奶认真地听着，时不时点点头，脸上的皱纹笑成了一朵花。自行车的车轮缓缓转动，发出轻微的“吱呀”声，仿佛也在诉说着这温馨的时刻。路边的野花在微风中轻轻摇曳，像是在为这对祖孙的相伴而欢快舞蹈。从远处望去，奶奶和小孙女的背影一大一小紧紧相依，温馨而美好，仿佛时间都在这一刻静止，只留下这充满爱与陪伴的画面，深深烙印在这宁静的小村庄的土地上。

在那座陈旧而温馨的老屋前，阳光洒在斑驳的墙壁上，勾勒出岁月的痕迹。小孙女如同一只欢快的小鸟，在这片小小的天地里尽情嬉闹。奶奶坐在门前的旧竹椅上，她的脸上布满了如沟壑般的皱纹，可每一道皱纹里都盛满了宠溺的笑意。她的眼睛一刻也没有离开小孙女，那眼神里满是慈爱和温柔，仿佛小孙女就是她世界里最珍贵的宝贝。每当小孙女做出一个滑稽的动作或者发出一阵清脆的笑声，奶奶就会忍不住仰头大笑起来，那笑声爽朗而温暖，在老屋前的空地上回荡。微风轻轻拂过，带来院子里花草的芬芳。在这温暖的阳光下，老屋房前的一老一小，构成了一幅充满生机与温情的美好画面。这一种甜，甜在心尖。

灶火旁边，小孙女在听着，奶奶在讲着。

夜幕降临，寒冷的风在窗外呼啸。屋内，温暖的灶火熊熊燃烧，跳跃的火苗映红了整个厨房。灶火旁边，奶奶坐在矮凳上，小孙女乖巧地依偎在奶奶身旁。奶奶的脸上刻满了岁月的痕迹，每一道皱纹都仿佛藏着一个故事。奶奶眼中闪烁着柔和而温暖的光芒，手中不紧不慢地拨弄着灶火。“孩子啊，我给你讲讲过去的事儿。”奶奶的声音带着些许沙哑，却充满了慈爱。小孙女睁着大大的眼睛，满是好奇与期待，“奶奶，快讲快讲。”奶奶微微一笑，开始讲述那些久远的回忆，“从前啊，咱们这村庄可穷啦，吃顿饱饭都不容易……”小孙女聚精会神地听着，随着奶奶的讲述，小孙女的思绪仿佛也飞到了那个艰苦却充满温情的年代。灶火噼里啪啦地响着，祖孙俩的身影被火光映在墙上，构成了一幅温馨而美好的画面。这一种甜，暖在心头。

茶树花下，小孙女在走着，奶奶在送着。

茶树花如雪般洁白，纷纷扬扬地飘落，装点着周围的地面。奶奶拄着拐杖一步一步向前迈着，眼中满是慈爱和不舍。小孙女推着自行车，慢慢地与奶奶并肩同行，眼中闪烁着些许泪花。奶奶轻轻抚摸着小孙女的头发，声音略微颤抖地说："孩子，要照顾好自己啊！"奶奶仔细地叮咛着各种注意事项，仿佛想把所有的关怀都在这一刻表达出来。小孙女紧紧握着奶奶的手，点着头说："奶奶，您放心吧，我会好好的。您也要注意身体。"奶奶微笑着，努力让自己看起来坚强一些："嗯，奶奶会照顾好自己的。你有空就给奶奶打电话，别让奶奶担心。"时间在这一刻仿佛变得很慢，祖孙俩都希望能多停留一会儿。终于，小孙女不得不转身离开。奶奶跟随着小孙女的脚步，一直送到路口。小孙女一走一回头，奶奶则一直挥着手，泪水在眼眶里打转。当小孙女的身影渐行渐远时，奶奶却依然站在原地，望着小孙女离去的方向，嘴里喃喃自语着："孩子，一路平安啊……"微风吹过，茶树花轻轻摇摆，似乎也在为这离别的场面增添了一抹忧伤。有一种甜，在期待着下一次的重逢。

风温柔地吹着，茶树花轻轻地摇曳，那淡雅的甜香沁人心脾。有一种甜，它不浓烈，却能在岁月的长河中持久回甘。愿岁月温柔以待，让这一份甜永远熠熠生辉。

（指导老师　蒋秀碧）

阳光之下

攀枝花学院文学院　罗宇星

在中国西南的崇山峻岭之中，隐藏着一座既坚韧不拔又温暖如春的城市——攀枝花。这里，是“钢铁之都”与“阳光之城”的完美融合，以其独特的地理位置、丰富的矿产资源和宜人的气候条件，吸引着世界的目光。攀枝花，一个名字中就蕴含着力量与温暖的地方，正以其独特的魅力，书写着属于这座城市共同富裕的新篇章。

去往攀枝花米易新山傈僳族居住的地方去欣赏梯田之美，需要开近一个小时的车。蜿蜒的盘山公路像一条巨龙盘旋着，下一段路的路面因雨水冲刷、岩石崩塌等原因而变得坑坑洼洼，路边田地里全是一片又一片的果树。在这片绿油油的芒果林中穿插着的是一个个白色的袋子，袋子里面是这条路上所有村民的希望。等到六月成熟季，满山蔬果成片，满园飘香。在果树树林间永远不缺穿梭其中的劳动者。阳光透过层层叠叠的绿叶，洒下斑驳陆离的光影，为这片繁忙的天地披上一层神秘而温馨的面纱。劳动者们在这片绿色的海洋中穿梭，他们的身影与果树、光影交织在一起，构成了一幅生动而和谐的劳动画卷。他们将生活的希望寄托在自己的身上，这是一种深深植根于土地与汗水之中的信念，是千百年来农耕文明传承不息的精神支柱。在广袤的田野上，农民们用自己的双手和汗水，播种希望，收获未来，他们的心中充满了对自然的敬畏、对生活的热爱，以及对自我能力的坚定信念。

到达新山梯田，路边上一位傈僳族老人静静地守着她的小摊，脸上刻满了岁月的痕迹，眼中却闪烁着温暖的光芒。尽管她听不懂普通话，但当我们一行人带着好奇与尊重走近她时，老人那淳朴的笑容瞬间绽放，仿佛春天的花朵在寒风中找到了归宿。她的摊位上摆放着一些手工艺品和当地特有的农产品，每一件都透露着手工的温度和自然的馈赠。尽管语言不通，但老人通过眼神和手势，尽力向我们展示她的宝贝，那份真诚与热情，让在场的每一个人都感受到了浓浓的暖意。我们尝试用简单的词汇和手势与老人交流，虽然沟通并不顺畅，但那份跨越语言的情感交流却异常珍贵。老人似乎能感受到我们的善意与好奇，她笑得更加灿烂了，那份笑容里包含了太多的东西。深山之中，阳光之下，一位穿着傈僳族传统服饰的老人，自然而然流露出来的笑容，像山间清泉，纯净而甘甜，缓缓流淌进每个人的心田。笑容里的甜，那是一种无需言语就能深刻感受到的温暖与幸福。

回望过去，攀枝花以钢铁为笔，书写了工业发展的壮丽篇章；驻足当下，攀枝花以满山金黄为砚，描摹共同富裕的大美攀枝花；展望未来，攀枝花将以阳光为墨，绘制绿色发展的美好蓝图。在这里，每一块钢铁都昭示着未来，每一缕阳光都蕴含着希望，每一片金黄都承载着梦想。让我们共同编织着攀枝花人民对共同富裕的向往与追求吧！

（指导老师　蒋秀碧）

星轨共筑：攀枝花上的共富之梦

攀枝花学院文学院　孟思琪

晨曦初照，攀枝花工地的天际被第一缕阳光温柔地唤醒。钟叔，那位皮肤黝黑、眼神坚定的汉子，手持铁锤，站立于大地之上。他的声音如同晨钟暮鼓，响彻云霄："兄弟们，这不仅仅是一条铁轨，它是我们通往共同富裕的桥梁，是我们用双手和智慧，为攀枝花乃至这片土地上的每一个人编织的未来之梦！我们的每一滴汗水，都将化作推动社会进步的强大动力。"

小李，年轻力壮，眼中闪烁着对未来的无限憧憬："钟叔说得对！在共同富裕的道路上，我们虽身处崇山峻岭，但心中有火，眼里有光，那份对美好生活的向往，就是我们最坚实的后盾，没有什么能够阻挡我们前进的步伐！"

张姐，以她女性特有的细腻与坚韧，细心检查着每一颗螺丝，她的眼神中透露出不容置疑的坚定："是的，每一颗螺丝都不仅仅是冰冷的金属，它们承载着我们对家乡的热爱，对共同富裕的渴望。我们要让这条高铁，成为攀枝花乃至整个地区最坚实的脊梁，支撑起无数家庭的希望与梦想。"

午后烈日下，短暂的休息时光里，老王悠然地抽着旱烟，他的脸上刻满了岁月的痕迹，却也写满了对过往与未来的感慨："想当年，咱们这地儿，山高水远，信息闭塞，想要走出大山，比登天还难。但看看现在，高铁即将通车，它不仅缩短了物理上的距离，更拉近了人心，让共同富裕的梦想照进了现实。"

小赵，作为大学生志愿者，他的眼中闪烁着青春的光芒与对社会的责任感:“老王叔说得对，高铁的建设，不仅仅是交通的变革，更是心灵的解放和思想的碰撞。它让我深刻感受到，无论来自何方，只要心怀梦想，脚踏实地，就能在这片热土上找到属于自己的位置，为共同富裕贡献自己的力量。”

依依，那个温柔如水的女子，总是能在最恰当的时刻给予人们温暖与力量。她轻轻地向钟叔递上水壶:“钟叔，喝口水吧。您不仅是工地的顶梁柱，更是我们所有人心中的灯塔。您的坚持与奉献，激励着我们每一个人不断前行。”

钟叔接过水壶，眼神中满是感激与坚定:“依依，有你在，还有大家在一起，我们的心就永远充满力量。让我们携手并肩，把这份温暖与希望传递给每一个需要的人，共同书写属于攀枝花的辉煌篇章。”

夜幕降临，星空璀璨。小刘仰望星空，感慨万千:“你们看，那星星多亮啊，它们就像是我们手中的焊枪，虽然微小，却能照亮前行的道路。我们每一个人，都是这片土地上的星星，虽然散落在各个角落，但只要我们心往一处想、劲往一处使，就能汇聚成璀璨的银河，照亮共同富裕的康庄大道。”

大壮的笑声爽朗而有力:“哈哈，小刘说得对！咱们就是新时代的筑梦者，用汗水和智慧为攀枝花乃至整个国家铺设通往共同富裕的铁路。让我们的名字，与这条高铁一同载入史册，成为后人传颂的佳话！”

在这片被汗水与梦想浸润的土地上，每一个故事都闪耀着不凡的光芒，它们如同繁星点点，汇聚成一幅壮丽的画卷。正是有了这些不懈奋斗、勇于追梦的人们，攀枝花的高铁才得以穿越崇山峻岭，不仅连接了城市与城市，更紧密了人心与人心，让共同富裕的梦想照进了现实。

（指导老师　蒋秀碧）

待到山花烂漫时

攀枝花学院文学院　唐婉艺

青春之花绽放在扶贫路上。

——题记

清晨，当第一缕阳光试图穿透浓厚的雾气，深山中的一辆大巴车沿着蜿蜒的山路缓缓驶进。

车窗外，白茫茫的雾气弥漫，将整个山林笼罩在神秘的幽静之中。

车厢里，大半座椅都没坐满，乘客们大多是偏着头睡觉。

随着大巴车不断攀升，雾气逐渐稀薄，阳光开始洒向这片古老的土地。靠着窗，张笑翻开笔记本，用一句话写下了她的第三年——我，始终是要回来的人。

2016年毕业季。站在人生十字路口，张笑踌躇无措。最终，在父亲的鼓励之下，她参加国家选调生选拔考试，回到家乡，成为了四川省攀枝花市盐边县红格镇一名基层支部助理。

“天晴一把刀，下雨一包糟。”这是村里老人们对这个以土命名的“稀疙瘩”村的生动形容。张笑刚来到昔格达村时，被安排住进村支书家的三层小楼上，（说是小楼，其实不过是往上延伸的阁楼，平常放些干燥的柴火之类。）北纬26℃，没有空调没有热水器，11平方米的天地里摆着门板打横充作的单人床，一把木椅，一张小桌，张笑就这样开启了她的两年驻村生涯。

刚到这里时，村支书老赵体贴地让张笑先熟络环境，她不知道能帮助大家些什么，但借着上学期间“好记性不如烂笔头”的真理，她就每天起一大早，带着自己的工作日志，敲响村民的门。可大家都不待见她，吃了闭门羹，张笑百思不得其解。直到有一天在村口听到……

“三妹，村里又来了个大学生，我看喏，又是来我们这小犄角旮旯镀金走过场的，还是个女娃娃，早点嫁个人不挺好，出来抛头露面多不像样。”李二婶边说边摇头。

“哎，姐，我都见怪不怪了，小声点吧，说不定以后人家高迁了，我们可得罪不起咧！”被叫作三妹的婶子见张笑走过来想要解释什么，但却又立即拉着李二婶子走开了。

“大家都觉得我是因为升职高升而来，都不肯相信我，我偏要证明给他们看看，我张笑就是诚心为大家做事的。”回到小楼，她给老赵义正词严地说。

老赵笑笑，端着茶，淡然开口说：“其实，要让他们认可你很简单，明天起，把你的笔换成手，用……这里去感受。”老赵抬起手，指着张笑心脏的位置。

后来，张笑把漂亮的裙子和笔记本收起来，卷起裤管、撸起袖子帮残疾的宋老汉收拾房间，打扫院子，有的村民一次不让她进家门配合工作，她就去两次，三次。家里没人的她就去地里帮他们干农活，两三个月时间，她主动学会了本地话。语言通了，感情也就连上了，工作起来方便了许多。大家凑在一起都说：“小张这小孩儿，还真是，像她名儿一样，整天笑嘻嘻的！整得我呀，每次被问情况，都不好拒绝的，难缠得很哩！”张笑很欣慰，心里像抹了蜜一样甜。

翻山越岭，走街串户。村民的认可激励着张笑，她打起十二分精神，整天在城乡间奔忙，在村屯里穿梭。她用两个月时间对昔格达村进行摸底。凌晨两三点案桌前，她因地制宜综合考量写下的“昔格达村共富计划”正在逐步实现：铺硬化路、种植烟叶芒果和荔枝、打造百亩蔬菜种植基地、搞直播带货、融合农业及光伏产业，打造零碳绿色乡村、带领村民突击清理陈年垃圾，建设乡风文明……

三十多岁身体健全但靠国家低保艰难度日的建档立卡贫困户张四友，平时邋里邋遢，被村民讥笑。张笑主动了解情况，与他称兄道弟一般，鼓励张四友发展烟草种植。她带着热情的笑与张四有商量道：“四友哥，你一定要相信自己，你这么勤快，又聪明，脱贫肯定有你，你要是把这烟种好了，我肯定给你申请产业补贴。”后来，张四友靠着发展烟草产业，在2018年顺利脱贫。

家里有四个子女，丈夫外出务工的李二婶家，生活难以为继。李二婶常常担心四个孩子上学难，而这儿十里八乡才有一处学堂。张笑听说了这个情况后，时常在往返城乡之时，特意捎带上村里上学的孩子们，教育他们：只有读书才能走出去，才能得到自己想要的。她积极跑政府，跑教体局，功夫不负有心人，昔格达村有了第一座乡村小学；张笑还给在外求学务工的昔格达儿女们拨去慰问电话，关心大家的发展近况，鼓励青年回乡创业，助力乡村振兴；她组织大家吃团饭，改善邻里关系，融洽乡亲乡情；暴雨凌汛之际，张笑积极联系村干部，穿着水鞋，深入一线，抗洪救灾，抢修积水落石等危险路段……

就这样，以真心换振兴。如今的昔格达村路平了，夜灯亮了，水清了，芒果甜了，产业更是兴旺了，村民的腰包也渐渐鼓了起来。往日破败落寞的小山村摇身一变，成了四川省实施乡村振兴战略工作示范村。驻村两年，张笑黑了，壮了。曾经爱美的女孩儿，现在习惯地穿上运动装，套上运动鞋，自然地背上背篓，拿起尼龙袋，上山摘脐橙，抓土鸡。她不再是城市的过客，而是乡村的一分子。

大巴车缓缓停下，张笑轻轻合上驻村日记，仿佛也合上了过往的酸甜苦辣。她背起行囊，走下车门。阳光洒在她的身上，温暖而明亮。她深深吸了一口新鲜的空气，又开启了奋斗在祖国西部边陲的新征程！

一代人有一代人的使命，一代人有一代人的担当。有的人从山里走了再没回来，有的人从城里回来，却再没离开。她仍将和村民一起，以肯奋斗的韧性，相信自己的潜力，无畏的勇气，在田野间挥汗如雨。她用双手编织生活之甜，心灵之润，劳动之美！她在乡村振兴的道路上不断前行，谱写出新时代共同富裕的壮美华章！

（指导老师　蒋秀碧）

血红花

攀枝花学院文学院　唐霞

记得某一次，小学作文课老师问我："你长大以后想成为什么？"

我在纸上写下了幼稚的愿望："我想成为一棵树，扎根在土地上，撒下种子。然后它枕着土，喝着泥，用血肉长出自己的花，如此它就成为了我。而我要像它一样爱自己的土地，爱一辈子。"

命运在那一刻就有了回应，我的愿望实现了：当我再次睁开眼时，自己真的变成了一棵树，一棵拥有情感的树。

然而在风吹日晒和千磨万击中，我所有的爱与深情都被土地亲手埋没，我开始后悔自己写下的愿望。可每当这时，我心脏的位置就会疼痛起来，紧接着就会出现一个声音对我说，"其实，我这一生过得还不错！"

变成树的第一天，我失去了好多记忆，只记得自己必须茁壮成长。

在白天我不停地从乱石里汲取水分，只有到了深夜才休息。我本是一棵枯木，没有正常的吸水能力，因此，水流过我的躯干无异于蜗牛在龟裂的土地上蠕动，拖出长长的湿漉漉的伤痕。

我是刚毕业的大学生，怀着理想和热情来到攀枝花。可是很快，如火的热情就被残酷的现实浇灭了，这里穷到什么都没有，只有一望无际的大山。我们住的是芦席棚，冬不暖夏不凉。茅房在屋外较远的地方，要是下雨就别想去方便了，光是山路就足够摔死人。不过所幸，此地格外炎热，我工作了两年多，也才只见过三四场雨。

和我共事的是一个被叫作小李的本地男工，也是个大学生。工地上只有我俩年龄相仿，因此彼此的感情比跟其他人更深一些。

他戴着约莫有白酒瓶底一样厚的眼镜片，既不能担也不能扛，却成天跟着一帮黝黑的壮汉在工地上风吹日晒。几个月下来，他比刚毕业时壮多了，笑起来两个眼睛眯成一条缝儿，唇红齿白，甚是好看。

某夜，我坐在草地上思念繁华的家乡，忍不住叹息了几声。他笑我多愁善感，还为我作了一首诗，取名《月夜思故园》。我俩聊了很多，后来他也望着远方大山出神，他说："路不知道什么时候才能修好啊！"

我劝他："路一步步修，虽然慢，但是终有一天会通的。"

"我想早点让大家过上好日子，他们都是肯吃苦的人，不能让他们一直苦下去。再苦再累，他们身上永远有向上的力量，眼中永远是感恩发展的热泪。要是某一天他们也能到外面的世界看看，那该多好啊！"

是啊，那该多好！

可惜他再也等不到那一刻了。

攀枝花少雨，但偏偏有雨的时候就可怕了：山路湿起来，人就容易从山上摔下去。他死的这一年攀枝花下着暴雨，我在老家照顾生病的母亲，等回到工地，工友才告诉我小李死了。下暴雨的时候他从山上摔了下去，从此再没被找到。

因为这件事，那一年的雨和他的笑容永远地被刻在了我的心里，成为了我留在攀枝花的执念。我终于懂得前辈们的心情，当我开始为一个地方流泪，就再不能离开那土地了。

小李死后，迟钝的我才开始爱这和他有关的土地，爱工地上那些有共同理想的同志们。

又是一年雨季，爆破的山洞基本挖完，我却又想起小李来，想起那个夜晚的交谈。我在雨幕中大喊，那承载我三年青春的工程，不知道是执念还是感动，我看着远山，竟有些泪眼婆娑。

遗憾的是我没能等到爆破的那一刻。

当时工地上很多人吃了浸雨水的油桃，上吐下泻发高烧，几乎要脱水，这时候就算进城去找医生也要四五天才能回来。于是希望全在我的肩上，等大雨稍有停顿，我便前去送药。那一路上泥泞不堪，我刚到山腰，雨却骤然大了起来，惹得山中的野鸟、猛兽乱叫。我心一慌，快步跑了起来，忽然间脚下一空……

紧接着耳边是爆炸般的破空声，我不顾一切地尖叫，然后就是猛地一震，一棵枯木贯穿了我的胸腔。

本该死去的我，现在却以一棵树的形式活着。

为什么偏偏是我呢？我才20多岁，怎么能这样死去？工地上的同志还没有收到药，父母还在家等我，谷子还在院子里晒着……

我痛苦地回想着，放不下的东西太多，而死亡的理由却如此简单！

我渴望有人能发现我，带走我身上的药。因为这一丝希望，我不敢死去，只能祈求以一棵树的形式继续活着。

枯木因为扎根在乱石里，水流不进来，因此这些天我只能喝着自己的血，任由枝丫穿破我的血肉再度生长。

是的，儿时的愿望成真了，我用自己的血肉开出了花。

枝丫啊，请你再强壮一点吧！只有当你足够强壮、足够高大时，人们才能发现我啊！

在我只剩最后一滴血的时候，人们发现了我。迷迷糊糊中我听到有人说他们在高高的山崖上看到下面有个奇怪的红点，并且在他们眼前变得越来越大，下来查看才知道，这竟是一棵枯死的攀枝花树又开出了血红的花。

他们取下我身上的药包，带着我的执念远去……

弥留之际，我又回想起了那个写作课。我透过作文纸看着年幼的自己，在看到她眼中热烈的梦想时，我好像回到了幼稚却真挚的儿时。

想来，其实我这一生过得还不错。

（指导老师 蒋秀碧）

苍穹智域（节选）

北京电影学院　许可

古镇中心，坐落着一间茶馆，说书人坐在圆形讲台上，身着传统长袍，面前是一编磬，脖挂晶莹玉石，散发着温润光泽，异常夺目。说书人轻咳一声，笑着说道：“各位看官若有意听，今天我为你们讲述一个未来的故事，关于一个广泛应用人工智能的世界，一群‘进化’了的‘神人’，一个普通的人类少年以及一场战争浩劫，主题还是永恒不变的，探讨人类情感的意义。”

“如何描述这个世界？是一个高度文明的地域，乍一看如同三联画《人间乐园》，其景观建构有着鲜明的中式审美特点。世界区域三分，各具特色，分别是自然风光秀丽，以农业与畜牧业为主的‘蓬莱境’；高峰峻岭，科技与智慧汇聚的‘昆吾地’；古韵悠长，传承文化之精髓，缔造艺术之巅峰的文化胜地‘濯锦镇’。三个区域的中心点是一个强大的人工智能管理系统‘智源联盟’。我们的故事，就从其中的‘蓬莱境’展开。”

蓬莱初境静无尘，松罗流离遇良人。

漫步青石花草间，天光云影映心神。

蓬莱境，山川秀丽，灵气氤氲其间。奇异花草竞芬芳，珍禽异兽自在游，烟波浩渺处，岛屿隐约，飞泉漱玉，碧波荡漾。霞光初照，雕梁画栋，如梦似幻，世外桃源。

松罗的名字是姐姐清友起的，因为他在一棵枝干苍劲的碧绿的油松下被发现，也有着不畏困难，四季常青的美好希冀。松罗最初的记忆是一片山野与成群的动物，大象、鸵鸟、蜥蜴、山猫都是他曾经的玩伴。姐姐清友是这片自然保护区的管理员。清友一家对捡到松萝这件事并无隐瞒，或者说，他们不会隐瞒任何事，也不会主动提起任何事。

“我刚发现你时，你正盘坐在松软土壤里和松鼠玩，保护区中的智能监控系统将你识别为离散群体的动物幼体，通过全面的环境调控、资源分配、安全防护和健康监测确保了你的生存与健康。根据你的需要调节温度、湿度与风速。在你的栖息地附近，自动化食物分配装置为你提供哺乳动物成长所需的养分，还有纳米机器人为你进行微创治疗……”面对松罗对自己身世的再一次追问，清友详细地解释道。

不耐烦的松罗已经受够了这种看似全面却极端理智、以至于冰冷的语言，皱着眉头说：“那你又是怎么发现我的呢？”

“其实一开始我就在系统检测报告中知道了你是一个人类，有时候还会调出监控来看。但带走你的出发点并不是想要救你的性命，主要原因是你的存在有可能会破坏栖息地的平衡，成为一个不可控的因素，对系统产生负面影响。等你不再是幼体的时候系统会停止对你的保护，到时候你的生死存亡可真就难说了。”清友平静叙述，清风微拂她的白裙与发丝之中，乍一看有一种遗世独立的仙人之感。

“我是弃婴，父母无处可寻？”松罗问道。

清友浅笑着说：“弃婴……这是一个非常古老的词汇了，事实上我把你带回来后便开始分析你未来最好的去向，系统告诉我已经有几百年没有弃婴产生了，历史上有记载儿童收容所的存在，但因为现在的人做决策理性谨慎，不会生而不养，所以这种收容所之类的地方也早已消失。背景调查与决策分析系统给了我两种选择，我过问家人的意见后，便把你留下了。至于你的亲生父母，我们都不知道。”

松罗从小就觉得自己与这个世界格格不入，先不说来历不明，他的姐姐、养父及养母都是很冰冷的人，他们思维敏锐，举止优雅美丽，清新灵动，尤其是姐姐，接近三十的年纪看上去却比青少年的松罗还要年轻。姐姐同养父养母一样，总是以超然的态度面对一切，似乎没有什么事情能让他们真正动容，在松罗看来，是比他要无情很多的人。从小到大都是智能装置告诉自己生活常识与人生道理，松罗叹息。

清友看着松罗落寞后愁绪凝结的神情，轻叹一口气，说："你从小到大也知道，居住在蓬莱境的人大多喜爱平静的生活，但我看你在这里并不愉快，除了这里还有两大区域，我带你去这三个区域的中心"智源联盟"报名，多去了解一些，或许能构成破解你身世之谜的条件，当然这些都要靠你自己去探索了。"……

（许可，女，25岁，本硕就读于北京电影学院，分别学习电影学与动画学，多次获得学业奖学金，曾参与制作《飞向月球》《拯救者》《哪吒》《LILY》《驴火与枪》等动画电影与艺术短片的编剧与制片工作。）

不尽红棉

攀枝花学院文学院　杨凤娇

一

他是被党组织下派到红棉村推动实现共富的。

来红棉村前，他踌躇满志，暗暗发誓要让每一户人家都富起来，要让每一双眼睛都闪烁着幸福的光芒。

“共同富裕不是少数人的富裕，而是所有人的进步与繁荣……”他对着众人侃侃而谈，如数家珍。

“咱们攀枝花资源丰富，只要大家齐心协力，以先富带动后富，最终一定能实现共同富裕！”

村民们将信将疑，各式各样的目光仿佛射出的利箭，几乎要将他刺穿。可他不闪不避，只是微笑着。

“哼，就凭你？”头发花白的王老爷子斜睨着他，不屑地冷哼一声，背着手走了。

他没有被打击到，而是在做足了功课后，一次次上门劝说王老爷子加入共同富裕的计划。

“王大爷，您种的沃柑要是能形成规模，统一销售，肯定能卖个好价钱！”

“真能行？”

“能！”他斩钉截铁地回答。

后来，将信将疑的王老爷子最终还是经不住他的软磨硬泡，答应了加入。

再后来，沃柑丰收了，可运输又成了大问题，道路崎岖不平，运不出去的果子都烂在了地里。村民们眼见着腐烂的果子，脸上也布满了愁云。

他四处奔走，找政府，求企业，拉投资，终于筹来了修路的资金。

可就在这时，他为了考察新的种植项目，不小心跌落悬崖。

怎么能就在这里止步？他恍惚地想。

“我答应你……”他用尽最后一丝力气回答道。

“很好，交易成立。”

二

“小李，你终于回来了。”村长看到他，欣喜地开口。

村长的身后是一群村民，个个都举着火把，橙红的火光在村民们粗糙的手中摇曳着，映出他们布满岁月痕迹的古铜色的脸庞。

“我们还以为你出了什么事儿呢？……”村长上下打量了他一下，随即回头冲身后的人说：“我就说小李不会有事儿的嘛，一个个的大半夜不睡非要跟来……都散了都散了，明天还得继续收果子呢。”

李向阳扫过人群，憨厚朴实的人们冲他笑，露出一口口黄牙。一种奇异的情感从他心口升腾起来，像是冬日灶台下绵长不熄的炉火。

他不由得心想，这就是人类的情感吗？就是……为了这群人吗？

时间却不容他多加思考，道路即将修好，他要联系商家，要设法宣传，要把关产品质量……李向阳忙成了一只高速旋转的陀螺，一刻不停地来回穿梭。

偏偏这时，和李向阳一起来的赵崇明死了——为了抢修被暴雨冲垮的桥面，不幸被滚落的山石砸中，当场牺牲。

二丫气喘吁吁地跑过来通知大家的时候，眼睛里还噙着一大汪泪水。

忙着给水果装箱的他木然地拧开矿泉水瓶，哗啦啦地从头上浇下。

日头太过毒辣，晒得他有些头晕，他的身躯已经开始破损，一股汹涌而至的不知名的痛楚却犹如烈火般在心口烧灼。

这是什么？这到底是什么？

王老爷子走过来，安慰地拍拍他的肩膀，指了指凳子示意他坐下。

“我原先是瞧不上你的。”王老爷子点燃了手中的旱烟抽了一口，说：“我以为你是到村子里来镀金，混个基层干部的名头好升迁。”

“我觉得我吃过的盐比你这毛头小子走过的路还多，共同富裕这件事儿，根本就不可能实现！”

“但你让我看到了希望……”王老爷子罕见地冲他露出一个近乎慈祥的笑容。“……崇明也是。”

“我很幸运，红棉村也很幸运。”王老爷子的声音渐渐低下来，像是被风吹散的一丝哽咽。

李向阳已经说不出话来了，沉痛、欢喜、坚定……各种繁杂的情绪堆叠到一起，几乎要让他落下泪来。这些日子的经历像一场潜移默化的洗礼，一点一滴地渗透进他的灵魂。

他怔怔地想，这就是自己要守护的东西吗？

不惜一切代价，无私无畏的付出，那样纯粹又坚定的执念，甚至已经开始影响到他。

这就是，他要去守护的东西吗？

人类渺小，却又伟大的理想。

他极力忽视被贯穿的伤痛，像记忆里的人一样发誓，他说：“我会让这里的每一个人，都富起来。”

三

路修好了，新的问题又来了。市场竞争激烈，他们的产品没有特色，卖不上好价钱。

“这可怎么活哟！”村民们看着一箱箱封好的果子，不住地唉声叹气。

“别怕！我来想办法。”他安慰着大家，自己却整夜整夜睡不着觉，反复琢磨。

他经过市场调研，对品牌建设和拓展渠道进行了思考。同时，又为红棉村的水果设计了富有地方特色的包装，将村民们与水果的故事通过网络平台进行讲述，吸引了无数旅客来到红棉村。

王老爷子的沃柑卖出去了，三宝开的民宿有人住了，村长坐在办公室里听人汇报收益，笑得合不拢嘴。

他慢慢地挪到村口的攀枝花树下，不远处是熙熙攘攘的人群，欢声笑语此起彼伏，比过年还要热闹几分。

全身上下像是被蜜裹住了，每一寸感官都浸泡在喜悦里。被极力忽视的疼痛又卷土重来，他却无暇去理会。

他想，他终于理解了幸福的含义。

在他身后，火红的攀枝花随风飘扬，撒满了红棉村的每一个角落。

（指导老师　蒋秀碧）

路

攀枝花学院文学院　余佳航

清香溢满攀枝花，峰峦起伏万家寨。

——题记

小村依山而筑，每逢日出日落，山上云蒸霞蔚，淡淡的雾气萦萦绕绕，低矮连绵的山脉像是母亲的怀抱，拥着山脚下的炊烟袅袅。人们在山坡上栽种果树，日出而作，日落而息，即使山路崎岖，人们依旧怀着一腔赤诚在这片土地上辛勤劳作。村口那棵古老高大的攀枝花树安静地伫立着，花开万朵，染红了半边天。

鹿鸣从记事起便迷恋着高山之巅的地方，曾无数次观望清淡的斜阳在群山之间隐去身影，只留下满地残缺的粉红色的云霞，牵出虔诚的星子在逐渐绀紫色的夜空中闪烁，火红的攀枝花影影绰绰的在满山温柔的月光中祷告它的子民。曾想山峦的尽头是那么遥远而无法触及，因而痴痴地望着远处太阳落下的地方幻想，许下一地愿望。栈桥向湖泊伸去，在栈桥的尽头眼前只有那粉红色的湖泊在眼前闪烁，片片花瓣，合着金辉，洋洋洒洒。闪烁其间才发现，天地是这日落的剧场，而任凭云霞在湖泊之中嬉戏，阳光在湖面上翩然起舞，攀枝花在阳光里书写篇章。

鹿鸣离开村庄了，一个人带着行囊，去往了他向往的高山之巅。他也曾想过放弃一切，一了百了地随波逐流，在幽静的村庄一隅平淡地过完此生。他想让眼前的“苟且”去麻木心灵，让生活去抚平伤痛，但内心深处却有着一丝不甘。在奋力攀登之后却从未到过山顶，他感受那拂过山顶的风，看过那云，那日出日落，星辰银河，心里总该是有些遗憾的。该庆幸的是年岁还轻，时光未老，怕只怕杜鹃过早啼叫，使百花应声而凋，使荃蕙化而为芽。村外的攀枝花好似另一方天地，没有小村的幽静缠绵，烈日高悬在无尘的晴空中，崎岖蜿蜒的山路在高温的炙烤下冒出丝丝热气，泛着淡淡的土色。空气中没有风，只有刺耳的蝉鸣从树冠间传出，攀枝花火红地挂在树梢，望着远行的人儿。

鹿鸣回来了，一个人，载着一腔热血和满身学识，回到了他热爱的故土。眼前的城市虽有着康庄大道，霓虹光影，但到底是比不上鹿鸣看到的——街头川流不息的车辆；盘根交错的道路，如同银色的鱼群在夜幕里穿行，而后汇入寂静的大海。明亮柔和的车灯照耀着周围的一切，夜幕被光线撕开了一道口子，繁华的街景和错落的高楼大厦一览无余地展现在鹿鸣这个外乡人面前。玻璃幕墙倒映着夜色中的点点星光，闪烁着都市的霓虹与活力，街道上铺设着整洁平整的石板路，灯光在路面上反射出斑斓的光影，熙熙攘攘的行人伴着欢笑声不断冲击着鹿鸣的大脑。或许是外界的经历太过震撼，往日聒噪的人变得沉默，我独自坐在山头，望着攀枝花，一望便是一整天。

“阿鸣这是有心事？”

“攀枝花建不成，我睡不着觉。”

“是我们家阿鸣长大了咯，知道关心国事了咯。”

“阿娘就别取笑我了，这是毛主席说的话呢。”

“那阿鸣想试试吗？”

“只是……试试吗？”

鹿鸣又走了，还是一个人，和那个行囊，那句带着少年气的话鹿鸣终究没说出口。少年狂妄，并非傲慢，心有抱负，便是不顾一切地去闯，若说要有什么底气，唯一肯定的便是相信自己。晌午的宁静时光，茂密的树荫在阳光的映照下投出一片凉爽，绿意在风中扩散。芒果树在山坡上摇动着它引以为傲的果实，林间木屋的窗台外不时传来几声鸟鸣，日历的纸张被风掀开，果实成熟的清香随风而动，这一切宣告着丰收。这是攀枝花独有的甜，没有缤纷的四季，山间依次成熟的果实便是轮转的标志，甜美的果实包裹着果农们的汗水和期望，也包裹着我们的未来。

“阿鸣，我们是不是做不成了？”

“做不成也要做！”

“是，果子是比以前甜了，运输是比以前方便了，但是没有路子我们怎么把这些果子卖出去呢？”

“怕什么，之前三块石头架口锅，帐篷搭在山窝窝，天作罗帐地是床，野菜盐巴下干粮的时候先辈不也坚持下来了吗？”

鹿鸣又回来了，一个人，奔跑着回到了他的村落。村口那棵古老高大的攀枝花树依旧挺拔，朵朵攀枝花盛开在艳阳里。这是归家人儿最好的红花，久违的细雨洗净了尘埃，拂去了疲惫，温润的土壤散发着沁人心脾的泥土香气。不经意间，微风拂过，漫山遍野的果树轻轻摇曳，阳光透过雨后薄薄的云层，洒下一片金黄色的温暖。

“阿娘！成了！有人愿意长期收购我们的果子了！”

“成了！成了！”

“为贯彻落实新发展理念，推动共同富裕和促进人的全面发展，缩小地区差距、城乡差距、收入差距，中共四川省委和四川省人民政府决定支持攀枝花高质量发展建设共同富裕试验区。”

电视新闻的播报声和鹿鸣的声音重合在了一起，少年为之奋斗的理想在这一刻终于化为现实，窗外的攀枝花瓣徐徐落下，带着湿意，去拥抱它的少年。少年向往的高山之巅从来不只是那囹圄之地的山顶，那年的攀枝花瓣飘落在了窗棂，化作了火红的印记烙在了少年心口。

白色的鸟群衔着攀枝花飞进山林，染红了夕阳。

（指导老师　蒋秀碧）

散文

最遥远的梦

西安交通大学附属中学兴庆校区　陈魏泽一

有着关于南唐记忆的人们都已经死亡、埋葬、腐烂，可是李煜饱含哀伤的目光，依旧深情地凝望着南国的山河星光。

李煜，一个江南烟雨里如白莲一般的男子，浪漫细腻、惆怅忧郁。从一出生仿佛就是上天选中的幸运儿，骈齿重瞳、神骨秀异、金贵万千。他曾是帝王，一个失败的帝王，但他也是词人，一张口便是“剪不断，理还乱”的别样离愁。

半生烟雨、活色生香、不尽韶华；半世落花、哀怨愤懑、愁肠百结。如此命运大起大落、形销骨立、日渐佝偻。

李煜是个文人，有着富足的精神世界，还有着对于春花秋月的无尽感知。他是个出色的文人，但这样的文人是治理不好国家的。

他的身上有着作为帝王不该有的任性软弱。

终于，李煜望着那片滔天火海，手捧着象征南唐江山的玉玺，步履沉重地迈向北宋的军队。

如今他已是阶下囚，心中良多感慨，忆昔日繁华逸乐，那近四十年的家园基业，三千里的壮阔山河竟都戛然而止了……

回忆起南唐的点点滴滴，犹如一场遥不可及的梦，闲梦悠远，梦萦魂牵，此时的南国应正是春光大好，满城柳絮纷飞、洋洋洒洒如雪，淡淡烟尘滚滚，江水迎着光波光粼粼。

思及此，李煜心中有如“无边落木萧萧下”之感。故国之思，亡国之痛让李煜时常以泪洗面，一句“还似旧时游上苑，车如流水马如龙，花月正春风”，一字一字，都弥漫了浓浓的哀伤。

孤独的人总是默默无语，形单影只地独上空空的西楼，抬眼望，仅有一弯冷月相伴，那如钩的残月经历了无数次的阴晴圆缺，又勾起了李煜的离愁别恨，满腔的孤寂凄婉，只能都与明月知。

月色朦胧，伴着清风吹拂，太多的痛苦无法化解，这样的日子如何才能了结？往事历历在目，可是铭心刻骨的人又有多少？

李煜就在这“旧时月”下站着，昨夜小楼里东风阵阵，风里混着草木的味道，一瞬间思绪又被拉回了南国，在这样的月色里，故国神游也伴随着锥心之痛。

物是人非，欲语泪先流。

在记忆中的风花雪月里，那些容颜仿佛又变得鲜活，似是从未曾离开。

李煜眼角酸涩，酒入愁肠，化作相思泪，心中藏着哀怨，如同这滚滚东流不尽的滔滔春水一样流去。他抬手擦拭着眼眶，心中突然涌起毁天灭地的凄凉。苍茫之感，久久不能平复，于是，他提笔写下一首《虞美人》。

狂风起，眼迷离，泪婆婆。风起、风止，千个春秋过去，不论是南唐的帝王，还是那个风华绝代的词人，又或是北宋的阶下囚，都成了人们茶余酒后谈古论今的对象，只是那个绝代词人的故国梦似乎也成了最遥远的梦。

（指导老师　宋瑜英）

课间十分钟

辽宁省大连市第四十四中学　翟予晗

东风，西风，此为《风声》。静风在外，静观其变，徒发感慨。

——题记

欢快的铃声从老旧的广播中汩汩流出，睡意消散，倦意全无。大脑急需时间，处理满溢的被灌输的知识。

东风

春日盛东风，如花，似海，奔腾翻涌。

教室的角落里翻涌着欢浪，好一个百花齐放！男生们成堆聚于教室一隅：脸涨得通红，眼里冒着金光（或是因困意而生），一手叉腰，一手上下翻飞，指指点点。旁人勾肩搭背，似一堵清瘦的人墙。不时随着讲述者的停顿而爆发出一阵阵哄笑，东倒西歪。脚下不停，是在讨论昨夜的足球赛？抑或是围观那双熠熠生辉的五彩缤纷的新球鞋？男生的快乐总是那么简单，也许，这便是火热炽诚的青春。

女生们倒更有一番温柔。有的给人家编上好看的辫子，戴上可爱的发卡；有的尖叫着给人展示自己新买的本啊笔啊之类；有的照着小镜子，唉声叹气着刚长的青春痘。这便是春天，春日之柔情，东风之热烈。

西风

西风属于秋天。是史铁生笔下的安静泼洒，是苏轼的月色怡然，是滨海路的一地金黄，总之，沉重，静雅。

那些人总是在学习！埋头、压手、锁眉，他们目光炯炯，好似对那些文字望眼欲穿；喃喃似语，仿佛心中声音喷涌而出，把枯燥的文言单词钳住！一些人眉眼欣喜，你的一句春不晚，我就到了真江南，我的一句桃花依旧笑春风，对出了黄鹤楼之韵味。有人如李白，自负崔颢，讪讪而逃。

那些人总是在研究！一群小脑袋将一张课桌围得水泄不通，对着一张单薄的纸你言我语，争执不休，为了一个各种三角形拼成的奇怪图案吵得脸红脖子粗。但这也是西风，数学的深厚是吵出来的，文学是磨出来的。

静风

十分钟好短！上课铃声任劳任怨地响起，一瞬间，风止云散。我坐在最后一排，合上那本《风声》。在老师指引不断的声音中，我想，东风，西风，也许只会擦肩而过，裘庄的是是非非多舛，每一位进入它的人都有不同的命运，不同的人生。课堂如青春一般使我们短暂相遇，每个不同的人，未来又会奔向哪里？……

好在那句歌词说：终点是沿途的花香。

（指导老师　吕永忠）

推开那扇门

山东省济南振声学校　董可心

这里是一望无际的青海草原，曾孕育着新中国的希望。在草原的深处，坐落着不为人知，却又家喻户晓的原子弹基地。推开那扇门，我便走进了历史的洪流之中。

家里的老人曾在这里工作。多年以后，当我第一次踏上这片土地时，动人的美景震撼了我。空气清爽，掺杂着各种植物气息。远处偶有房屋，在绿色中点缀着。脚下是厚实的青草，放眼望去，一半是深绿、草绿、黄绿的无数颗粒混合的草，佐以紫红、明黄的小花，另一半是透亮的蓝，仿佛直抵宇宙的深处。我往前走动，叶子划过我的小腿。走到一个方方正正的门口，见立有一块黑色的石碑，石碑上面用金色的字写着此处门后房子的大名。房子看起来很低矮，外表与裸露的土地是同一个颜色。无数的脚步在地上留下了白色的痕迹。大门紧闭，像是花收紧了花瓣，散发着庄严和肃穆。

而当我推开那扇门，铁门的响声在空房子里有了回音，水泥地板积着薄灰，墙上透出曾经的青色，却也因为岁月而斑驳。而在这空洞之中，窗户映进白色的日光，照亮了墙上的红色大字："世界上怕就怕认真二字，共产党就最讲认真！"这里曾经是原子弹的重要组装工厂。在这间房子里，每走一步都会有响亮的声音，所以每一步都显得稳重，并格外的扎实。无数的精英为祖国隐姓埋名，在许许多多像这样的门里，他们日日夜夜地研究、制造，用赤诚的肌肤直面金属的辐射。他们的热情用红色颜料定格在墙上，在我推开那扇门的一瞬间，喷薄而出，震撼了美丽、安详的大草原。

仔细品味，其实那门内并不是破败，而是充满了岁月和激情的痕迹。再次推开那扇门，入眼的是草原。回头看这房子的外表，原来它不仅是黄土的颜色，更是中国人皮肤的颜色。

推开那扇门，中国的过去像一朵花伸展了花瓣，绽放在我面前。门后镌刻着他们走过的每一道坎，奋斗的每一秒钟。这洪流震撼了我，再一次。

（指导老师　韦沙沙）

青春需要诗

西安高新一中实验中学　杜宇泽

在这个世界上，有一种东西，它如春风拂面，如夏日阳光，如秋水长天，如冬雪初霁。它有时让人欢笑，有时让人流泪，有时让人忧伤，有时让人欣喜。它就是青春。

初临这个世界，一切都是未知的，随着时间推移，慢慢懂了一点儿，但还是懵懂未知的孩子，怀揣着对世界的好奇和向往。我们在操场上奔跑，追逐阳光，仿佛要把整个世界都握在手中；我们在图书馆里探索，汲取新知，逐渐有了对事事的思考；我们在明媚的午后，躺在草地上，望着天空，看着远方，憧憬着未来。那时的我们，拥有了追求梦想的勇气，拥有了面对困难挫折的毅力，拥有了感受世界的热情。青春的时光是短暂的，它就像一首美妙的诗，需要我们用心去体会。

然而，随着时间的推移，我们开始面临更多的挑战和困惑。我们开始思考人生的意义，并着手为未来而努力。在课堂上，我们学着认真，学着勤奋，学着体会学习的乐趣。在课堂下，我们学着合作，学着总结，学着探索，学着体会成长的快乐。在生活中，我们学着进步，学着突破，学着体会父母的不易。我们不再只是追求阳光，而是开始学习。这时的我们，就像一首深沉的诗，充满了思考和探索。

在这个过程中，我们开始学会独立。我们开始学会自己解决问题，学会自己承担责任。我们很少依赖父母，开始学会为憧憬未来而努力。我们开始明白，青春不只有阳光，还有风雨。我们开始学会面对困难，学会坚持。这时的我们，就像一首激昂的诗，充满了勇气和毅力。

此外，我们不仅要珍惜与同学们相处的时光，还要学会感恩。友谊是青春的礼物，它是在困境中相互扶持，在快乐时相互分享……感恩父母，是他们给了我们生命，抚养我们长大；感恩老师，是他们传授我们知识，引导我们成长；感恩朋友，是他们陪伴我们度过青春，让我们的生命更加精彩。这时的我们，就像一首感慨的诗，充满了思考和感悟。

青春需要诗，它让我们的青春充满激情，让我们的青春绽放出光彩。

青春需要诗，它让我们的生活变得绚丽多彩，让我们的青春变得多姿多彩。

青春需要诗，它让我们的青春变得充满活力，让我们的青春充满希望。

（指导老师　路凯）

青春需要诗

西安交通大学附属中学　韩尚桐

青春需要诗，也会成为诗。

青春需要“会当凌绝顶”的诗。人的一生只有一次青春，不能“天地一沙鸥”。在生命力最为旺盛之时，我们要“有一分热，发一分光”，照亮身边的人。在疫情期间，有多少抗疫工作者用他们的青春守护着我们的生命，他们心系祖国、心系百姓。青春也被他们定义成了“勇敢”，而他们也真正做到了“一览众山小”。

青春也需要“至千里，成江海”的诗。“少年易老学难成，一寸光阴不可轻”，人生需要积累，而青春则是内容。父母老师总让我们做积累，说“天才在于积累”。积累，是经历许多事之后逐渐聚集起来的。少年追梦之路，需要积累，不然就会“未觉池塘春草梦，阶前梧叶已秋声”。

青春还需要“谁言寸草心，报得三春晖”的诗。亲情是伟大的，它也像诗一样，让远方的游子思念家乡。“月是故乡明”是多少游子对家乡的感叹啊！“少小离家老大回，乡音无改鬓毛衰”“慈母手中线，游子身上衣”，人的一生做孩子又有多久呢？慈母“意恐迟迟归”，那就让游子归来仍是少年！

青春更需要“夜阑卧听风吹雨，铁马冰河入梦来”的诗。恰处青春年华，我们要有远大抱负，拥有“河流大野犹嫌束，山入潼关不解平”的青春意气，才能“快走踏清秋”。

青春需要诗。而作为新时代的接班人，我们要有理想信念、要认真学习、学会孝敬长辈。青春，是周恩来总理的“为中华之崛起而读书”；是李白的“长风破浪会有时，直挂云帆济沧海”；是梁启超的“故今之责任，不在他人，而全在我少年”。“诗”赋予了青春的“美”与“志”，而青春则奉献给了人生……

（指导老师　杨鸣悦）

青春需要诗

西安高新第二学校　何炎玥

青春是草长莺飞二月天，拂堤杨柳醉春烟的美好年华；青春是带着倚门回首，却把青梅嗅的甜蜜；青春也会走过雾失楼台，月迷津渡的困惑；但少年负气，奋烈需要诗！

我的梦想，起源于一丝琴声。那天，我路过琴房，无意中就听见了一丝淡雅的琴声，我抬头窥去，只见房中人稍盘着头发，别着桃花样儿的发饰，双手拨动着琴弦，发出美妙的乐曲。

于是，我和它的故事，就此开始了。每晚端坐在古筝前，灯光打在暗棕色的琴板上，上面的花纹清晰可见，有一种说不出来的美感。我随即拨动琴弦，音符在弦上来回跳动着，凑成一段乐章。乐声玲珑动听，每当奏响，就仿佛置身在竹园中，耳畔吹来簌簌的风声，将发丝一根根挑起，竹叶从高处飘落，落在我身旁的纸板上。我的心中犹如平静的湖水泛起阵阵涟漪。

即使足不出户，每当想起这由琴弦凝成的一个个音符隆起的丝丝缕缕的曲调，我也就仿佛置身于室外，领略祖国的大好河山和那一个个感人的故事了。

扶着这把琴，就像翻开一本诗集一样，它响出的每一段旋律都是不同的场景。我的双手拨动琴弦，脚步也会相应地动一下，弦自然而然地也就前后跳动，这一动作持续千百遍才可构完一曲，也使我演奏完后手指酸痛，疲惫不堪。

我有时也会有放弃它的念头，也常常会因为老师的责备和自己无法突破瓶颈而伤心落泪，泪水划过脸颊滴落琴板，可我不曾放弃，不肯否认从前它带给我的欢乐，也不肯坚定接下来的道路。

我的青春多了一份诗集，也许翻开扉页，会看到泪痕与汗渍，也许会看到欢声与笑语。可我知道，这本诗集凝结了我的整个青春，而我的青春也离不开它的滋养。在这漂泊不定的人生中，我永远都不会放下它了。

（指导老师　毕敏丽）

温暖的旅程

陕西省西安铁一中陆港初级中学　贺方静雅

人生中的旅程是精彩、刺激且充满趣味的……而有妈妈陪伴的旅程，则满溢着温暖。

小时候，无论是刮风还是下雨，妈妈总会接送我上学，帮我拎着书包。每逢雨天，那个为我递伞的身影永远是母亲。那时我觉得母亲仿佛无所不能，却忽略了母亲也曾是个连瓶盖都拧不开的小女孩。只因有了我，母亲才不得不让自己变得成熟而强大。一路有母亲相伴，这是一段无比温暖的旅程。

有人说，母亲本是漂亮的仙女，拥有一件能自由飞翔的羽衣，然而自她成为母亲的那一刻起，那件羽衣就被永远地锁进了箱子，再也无法开启。

记忆里，每次用餐时，母亲总会把我喜欢的菜夹到我碗里。我们吃得饱足，她便心满意足；若我们挨饿，她会独自难受。母亲就是这样，一次次默默给予的温暖，我们却常常浑然不觉。

母亲啊，我深知，只要有母爱相随，无论行至何方，都将是人生中温暖的旅程。这十二载的春夏秋冬，您牵着我走过一路繁花盛景。下一次，就换我牵着您的手，缓缓踱步，共赏岁月悠长。

（指导老师　杨炜）

我与落叶共情

江苏省盐城市鹿鸣路初级中学　黄智浩

秋天是收获的季节，也是思考和领悟的时刻。牛顿曾说："我之所以能看得更远，是因为我站在巨人的肩膀上。"

秋日的午后，阳光柔和而温暖，微风轻轻拂过，带来丝丝凉意。我漫步在公园的小径上，脚下是一片片如同汪洋般的落叶，缓步走过，发出清脆的声响，来回应我的每一步行动。

我俯身拾起一片落叶，它的边缘已经微微卷曲，叶脉清晰，岁月给它带来的伤痕随处可见。看着这片落叶，我不禁思绪万千，仿佛与它产生了某些联络，渐渐地与它共情。

落叶曾是大树的一部分，在春日里萌芽，在夏日里繁茂，为人们带来一片绿荫。然而，时光流转，季节更替，它不得不离开大树，飘然而下。这并非它的过错，而是生命的必然规律。它或许也曾留恋过枝头，留恋过那高高在上、沐浴阳光的日子，但最终还是顺从了命运的安排。

我与落叶共情，是因为我深知人生也有起有落。我们都曾有过辉煌的时刻，或许是在学业上取得优异的成绩，或许是在工作中获得成功的喜悦。但也难免会遭遇挫折和低谷，就像落叶离开枝头一样，将会独自面对未知的命运。

"落红不是无情物，化作春泥更护花。"落叶在飘落的过程中，没有丝毫的抱怨和恐惧。它以优雅的姿态投入大地的怀抱，化作春泥，为来年的新生命贡献自己最后的力量。这让我明白，即使在低谷徘徊，我们依然可以选择有价值的方式去博取属于自己的荣耀。

此刻，我手中的这片落叶不再只是一片普通的叶子，它更像是一位智者，用自己的经历向我诉说着生命的真谛。我轻轻地将它放回地面，祝贺着它能在这片土地上完成最后的使命，博取属于它的光辉。

我与落叶共情，我会像它一样，在生命的旅途中，无论风雨还是阳光，都能坦然面对，以坚韧和勇气书写属于自己的篇章。

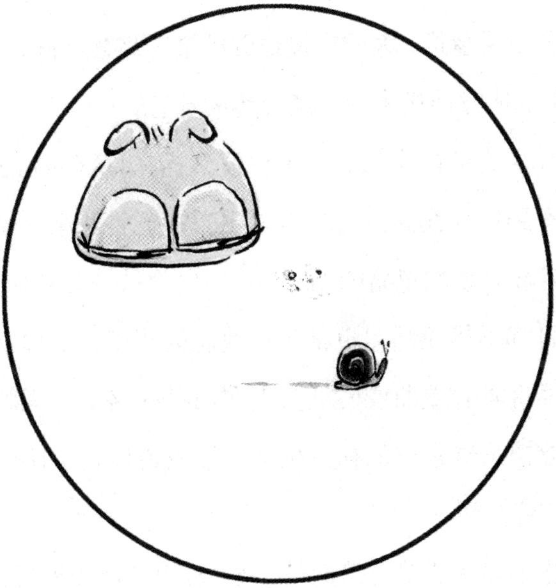

青春需要诗

西安交通大学附属中学　霍睿轩

一直以为，诗和青春是完全的对立面。诗，是我从未涉及过的领域，我也不太喜欢背诗，更不会写诗。

直到那一次语文老师让我们自己创作一首关于风景的诗。我坐在桌前，望着天花板发呆，脑海里时下流行的歌曲一首接着一首，妄想在其中寻找有诗意的句子去拼凑出一首诗。很长时间过去了，面前的白纸还是空空如也，我心烦意乱，不知从何下笔。

于是丢下了笔，走到窗前。此时正值日暮，天空被染成了微微的橙色，偶尔有一片照映着夕阳的云，在远处的天边缓缓飘过。日落的余晖为远处的房顶镀上了一层金边，太阳慢慢地藏匿进了高楼之间，天边美如画。我不禁感慨，晚风也适时地送来了一缕温热的气息。

不止一次在名家的散文里、小说里读到描写日落的句子，但这是我第一次真正地注意到这个充满魅力的自然现象。还是我第一次创作时，我留意到了这个平时被无数次忽略的“画”。

每天的落日都不尽相同，也都是被遗忘的诗笺，而以前的这个时候我似乎总是塞着耳机听着歌曲或者低头走在回家的路上，无暇顾及夕阳。诗歌的创作好似放慢了这紧迫的初中生活，让我得以在空闲中去发现生活里属于青春的那首诗。

当最后一抹余晖从墙壁上消逝时，我感受到，青春需要诗，无论平时的诗有多难理解，只是平时的一点放松。青春需要的不仅仅是诗篇，更是诗从古到今所蕴含的意义。

在这个时代，电子和数字更多地被大众青睐，留在纸上的雅致却常常被遗忘。但我相信，诗永远不会被遗忘、被抛弃，因为青春需要诗，人生需要诗。

重新回到桌前，我拿起笔，墨黑的字迹留在白纸上，见证青春的一抹难得的雅致。

（指导老师　康靖）

青春需要诗

陕西省西安市国际港务区铁一中陆港中学　贾子昂

“青年人！相信自己罢！只有你自己是真实的，也只有你能创造你自己。”这段小诗是冰心向青年人发出的感慨。青春如烈火，燃烧着磅礴的激情；青春如骤雨，唤醒了沉睡的心灵；青春如灯塔，照亮了前方的“罗马”。我们的青春需要诗的洗礼，好让我们砥砺前行。

“王师北定中原日，家祭无忘告乃翁。”去世前，陆游强撑着身体，给儿子写下了这首《示儿》。这首诗既是对作者自己拳拳爱国之心的体现，也同时激励着他的儿子要有“夜阑卧听风吹雨，铁马冰河入梦来”的忧国忧民之心，以身下铁骑收复南宋失地的勇气。因为此时陆游已风烛残年，而他的儿子正值青年时期，有能力、有信心去实现梦想。这首诗不仅激励着他的儿子，也激励着广大青年。青春需要诗！

“一万年太久，只争朝夕。”当年毛泽东主席向中国青年人讲述了青春的美好，点燃了他们建设祖国的心。五四运动不就是学生们、青年们发动的救国呐喊吗？点燃中国人救国斗志的书，不就是一个叫邹容的年轻人写的《革命军》吗？那么，就要让青年们大胆地去做！青年人有“为中华之崛起而读书”的理想，就一定会有大作为。他们需要诗的力量照亮远方前行的路。青春需要诗！

“青年是人类的希望，是世界的未来。要保持对生活的热情，对世界的好奇。你们的努力将会改变世界。”牛顿向世界青年人讲述了青春的美好，点燃了他们发展世界的信念。牛顿认为青年是世界的脊梁，青年能改变世界，这正极大增强了青年人的信心。青年人不怕摔倒，不怕碰壁，他们身上的热血足以击碎任何困难。青春需要诗！

"春从微绿的小草里，和青年说'我的光照临着你了，从枯冷的环境中，创造你有生命的人格罢！'"冰心告诉青年人不管环境多么艰苦，也要努力奋斗，凭借自己的努力和智慧，创造出无限的社会价值，成为一个独一无二的"我"。青春需要诗！

每个人之所以生活在这个世界上，都有他独一无二的价值。我们作为青年人，就应当有青年人的志气和风范。哪怕头破血流也要站起来，哪怕满身泥泞也要跑起来，哪怕伤痕累累也要冲出去！因为我们是青年人，我们有热血、勇气和时间，我们的雄心壮志因为热血、勇气和时间不再变得遥不可及。只要肯努力，成就梦想也只是时间上的问题。"一年之计在于春，一日之计在于晨。"而一生之计在于少年时期。我的老师常常用这句话教导我，我明白了青春的重要性，它像春天一样，满载着生机与活力向前去。青春如诗，它本身就是一首激情热血的诗。我们不只要诗，更要自己谱写出属于自己的生命之诗！

"嫩绿的芽儿，和青年说：'发展你自己！'淡白的花儿，和青年说：'贡献你自己！'深红的果儿，和青年说：'牺牲你自己！'"我终于读懂了冰心的诗，青春需要诗！

（指导老师　王嘉怡）

照亮我世界的光

西安交通大学附属中学兴庆校区　李秉谕

在无边的黑暗中，星星也将承担着太阳的责任。

——题记

雨不停地下。窗外总是灰蒙蒙的，虽然有时雨小，但厚重的乌云仍然挡在苍穹之下，连一丝光线都没有放进来。回家时，在路边的花店里买了两株向日葵，就想带回家养大，可是养了几天，向日葵的长势并不好，叶片有气无力地耷拉着，病恹恹的，还挂着些许水滴。或许是连续几天的大雨，向日葵失去了阳光的哺育，生气变得微弱，像极了没得到糖的小孩儿。不知道上天会不会弥补没有得到糖的孩子，向日葵来到我家后没几天，属于夏日的炎热便离它而去。有了糖的孩子总会活蹦乱跳，但向日葵不会。所以对于向日葵面对乌云垂下的枝叶，我总是见怪不怪。

一天夜里，我不知道为什么睡不着。望着那株向日葵，我有些恍惚。人们都说要追光而行，在自己的黑暗世界里找到一束光，哪怕只有一束，哪怕十分微弱，哪怕若隐若现。黑暗里，向日葵总是耷拉着枝叶，但抬着脑袋，像极了看不清路又努力看路的人们。

在一个白天，颓废了许久的向日葵居然抬起了头，我也望向天空，有几缕阳光穿过了云层，照在了地上。如果不仔细寻找，这丝缕阳光几乎无法被发现，可正是这样，才让向日葵找到了云后的阳光。尽管相隔甚远，还有云层阻隔，但它还是找到了属于自己的太阳，而且向着阳光抬起了头。

每个人都害怕失败，但在内心深处，我总是渴望成功。我所希望的未来像一株向日葵一样，点亮自己心中的星火，尽管微弱，我也能像向日葵一般，透过乌云找到属于自己的阳光。

在无边的黑暗中，星星也承担着太阳的责任。

（指导老师　方晓媛）

遇见你，真好

陕西省西安市灞桥区东城第一中学　李涵清

茫茫人海与你相遇，饱读诗书只为与你为伴，宋朝一代才女，遇见你，真好！

——题记

月色入户，清风拂依，一卷诗书，梦回繁宋。朦胧中，一个女子徘徊眼前，“倚门回首，却把青梅嗅。”我惊喜万分，你，李清照，墨笔生花，芳名远扬。我不敢高声语，只愿你能在我的梦中多停留。遇见你，真好！

你不断留给后人千古传诵的名句。秋风丝丝，你道“天上星河转，人间帘幕垂”，冬去春来，你言：“雪里已知春信至，寒梅点缀琼枝腻。”宋朝因你而名，历史因你而精彩，古往今来，你自是花中第一流。

我曾在诗书中翻阅，记经典，吟诗文，你带给我许多熏陶。同为女子，在我失意之时，你道“东篱把酒黄昏后，有暗香盈袖”，在我悲叹生活的挫折，埋怨命运的不公，你言：“生当作人杰，死亦为鬼雄。”虽为女儿身，你却依旧不乏男儿志。雨后晴朗天，泥土混合着水珠散发出初春的气息，你便以柔情讲述：“梁燕语多终日在，蔷薇风细一帘香。”处处有言，句句道情，让我开始用新的目光审视生活，用心去追随你的脚步。遇见你，真好！

中华上下五千年，诗歌一直是男子的主场。是你，让我看见了女中豪杰，人生的榜样。我羡慕你潇洒自在，放荡不羁；羡慕你才华横溢，诗词醉人。你带给我的不仅是文字的熏陶，更有人生的哲理。

你本出身于书香门第，看尽世间美好，看惯世间聚散沉浮，在晚年却因金兵入原而孤苦。在这样不尽如人意的生活中，你却依旧以诗寄情，写下“空梦长安，认取长安道”的怀乡诗句，以“枕上诗书闲处好，门前风景雨来佳”表现自己的悠然闲适。人生或许不尽如人意，一代女中豪杰就此落幕，但我不能放弃追逐的脚步，像你一样，绽放人生风采，奔向希望。遇见你，真好！

李清照，一代女流，却书写了一些男子都无法做到的传奇。我必会追随你的道路，不负韶华，赶在风华正茂的年纪“去撒东山一抔土”，像你一样“欲将血泪寄山河”。

我多想依在你的身边，陪你踏遍山川；多想坐在你的身前，将你树为榜样；多想跟在你的身后，看你的豪情壮志肆意飘扬。因为你，我的思想得到洗涤。遇见你，真好！

夜色中，你的身影渐渐淡去。故事不长，四字一行，两段一张，一介女流，一世传奇。站起身，我奔向希望，成功路上必是一片花海。我载着梦想，带着花香，一路向前。“何须浅碧深红色，自是花中第一流。”李清照，遇见你，真好！

（指导老师　程聪）

推开那扇门

山东省济南育英中学　李姣玚

推开那扇门，生机盎然的春天扑面而来；一股热流瞬间裹挟着人跌入夏日；秋收的硕果滚落掌心；冬季的雪花给整座城市披上银装。推开那扇门，一个五彩斑斓的世界便在眼前徐徐展开。

推门 · 春分

春天，是草木萌动、万物更生的时节。“一年之计在于春”，它作为岁首，满溢着蓬勃的生命力。大明湖畔的柳树吐出了嫩芽，在和煦的阳光下舒展身姿。泉水更是在一日日的温暖中重新汩汩流淌起来，波光粼粼的水面，仿若撒上了细碎的银屑，熠熠生辉。万物复苏，冬眠的动物全部醒了过来，开启新一年的忙碌。鸟儿在林中穿梭，在树杈上建造自己的新家，潺潺的流水声与灵动的啼叫声应和着，这是一场听觉的盛宴。

推门 · 夏至

夏与春截然不同，少了那份温婉，多了几分炽热。夏日的树木生长得最为茂盛，翠绿的树冠成了人们最好的纳凉地，巨大的树冠阴影下，几位老人坐在小凳上，悠闲地扇着蒲扇，聊着家常。小孩子们在池塘边玩耍，池中碧绿的荷叶和粉红的莲花如此婀娜。调皮的小孩将大荷叶摘下倒扣在头顶上，成了顶天然的“大号遮阳帽”。夏日虽然带给了人们炎热，但也带来了欢声笑语。

推门·秋分

当山野间的树木悄然染上金黄与火红，秋天便翩然而至。秋那清爽的凉风总会带来些什么，闻闻看，成熟果实的香甜气息钻入鼻孔。果园里，果农正忙着爬梯子摘水果。火红的苹果、金黄的梨子、橙红的柿子，一个个像灯笼般挂满枝头。悄悄摘下一颗，咬上一大口梨，甜蜜的汁水顺着嘴角流出，果香四溢！丰收的季节给人们带来了极大的喜悦，农民正忙着收麦子呢！

推门·冬至

寒冷的风来临了，人们躲在家里，靠着暖气抵御严寒，窗玻璃已被冻上了一层霜花。原本多姿的世界几乎在一夜间变得银装素裹，天空中飘着小雪花，如同下凡的精灵般来到人间。水面被冻得结了一层薄薄的冰，未冻结之处还冒着些许热气。这时候，孩子们更会套上厚厚的羽绒服，在院子里堆雪人、打雪仗，一个个雪球在空中穿梭。再冷些，就过年了，鞭炮放得噼啪响，家家户户门口挂起了大红灯笼，门上贴了对联。走亲访友，热闹至极。

打开一扇门，邂逅别样天地。人生不应该纠结于生活中的琐碎小事，应将视野放远，去看春夏秋冬，四季时序。用眼睛去发现世界的美好，小到一片枫叶，大到一尊冰雕。何处不是美景，用心灵、身体去感受世界，你会有不同的收获，恰似每推开一扇新门，门后的景致都别有洞天。

（指导老师　任晓芬）

青春需要诗

西安高新一中沣东中学　刘至烨

当阳光遇到花朵，我们知道了什么是生命；当小溪遇到江海，我们知道了什么是壮美；当上中学的我遇到时光，我知道了什么是青春。青春需要诗，而我的青春是一条奔赴大海的溪流，更是一首美丽绚烂的诗。

我记得语文老师说过，这个世界上，不用花钱就能得到的东西往往很珍贵，比如阳光、雨露、空气。而我觉得，除此以外还有几样东西对我而言同样弥足珍贵，那便是生命、青春、理想。谢天谢地，这些，在我的生命里全遇到了。

生命是一粒种子，她让我跟小草一样萌芽生发，陪我度过了无忧无虑的孩提时光。而现在，我迎来了美丽的青春，她让我遇到了自己的理想，生命的色彩也因此而更加浓郁，生命的花朵也因此而更加芬芳。

青春不仅仅是生命旅途中的一个阶段，而应该是一首美丽的诗，青春需要诗，因为她是生命的奇迹，蕴含着情感、憧憬和力量。如果把生命比作大江大河，那么，在汹涌澎湃、波澜壮阔之前，总有一段河流是蜿蜒曲折的涓涓细流，那正是我们的青春。她蕴藏着力量与热情，正带着我和我的梦想永远向前，朝着未知的未来一路奔腾，每一朵闪耀着光芒的浪花都是青春的魅力。

青春需要诗，需要一首深情款款的抒情诗。在这首诗里，渗透着我努力的汗水，也凝聚着我失落彷徨时无助的泪水，在奔赴未来的每一分、每一秒，这首青春的诗也抒发着我心灵的呼声。每一次对考试成绩的遗憾，每一次对比赛失利的惋惜，也都化作泪水淌进了青春的诗里。不过，我不难过，哪怕没有人明白我的心酸，哪怕没有人理解我的悲伤，我依然明白在青春的河流里，包裹着的还有我不服输的倔强和战胜困难的决心与坚持，因为青春赋予了我更多的理想和勇气，让我懂得了奋斗和努力。

有时我也问自己：青春为什么需要诗？因为她美丽、短暂，一去不复返，永远都在奔赴前方。青春太美好了！谁也不可能让她重来，谁也不可能将她复制、粘贴和保存，她会刻下每个人独一无二的记忆，不管是迷茫、孤独，甚至不安；也不管是欢快、热烈，甚至疯狂。青春本身就是一首诗，她充满激情与活力，令人心驰神往。青春是积累和汲取的过程，也是丰富自己羽翼的关键时期，每一个人的青春只有一次，我要倍加珍惜。

“位卑未敢忘忧国。”我要把自己如诗的青春与国家发展融为一体，以青春之我创造青春之中国，像周恩来总理一样“为中华之崛起而读书”，在时代里留下我放飞理想、追逐梦想的风采。我不仅要把我的青春变成“抒情诗”，还要变成“咏志诗”，让青春作伴，奋斗相随，让自己活得潇潇洒洒。曾有这么一句话：“你怎么样，中国便怎么样！”我们每个人都是国家的一分子，个人与国家紧密相连。青春需要诗，因为在这首诗里有我们的理想、追求、态度。而这些，也都会影响到国家和民族的风貌，十四万万个我们就是中国，我们奋斗了，国家也就强大了。所以，最美的青春就是奋斗！

我多么想大声说：“青春是一首美妙的诗，无奋斗，不青春！”

（指导老师　李娟）

青春需要诗

陕西师范大学杨凌实验中学　吕嘉怡

金子一般华贵，光芒万丈，自是青春，诗洒年华。

——题记

时代的年轮持续滚滚向前。青春恰似一首优美的诗篇，令人回味无穷。青春是一段美妙的时光，如萤火在绚丽银河中流动，璀璨却又极为短暂。从那春暖花开之处起笔，诗词见证着我们的强盛，吟唱着我们的团结。青春是充满声响的季节，宛如一首绝句，种种思绪纷至沓来，涌上我的心头……

三月的风轻拂着明亮的草垛，春天在每个夜晚细数她的花朵。郑谷曾言："泪湿孤鸾晓镜昏，近来方解惜青春。"诗人因失去挚爱而潸然泪下，清晨对镜，视线朦胧，方知晓应当珍惜青春时光。亦有人云："春风得意马蹄疾，一日看尽长安花。"青春或许会历经磨难与砥砺，多年寒窗苦读终化为那一日看尽长安花的意气风发。青春是一本仓促的书籍，在这最为美好的青春岁月里，何不令其绽放出最为耀眼的华光？

青春留下的尽是人生的起起落落：是浪花拍岸时的豪迈气度，是青年人以自身付出回馈自身的坚毅。"青春绝凡尘，诗酒趁年华。""志之所趋，无远勿届，穷山距海，不能限也；志之所向，无坚不入，锐兵精甲，不能御也。"中国青年扬起青春之帆，超脱凡尘，勇于趁此年华奋进。"草长莺飞二月天，拂堤杨柳醉春烟"般的美好年华，青春有"倚门回首，却把青梅嗅"

的甜蜜。“少年负壮气，奋烈自有时。”那气息划过我的衣角，雾湿楼台，月迷津渡。

凝视花甲老人缓缓离去，有“仰天大笑出门去，我辈岂是蓬蒿人”的洒脱不羁，有“月下飞天镜，云生结海楼”的浪漫情愫。“青年如初春，如朝日，如百卉之萌动，如利刃之新发于硎，人生最可宝贵之时期也。”还有梁启超笔下“红日初升，其道大光；河出伏流，一泻汪洋。潜龙腾渊，鳞爪飞扬；乳虎啸谷，百兽震惶”的炽热青春……

摒弃浮躁，调适心态，找准定位，确立目标，厚积薄发。炽热的青春需要笃定的理想信念，唯有持续不懈地奋斗，方能收获成果。青春需要耐心、毅力与勇气，青春需历经磨砺，怀揣梦想。青春是一场为梦想奋力奔跑、永不止步的征程，我们要以昂扬的斗志为国家奉献青春力量。豪情、气魄、担当，心中有火、眼中有光，这是对青春的生动诠释，虽短暂却极为绚烂，而这短暂的美好最能震撼人心！

光斑点点的青春是人生的投影，十几载匆匆而过，我不禁想问，青春究竟为何物？你说青春是马不停蹄的邂逅与别离，是教室里少年的懵懂与喜悦，是千千万万的瞬间。但这便是青春的全部答案吗？搁笔思忖，只要是属于自己的——皆是青春，那浓墨重彩的年华！

青春岁月，如诗如画，浓墨重彩，我与诗词相约！

（指导老师　安桐桐）

温暖的旅程

西安交通大学附属中学　马悦然

人生如旅，旅如长卷，须万物美景、沁脾书香添之。自忆时起，尝略览四书五经，日复日，月复月，其伴余已如至亲。其证余自幼至此，余喜其伴，余恐其抚，余哀其诫，余乐其随。

丙申年，戊申月，余望旧日，立于新校。落款七载墨画——《启》，轻取新宣。注身前朱墙，金桂飘香，清风拂面。此是也！心中喜不自胜而五味杂陈，后仅《孟》相伴，浮其论“爱人者人恒爱之，敬人者人恒敬之”，鄙，能纳人否？能敬人否？心中波浪滔天，而恍惚见一光朦胧高悬，似予深海迷航一心剂，踏实有力，迈坚步入中。落座，六载恩师落落而入，窗外拔树因风而舞，玲珑桂香丝丝飘至，桌下一《孟》卷入其中，与我恍若无形之力，紧心松之，凝视三尺之台，细聆窗外沙声，已沉醉其中。猛然抬头，忽看道道墨文立空，眼间一亮，惊现我乃余久读之《孟》，是也！此景确如幻梦，是也！孟母三迁，便是良景，“幻梦”造就古之先贤。身下《孟》合，仿若了然心意般，随我心而动。

癸卯年，庚申月，再携四宝文房款落——《蒙》止，心明。此，已越朦胧之期，多理已明，悟性更进。余过新校，仰山月白楼。不得不回念澄年，回望古今。虽心智较熟，但仍不免些忐忑，还存些留念去情，而转念回眸，目光果决，重踏入其中。身背《春秋》，轻抚每处，好似处处皆情，校，便承千古传人之责，受硝飞弹穿，京迁至此，夹杂万千情思，调晕墨色，顿挫轻重，一笔清柔书宣，身边《春秋》予思、予能、予情，醉于清风，风亦摊之，与我合享，随鄙，抚鄙，恍若又为那丙申金秋，不觉间，六载所览皆浮于前，“君子之交淡如水，小人之交甘若醴。”友在惜，而不在贵……

是也，可叹时光荏苒，可那长卷中，经典而常伴不朽，见余自幼至此。余自当再以大地为卷，勤劳为笔，更书长卷，其名为《旅》!

（指导老师　何向向、文墨言）

青春需要诗

西安高新一中实验中学　史钦佑

既在青春，不负韶华。此刻的我们，已然历经儿童期的懵懂、少年期的蓬勃，自身亦开始散发成熟的魅力。青春仿若人生之海的航标，那么我们究竟该如何作为，方能让青春这颗宝石绽放璀璨光芒？

首先，我们需明晰青春具备哪些特性。青春首要的特征是蕴含稳重成熟的气息，处于这个年龄段的我们，由外而内再至外，会彰显出一种气质之美；其次，青春是浪漫且勇敢的。在此时期，我们会怀揣着浪漫情怀，勇敢无畏地追逐梦想；最后，青春是转瞬即逝且深奥难明的。青春期相较于生命的其他阶段，显得颇为短暂，然而众多之人却未能读懂青春这首诗篇，待多年之后，深陷于忙碌尘世，再度回首，方能品出些许滋味。

那么，在洞悉青春之后，我们又当何为？实则颇为简易，青春需要诗，或者说青春本身便是一首诗。诗恰似青春，富有浪漫色彩，深邃幽奥。与此同时，读诗可使人聪慧睿智，赋予人深刻启示。青春之际的我们，身体与智力皆处于人生的巅峰状态，这不正是探索未知、寻觅真理、体悟人生哲理的绝佳时机吗？

青春需要诗，可具体又该如何践行呢？部分人在步入青春期时，会因外貌或生理因素而陷入自卑焦虑的困境，实则大可不必如此！这些皆是身体发育走向成熟的标志，预示着我们的体力与智力已然抵达顶峰。此时，我们理应大胆地、浪漫地去追逐梦想，在这人生的大好年华中尽情驰骋。然而，奔跑久了总会疲惫，这时，不妨停歇片刻，静心品味自己的青春。相信我，当你于刹那间对青春有所领悟之时，你的内心将会豁然开朗。诸多之人的青春仅顾玩乐，却无意追寻梦想，待成年之后则有心无力，如同品读一首诗，起初未曾仔细研读，成年后再次翻阅，便会有全新的感悟。这些人皆留下了遗憾，而我们则要度过富有意义的青春，让青春助力我们成为撑起国家半边天的有为青年！

以努力不屈为篇章之名，以拼搏向上为诗行之句，以品味感悟为韵律之脚，这首青春谱写的诗必将熠熠生辉。

（指导老师　李书安）

照亮我世界的光

海南省琼海市嘉积中学　宋宜霖

一轮皓月当空普照，夜幕深沉又空洞，举起一觥浊酒，吟诗作赋，感叹今朝。蓦然回首，须臾之间，你款款走来，不慌不忙，衣袖翩然至此，我的世界有两个月亮，一个是千万游子归乡之意的载体，一个是我心底的灯烛。

我想与明月对饮，却又恐吾之酒浑。在漫漫长夜的日子里，我不曾遥想旅途，也不愿回想来路。是你，一曲《广陵散》在人生道路上演绎你坚毅的文人风骨。只可惜世事难料，洛阳城仍旧安澜的一天，人们等来了你的死讯。你不肯顺从贼子，上智不移，心若匪石，从容赴死。可怜一代天之骄子，成了“风必摧之”。曲毕，你含恨死去。有人说嵇康输了，至死未斗得过司马氏，可我却认为，他赢了。至少他挣脱了世俗的桎梏，无愧一世英名。天之骄子，岂能苟活？

如果月光乘闲，请容许我邀明月“起舞弄清影”，人生一世，我只愿竹杖芒鞋度平生。如果说嵇康使我的旅途燃起一豆灯火，那么东坡居士便是那熠熠星光，点亮我漫漫征途。流放南蛮，你并未放弃生活，反而愈挫愈勇。在儋州你关心当地百姓，在惠州你“日啖荔枝三百颗”，在黄州泛舟游玩水波不兴。我自知无法学到你的乐观与从容，无法与你比肩并步前行。可在独捧线装古书，我独吟“西北望，射天狼”时，会不会也有那一些傲然与豪爽。明月缟白，人有悲欢亦有离合。

后来，每逢遭遇困难琐事，我便常常不自主地想起你“九死南荒吾不恨”的豁达。我的世界，只需一轮明月如尔，一觥浊酒如斯，足矣。幸甚至哉！古今多少事，都付笑谈中。是啊，眼前这点失意又算得了什么呢？我的心一隅，早已断井残垣，可仍繁花灼灼。也许同为旅人的你也正在漫无目的地流浪，也许同为雏鸟的你也在不知所措。但请坚信，浮躁与消沉的沉淀终成涅槃之风的羽翼。只要有传世之心，定会拨云见日，人伴贤良。

我与月光对饮，月光如斯，朝朝暮暮；我与尔等同吟，趁着明月有意，同赏人间潇洒。浊酒亦能沁人心，五味交杂，历史的波澜就此翻篇。

总有一束月光，举世混沌纷扰，而它独清；总有一束月光，举世昏暗难眠，而它独明。年尽散，朝代更迭，今朝今夜，明月如斯，清风如尔。我的世界，多了几许启明星，古今多沧桑，以史为鉴，以先贤为标，蓦然回首遥望，沧海苍穹，浮生多坦途。

（指导老师　姜丽辉）

青春需要诗

西北大学附属中学　宋懿恂

诗，是“少壮不努力，老大徒伤悲”的警戒；诗，是“烽火连三月，家书抵万金”的亲情；诗，是“竹喧归浣女，莲动下渔舟”的悠闲；诗，是“终日不成章，泣涕零如雨”的悲痛。

古人的智慧，凝聚在一起，写成了诗。一直以来，我们都在学习古人的智慧，从而，也避免不了学习他们的诗。在这期间，我们也不免会感叹：那个时候的人们，到底经历了什么，才能写出这么有意蕴的诗。年幼无知，每当父母催促我们背诗时，便是种种的不情愿，心中一万个不乐意，磨蹭了好一会儿，才恋恋不舍地放下手中的玩具，去背诵那些乏味的诗词。

慢慢地我们长大了，从老师口中，我们知道了诗的寓意，所要传输给我们的情感。这时，就有不少的同学，把诗中最为经典的那一句，当成自己人生的座右铭。不知不觉中，诗就陪伴了我们整个青春。

小学毕业，我的好朋友，就送了我一首诗，令我记忆犹新的是最后一句“愿君毕业赴康庄，万里鹏程豪气扬”。青春，是大海，是清澈的，也是汹涌澎湃的，这首诗中充满了少年的天真稚嫩，但也不缺少少年心中的热血澎湃和那远大理想，还有对未来的无限畅想。

我爱诗，爱李白的放荡不羁；爱杜甫的心系家国；爱岳飞的豪情壮志；爱曹操的好高骛远。青春和诗，就像船桨和风帆密不可分，我们要乘着这艘船去宽广无垠的大海里遨游，体验知识带给我们的无穷乐趣。

诗，是红色的，里面有振奋人心的名言警句；诗，是绿色的，里面有愉悦舒缓的乡村美景；诗，是灰色的，里面有伤感痛楚的离别之恨。诗，是五彩缤纷的，可我们的青春，却是一尘不染的白纸，想要这张纸变得更加耀眼夺目，那就需要诗的添砖加瓦，才能绘出一幅幅美丽的画卷。

从而，我们需要诗，青春也需要诗。少年，风华正茂；青春，热血飞扬。我们插上诗的翅膀，飞向心中的梦想！

（指导老师　景畦芸）

生活中的光

陕西师范大学杨凌实验中学　孙研

生活中的光芒绚丽多彩，而在我看来，生活最不可或缺的是阳光。阳光无所不在，它与一切美好的事物相伴。任何事物都需要阳光，院子里的花草树木需要阳光，它是维持生命的必需之物；身处寒冷中的人需要阳光，它能温暖人的身躯；我们的生活同样需要阳光，它能填补生活的空缺，充实我们空虚的心灵。

你是否仍在痛苦中苦苦挣扎？是否在束缚里徘徊不前？是否在漫无目的地四处寻觅？你可曾想过解脱？为自己打开一扇窗，让阳光照进来，让心灵的世界更加精彩纷呈，从此不再挣扎、不再徘徊、不再迷茫，也不再寻觅。

生活亦是如此。面对无尽的痛苦，难道只能选择流泪吗？我想，或许并非这样。打开心窗，让阳光进来，重振旗鼓，扬帆起航。在人生的十字路口，向左？还是向右？该如何抉择？你可以尝试打开心窗，让阳光进来，指引你人生的方向。

生活中需要阳光，就如追梦中的阳光；生活中需要阳光，就像灾区人民需要阳光。每一天，灾区人民如同处于黑暗中渴望阳光一般，期盼着阳光早日到来。每当我们看到灾区人民生活在不堪入目的可怕之地时，每当我们看到他们在生活点滴小事中的行为时，我真想立刻变成阳光去帮助他们，解决他们的困难。我知道阳光总会出现，总有一天，属于他们的阳光会在他们的心中萌发，阳光将会照耀他们的生活。

在朦胧的灯光下，世界演绎着宁静的夜。我们应尽力享受生活，每时每刻都留意那些看似平淡无奇实则不会让人忘却的点滴。在这短暂的阴霾过后，相信会有一束光照耀着你。因为总有一份希望在阴霾之后等待着我们，会有幸福降临的那一天。当然，生活的沉淀并非只是人一时的兴趣所致，最关键的还是一点一滴地积累与实现。

在学习和生活中，我们难免遭受黑暗的恐惧，但不能因此而放弃对生活的希望。在黑暗中，我们努力寻找光芒，却不知在下一个路口，就能看到胜利的曙光。而在那外面，便是世外桃源，人间仙境，那里怒放着生命之花。阳光微笑着与大地上的花朵轻声交谈，花朵抬起头，展现出最美的容貌。

在这个社会中，到处都闪耀着五彩的光芒，到处都需要阳光。何不如把阳光洒向人间大地，让更多的人在阳光的沐浴下健康快乐地生活。让我们敞开心扉，拥抱生活，这样我们才能拥有阳光，并让阳光照亮我们的人生之路。

青春需要诗

陕西省西安市曲江第一学校　孙子祎

青春正当年，诗酒趁年华。

——题记

从古至今，“青春”在诗词中便有无数种见解，它是屈原笔下“路漫漫其修远兮，吾将上下而求索”的奋发和勇气；是孟郊笔下：“春风得意马蹄疾，一日看尽长安花”的自信与骄傲；更是毛泽东在《沁园春·长沙》中写到的“恰同学少年，风华正茂，书生意气，挥斥方遒”。这便是我们的青春意蕴悠长、永垂不朽……

青春需要诗。每每听到“少年”二字，我便会流露出无限的自信与向往。少年应有属于这个时代的少年意气，它不必过多压抑、刻板而又老套，因为它本就是“三尺青锋出阳关，一骑白马入蜀川”的壮志凌云；是“天子呼来不上船，自称臣是酒中仙”的洒脱倔强；是“三杯吐然诺，五岳倒为轻”的侠情壮志……青春之气，氤氲在山河湖海之间。

青春需要诗。“大江东去，浪淘尽，千古风流人物。”“是非成败转头空，青山依旧在，几度夕阳红。”他以苦难为墨，以批判为笔。正当青春奋发图强时可以说：“谁道人生无再少，门前流水尚能西。”当人生遇到低谷时，可以吟：“人有悲欢离合，月有阴晴圆缺。”在悲观寂寞时，可以诵：“竹杖芒鞋轻胜马，谁怕？一蓑烟雨任平生。”……青春之感流淌在诗词歌赋之内。

青春需要诗，志向在青春中挥毫泼墨。志向是那句“大鹏一日同风起，扶摇直上九万里”的毕生梦想；是“会当凌绝顶，一览众山小”的壮志豪情；更是“我欲穿花寻路，直入白云深处，浩气展虹霓”的一腔热血……青春之志，铸就在巍巍华夏之巅。

我赏日出日落，它昭示万物轮回；我看潮涨潮退，它演绎世间交替。“滚滚长江东逝水，浪花淘尽英雄。”彷徨间，那青春又何尝不是一首诗，一首意气风发，志存高远的诗，那首诗默默地在诗词中沉醉，而那首诗的作者——青青之吾辈，……更应怀揣梦想徜徉于诗词文海之中。

青春如诗，吾提此诗，青春需要诗……

青春到底需不需要诗

榆林高新区第二中学　田雨阳

青春到底需不需要诗？每个人的心中或许都会有一份自己的答案。有些人认为，青春必然需要诗，因为我们的情怀，我们的感受以及情感都可以通过诗来宣泄。也有人认为，青春不需要诗，他们认为青春是要学习，写诗是不属于我们现在学生该干的事。这种想法是不对的，而我属于前者，青春需要诗。

前阵子有一部电影相信大家也看过了，这就是当时很火的《唐朝三万里》，这部电影里面李白和杜甫的友情，以及他们创作出来的千古名诗让我感到了前所未有的震撼，古人当时只能依靠写信的方式来给很远的地方的朋友传递，现在有了手机可以视频通话，也可以坐飞机和高铁过去。然而最令我感到震撼的是他们几十年未见但再见之时依旧关系很好。他们的诗特别有意境，描绘得栩栩如生，他们写诗的风格也各不相同，李白的性格豪放洒脱、放荡不羁，对应着他的诗；而杜甫的诗主要是晚年之时创作的。他们的经历也是大起大落，原本杜甫只是种地的，后来才与李白结识，那时的两人什么也没有，后来两人通过自己的不懈努力，李白成为了人尽皆知、家喻户晓的大诗人，杜甫后来也成为了一名将军。他们也是在青春的时候，二十来岁创作诗，随着他们的经历越来越多，他们游走的地方越来越多，写诗的水平也提高了很多，所以，一个人不经历点什么，是很难写出很好的诗的。正如那句话："读万卷书不如行万里路。"很多人都以为只有这一句，但其实后面还有两句话："行万里路不如阅人无数，阅人无数不如名师指路。"

青春需要诗，诗可以帮助我们把内心的情感表达出来，把自己想要宣泄的情绪通过诗来表达。当然，自创一首诗也不是很容易的事情，首先得有经历，且不能太大众化，其次就是文化，这一点很重要，因为不管你经历有多少，你没有文化就不会写诗、不会表达。青春需要诗，人在青春当中会有很多想法和经历，尤其是青春期的时候，内心的想法犹如雨后春笋一般突然冒出来，这时候写诗就可以表达我们内心的情感。而我也自创了许多诗，有十几首吧。

若有知己寻觅处，何曾不及如凤凰。

欲下亥时不停歇，莫愁来路更艰难！

窗外孩童笑颜开，不知流年已来到。

凌乱雪花留发丝，苍茫一片白鬓发。

这些都出自我的诗《雪》和《雪天忆事》当中。如果写诗能遇到特殊场景、特殊景色，那么这将会是神来之笔，此刻若即兴发挥写一首诗，必然会别有一番感觉。

青春需要诗，但并不是每个人都需要诗。这得看每个人的观点和理念了，不会所有人的观点都会一致，都会有一部分人站在对立面，这是无法改变的事实。

青春如果能有诗的话，那么我们的人生阅历都会添一抹色彩，给我们的人生留下一个美好的回忆，老年时也能感叹当年自己青春之时写的诗，也不至于到了老年只剩遗憾。刚写诗固然不会太好，得慢慢积累慢慢学习才会有所成就，没有人是一上来第一次就能写出很棒的诗的。当然，写诗并不需要必须押韵，押不押韵对于一首诗来说没有那么重要，重要的是诗的意思以及诗人要表达的情感，这才是重中之重。李白的《望天门山》《游子吟》也不是押韵的啊，但不也是很有名的诗吗？《游子吟》不也照样表达了李白对母亲的思念之情吗？所以，写诗要具备情感。文化，多一些经历，才会写出好诗。加油吧，少年！

（指导老师　刘洋）

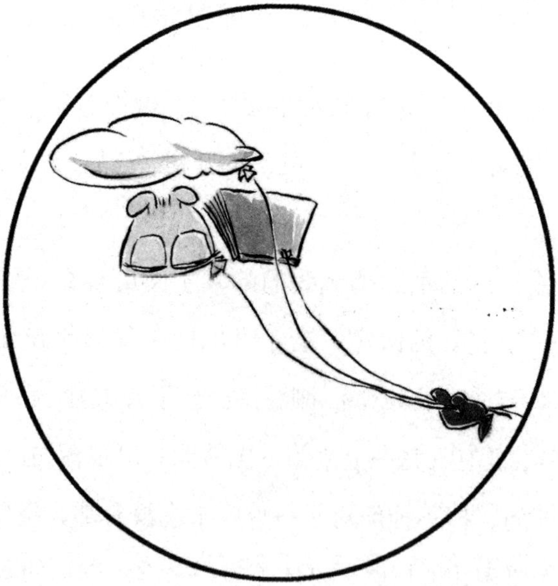

青春需要诗

陕西省西安市西咸新区空港第一学校　王思蕊

青春如昙花一现，或梦幻，或阳光。清晨拉开窗帘，诗画般的光洒在书上，此时的你会想到什么呢？思考吧，相信青春，相信青春需要诗。

青春需要诗，而拟诗需要看。幻想一下，你走进花园，看到百花齐放。阳光纯净地照进心扉，你缓缓向前，视野中若隐若现的绿色，鲜艳而又深沉：花开得茂盛且温柔，有手掌般大小，艳丽而又庄重；你停下脚步，轻轻蹲下，用手抚摸着花瓣，这宛如朝霞的色彩，这宛如颜料般的绚丽，是那么阳光而又柔情。你又看向那绿叶，绿叶被花儿遮住，害羞地往回缩，是多么温馨。你看见了那一滴滴与绿叶共存的露珠，如钻石般大小，如玻璃般透明，如梦似幻。

青春需要诗，而拟诗需要听。幻想一下，你坐在秋千上，一前一后地摇摆着，风那轻柔的声音，在与我们的心灵诉说。那声音既遥远又亲近，既洪亮又细微，既轻柔而又严肃，是倾诉，是呼唤！你停止了摇晃秋千。是的，你的耳朵又捕捉到了新的声音。请你闭上双眼，用心去听。山泉在呜咽，它说它想变清澈，想让更多的生命生存下去！鸟儿唱着自己的愿望，歌声永远动听的愿望！你恍然大悟，原来你在森林里，这是你听出来的，你在美丽的森林里！在被光沐浴的森林里！

青春需要诗，而拟诗需要闻。幻想一下。你在面包店里，是什么味道？一丝清甜与咖啡的味道混杂在一起，还有一丝苦味。但苦与甜的结合便成了一道美味——咖啡面包。这时，你走出了面包店，感受到了空气的清新，是一种沁人心脾的味道。

好吧，青春需要诗，但拟诗需要的远不止看、听、闻，它需要的，是一个悬崖。幻想一下，你在峭壁正中央，汗水浸湿了你的衣、你的发、你的心；你的恐惧压住了你的勇气，甚至还想吞没你。天渐渐黑了，黑暗袭来，寒冷的风像针一样划过，刺中了你的心，你的心开始清醒，不再被恐惧吞没，而是用勇气去击败恐惧；你开始思考如何从这悬崖峭壁爬上去，开始移动，用信心去打败不可能；你不再畏惧，大胆向上，你的灵感来袭，用你的心谱了一首曲，用你的脑，写了一首诗。这首诗印在了你的骨子里、肌肉里、大脑里、心灵里，青春需要诗！请诵读那些激励我们一心向上成为正义的诗，铭记那些让我们爬上悬崖的诗！永不忘记！黑暗终被阳光打破，阳光照耀，你最终爬上了悬崖。你，成功了！

说到底，青春需要诗，离不开诗。这时，你停止了幻想，打开了作文本，拿上笔，将那首印在骨子里、肌肉里、大脑里、心灵里的那首诗写了下来。

人生如诗，青春需要诗……

（指导老师　史娇）

青春需要诗

西安高新一中实验中学　王潼鑫

诗，分为许多种类：古代诗歌、近现代诗歌等。它们讲究平仄和押韵，读起来朗朗上口。在吟读诗歌时，如同在弹奏钢琴曲，琴键间流淌出的，正是那无限美好的青春。

从小学课本中，就有诗的身影在闪现。李白、杜甫、郭沫若等诗人，我也早已认识。诗的旋律在我的青春中流淌，陪伴我们成长。每当我学会一首诗，就好像经历了一场旅行。“江南可采莲，莲叶何田田。”从《江南》一诗的景色中，我感受到了鱼儿嬉戏的快乐悠闲和莲蓬生长时的无限活力。卢钺的《雪梅》中“梅须逊雪三分白，雪却输梅一段香”，写出了雪的洁白和梅的幽香，让我对冬的赞美又增添一分。七年级上册课本中的《天净沙·秋思》所表达出的强烈思乡之情，也让我不禁思念起那遥远的家乡。

青春是五彩缤纷的，诗的情感色彩亦是如此。青春需要勇气，而在诗中，有着自古以来千万诗人的雄心壮志！当我被挫折绊倒，那些慷慨激昂的诗句会再次点燃我的斗志，让我奋勇向前拼搏。当我心中有杂念时，优美的山水田园诗会告诉我：“大千世界的美景你还没看完，不想去看看吗？”这会让我回头，走向光明。诗就是我的老师，在它的引导下，我看遍世间美景，感受人情世故，胸怀报国之志，度过美妙多彩的青春。

在我小学四年级的一次考试中，语文老师布置了一篇写景小诗，让我们自由发挥。在我苦思冥想之际，扭头映入眼帘的是壮丽的夕阳，使我诗兴大发。远处的暖色调调色盘中，橙、红、黄三色交融在一起，橙红的太阳被包在中间，发出神圣的光芒。我提笔写下《夕阳》一诗，还被老师当范文念了出来。

没错，青春需要诗。青春需要诗的感情色彩、写作手法和格式规律等特征来滋养和启迪。我们美好且宝贵的青春，如诗如画，向远处延伸，充满希望。

（指导老师　杜洋）

乘可为之风，步有为青云

西安高新一中实验中学　王心宇

还记得狄更斯在《双城记》中说过这样一句话：“这是最好的时代，这是最坏的时代。”而我要说：“这是最好的时代，这是更好的时代，因为它让我们青年留下了挺身奋斗的美丽风景。”

步有为青云，时代青年当面向未来，迎难而上。挫折与伤病常常困扰着滑雪运动员谷爱凌，“天才”的标签有时会掩盖她的努力和勇气。她多次遭遇伤病，右手骨折、锁骨骨折、拇指韧带撕裂、肩膀受伤、摔伤导致暂时性失忆……若将这些伤病一一列出，你很难想象这个女孩还能站在冰雪世界之巅。那些令中国人民骄傲的乒乓球运动员们，同样是在伤痛中迎难而上。张继科在里约奥运时腰伤频现，却打进男单决赛；马龙膝伤复出，仍实现世乒赛三连冠；许昕在总决赛时因腕伤申请了医疗暂停，在进行了简单医疗处理后继续比赛，仍旧以4：3逆转，保持了对张本智和的全胜。他们没有在困难时刻放弃自己，亦没有放弃自己的体育梦。而他们因梦想产生的勇气，变成了克服万难的坚持，不断向未来迈进。青春和未来，具有瑰丽的色彩，也伴随着遮天蔽日的阴霾。路途的阴云密布，需要我们用青春迎难而上的决心来拨开；成长的荆棘丛生，需要我们用青春锐意进取的勇气来斩断；未来的霓虹漫天，需要我们用青春执着的追求来面对。

步有为青云，时代青年当有拼搏的精神和担当责任的意识。在重庆山火爆发时，青年志愿者们前赴后继，不畏艰险，奔赴一线救援。救援身影中，有“消防队员”逆火而行，冲锋陷阵，不眠不休地奋斗在最前线，用血汗与经验勇战山火；有“山城骑士”无惧陡峭山路，开足马力驰援火场，尽自己最大的力量向一线运送物资；有“退伍军人”第一时间集结奔赴一线，诠释了中国军人退伍不褪色的精神；有“平凡百姓”踊跃捐赠物资，同心同力，用一个手电筒、一箱饮用水的涓滴之力汇成磅礴伟力以助力一线。疫情防控之时，无数的青年挺身而出，作为疫情防控的志愿者，充分展示了新一代青年人的力量。他们内心涌动着对国家的情怀，扛起肩上的责任，团结一心，面对共同的敌人。他们与前辈们一起，用身体为我们撑起疫情下的一片蓝天。他们都是不断拼搏的青年，都是突破自身、担当责任的青年。时代之青年，当以拼搏示人，以担当为责，让人生绽放出别样的光彩。

步有为青云，时代青年当不忘初心，砥砺自我。在当今时代，探月工程数百个关键测控和研发岗位上，处处是“80后”和“90后”的身影，他们的平均年龄仅33岁。我国自主研发的北斗卫星导航系统，背后是由一群平均年龄只有二十几岁的青年科学家组成。2017年6月27日，7062米，“蛟龙”号创造了作业类载人潜水器新的世界纪录，而如今的“蛟龙”号核心团队，除了一批年龄超过70岁的老人以外，更多的是“70后”和“80后”，他们都是正当年的技术骨干。作为优秀科研成果背后的青年人，他们立志为祖国赢得荣耀而投身航空事业；他们勇攀科学高峰，将科研大任置于己肩；他们不忘初心，不负青春亦不负年华，将自己最美好的青春奋斗在科研事业上。“少年智则国智，少年强则国强。”正是因为祖国的青年人不忘初心，坚定自己的理想信念，以恒心和毅力不懈奋斗、砥砺前行，中国才能在世界的舞台上绽放荣光。

青年、国家、时代是形影相随的铁三角，是彼此助推的浪涛。让我们乘可为之风，步有为青云，展英雄本色，为国之未来踏上征程！

（指导老师　李娜）

青春需要诗

西安高新一中实验中学　王艺博

少年时，唤起一天明月，照我满怀冰雪；少年时，平生肝胆，因人常热。以诗为伴，重塑青春活力，以诗为友，重绽青春风采。

从古至今，无数名流骚客无不为青春所感慨。青春是人生风华正茂之时，也是老来惋惜之叹。“君不见黄河之水天上来，奔流到海不复回。”这是李白对青春时光易逝的惋惜。青春如一朵烟花，烟花虽美，转瞬即逝。我们要不负韶华，不须扬鞭自奋蹄，在成长的道路上珍惜时光，把握机遇，走出云上九霄之气概。

青春是我们梦想启航的港口。“长风破浪会有时，直挂云帆济沧海。”我们要带着梦想，独自撑舟逆水而行，在荆棘中踏出一条大路。不畏狂风暴雨、海浪滔天；也不在意一时搁浅，总有一天，明月将为你而发光；太阳将为你而升起。你快步向前走进属于自己的理想、自己的光芒。

青春使我们不断创新，成为更优秀的自己。“路漫漫其修远兮，吾将上下而求索。”青春之路虽有坎坷，但只要你奋发向前，不畏道路艰险，即“山重水复疑无路，柳暗花明又一村。”越来越多的困难与挫折，反而让我们感受到青春的美好，也使我们更加努力勇登高峰。

青春让我们经历磨难，迎来曙光。“不经一番寒彻骨，哪来梅花扑鼻香。”青春年华时的忽起忽落，我们在崎岖的小路上一点一点攀登。我们生在如此盛世，为何不为大鹏？并不能阻止我们又怎么甘愿自己在少年青春之时平凡？经历了今晚寒冷，便会有明早日光的温暖。相信自己，“千淘万漉虽辛苦，吹尽狂沙始到金。”

我的青春里有诗，沾着林间枫叶；沾着海中腥咸。用诗所描绘的青春，独自万丈光芒。

最执着的梦

山西省孝义市第七中学　武馨怡

人生如梦，梦想似帆，每个人都有一个属于自己的梦。

——题记

我想，每个人的心中都有一个未完成、未实现的梦，而每个人又都有一个执着于梦想的心。

有的人会问，梦究竟是一个怎样的存在？它缥缈，抽象又虚无，似有却无、似无却又有，一直徘徊在我们的身边，迷惑着我们。

我有许多个梦想，舞蹈梦、古筝梦、学府梦，为了这些梦，我为之付出了无尽的汗水、眼泪与奋斗，虽然有的结果不尽如人意，但不管自己付出了多少，失去了多少，得到的又是多少，都觉得值得。因为，自己曾经为这些梦而执着地追求过。

我就像一只小蜜蜂，不断地振动翅膀，不断地超越自己，向着目标砥砺前行，在新的一个阶段迎接一个新的自我。

只有心里有执着，行动中有执着，那么再强的大风大浪大雨也阻挡不了你为梦想前进的脚步，一切困难都将会化干戈为玉帛，风调雨顺。

只要心里有执着，不管前进的路途将会有多遥远，你都会按时抵达终点。

只要心里有执着，不管追梦的道路有多么的颠沛流离、有多么的曲折离奇、有多么的艰难坎坷，你都将会一马平川。

只要肯执着，既能水滴石穿，又有可以愚公移山，亦可以精卫填海。

执着，不仅是锲而不舍的追求，百折不挠的投入，亦是热情似火、温柔似水的投入。

人生绚丽多彩，有梦的人的心也因执着而变得光彩夺目。人们为了不同的梦想去奋斗、去追逐，世界也为此变得执着而精彩！

面对生活中的波澜，我们要坚强；面对学习上的坎坷，我们要傲然迎接；面对舞蹈上的失败，我们要欣然接受。

执着中包含着挫折、失败与成功，执着也可以包容一切，像大海包容着玩耍的船只，宇宙包容着世间万物，而上帝包容着人类。我们对待执着，也可把它视为财富与动力，让我们不断追梦。

梦虽然没有我们预想的那么美好，而且总是十有八九不尽如人意，但总是让我们去憧憬而执着，因为怨天尤人也无济于事。

梦，梦，梦……

它究竟有着什么魔法可以让我们去为此执着呢？

大概，是因为梦让人有了生活的动力，让我们为之奋斗；梦让人有了底气，让我们懂得了奋斗的意义；梦让人有了无限期望，让我们提早看到了奋斗的硕果……

所以，人一旦没有了执着，就失去了方向，失去了奋斗的动力。

那么，我们就勇敢地去拼搏吧！用执着去追逐梦吧！人生能有几回搏，此时不搏更待何时？

（指导老师　车元春）

西游记——探访古迹，读懂长安

山东省济南育英中学　肖卓含

诗人笔下，长安曾是理想之都，是云端之梦，亦是长相思之处。这里是纸醉金迷的天堂，也是月光洒下的青砖古墙。这里有少年“鲜衣怒马”奔驰而过的街道，也有壮志未酬的伤心诗篇。

此次，我随同班级，踏上了这段逐梦之旅，近距离聆听这座十三朝古都的心声。

西安，每每提起它，人们总会伴着一两声惊叹，而兵马俑则是西安的一张美丽的名片。走入兵马俑博物馆时，我看到了一号坑前排着整齐、英勇无畏、视死如归的“敢死队”，也看到了三号坑中身材高大魁梧、头戴鹖冠，有着大将风度的高级军吏俑。他们英姿勃发，士气昂扬，无不让我感受到两千多年前跟随墓主人——秦始皇，一举横扫六合的大秦帝国虎狼之师的雄壮与威严。这是文物，更是匠人精神的承载。在制作工坊，我跟随老师的步伐，用模子制作兵马俑。看着师傅一按一压的熟练动作，我不禁跃跃欲试。可是当我亲手按压陶土，努力回想着师傅的动作时，我的头上开始冒出细密的汗珠。揉制、按压、脱模、修边，简单的步骤，却让我忙得满头大汗，满手沾满了泥巴。看着自己制作完成后粗拙的陶俑，我很难想象在两千多年前工匠们在这项工程上花费的时间与精力，在没有石膏模具的秦朝，我实在无法想象工匠们是怎样克服困难，一比一地将秦朝将士的面容塑造成一尊又一尊高大的兵马俑的。但是，我能体会出秦朝工匠们精益求精的严谨态度，以及流传至今的工匠精神。这不仅彰显工匠们的高超技艺，更映射着一个王朝昔日的繁荣。秦朝——中国历史上第一个统一的多民族封建王朝的建立，开启了无数才子的逐梦征途。

拉近时间的焦距，大唐不夜城的灯火已然与天际星辰交相辉映。灯火璀璨，已然一个王维诗中“九天阊阖开宫殿，万国衣冠拜冕旒”的大唐盛世之景象。抬头望月，这是否是一千多年前诗人李白仰望过的那轮明月？月光依旧，只是时间已奔流到海不复回了。大唐之都长安，无数才子赶考及第之处，承载着无数人的梦想。

回归现在，时光的齿轮依旧不停转动，正如西安交通大学校徽上砧外的齿轮。在西安交通大学“精勤求学，敦笃励志，果毅力行，忠恕任事”的校训与西迁精神以及诸多厚重历史的浓厚氛围的环绕下，漫步于树荫中、教学楼间，看到学长们脸上的自信与认真的神情，我的心中筑下一个努力奋斗的梦。

在西安的古城墙上，你能看到如同西安人性格的四方城墙。城墙一边是高楼林立的现代都市，一边是古色古香的名胜古迹。时光似乎已经走过漫长岁月，却又仿佛从未走远。

历经四天的研学，我们走出校门，去探访书本中的西安与现实间的奥秘，我不禁心潮澎湃。这是为什么呢？这是一个中国人的自豪之情！我终于明白筑梦远航之意了，构建美好家园之重任今已在我少年！

聆听西安，读懂长安。

（指导教师　胡冬梅）

照亮我世界的光

陕西省西安市曲江第一学校　薛任航

要论光是什么，讲实话我也不知道。

本人只是一位普普通通的初中生，成绩不上不下，人际关系不好不坏，健康状态也属于亚健康。喜欢读哲学大家们的名言，也只不过是在自我安慰，换来的却是极致的自我内耗。父母说我得振作，老师说我要努力，同学说我得赶上他们，我却是做不到。

以自暴自弃、终日埋怨他人为借口，掩盖自身懒惰到不想努力的行为是不对的——然而我没能早日意识到这一点。我喜欢思考，思考带给我在心灵上的优越感，却从没有过为了优越感以外的事来思考。

直到我意识到这一点。再次说回开头：光是什么？我是会想的，却是只想不做，预备运动比天重要却迟迟不肯起跑，久而久之就在一次次地想之中，在想出的一个个问题之中进入泥潭，也不得呼救，因为他们是听不见的。那么，有问题就该是解决问题，怎么去解决呢？这是个问题。先给答案：做，想多了全是问题，做多了全是答案。这个答案不是给那些嘴上说着自己要改变的人听的，因为他们没做，也不承认自己没做，没做就不可能有答案，没答案就只能继续想。有幸的是我明白了这个道理，源于我的思考与行动，为了改变而做出的行动。

那么，光是什么，就很清楚了：光就是行动，是思考与行动，缺一不可，即知行合一，改变谁都可以，但不是所有人都能成功，原因便是如此。

想到这里，我看向窗外，觉得没有什么问题了，答案已经被我想和做出来了。写名，交卷。

人生的航标

江苏省南京市第一中学　杨锦昕

“少年应有鸿鹄志，当骑骏马踏平川”。坚定理想，既不是一蹴而就，也不是纸上谈兵，而是在实践与风雨中不断砥砺前行，经受磨炼。

少时我就听母亲读史铁生，他细腻的情感从一书一页中渗入我的心间，平和柔软的文笔也在我文学创作中有了影子。每当读他的散文时，我总会倍感舒心，我会跟着他笔下的人物变化而喜怒哀乐，也会深思于他的生命真谛。所以不知从何时起，我立下志向——要做一名作者，为我的读者献上一些平淡的生活哲理。

从小学起我就开始坚持每天写作，可以是一件微不足道的小事，也可以是看见的美好景物。我把每天的写作时间看作是一种情绪发泄的小出口。我把我一天的情绪全部写在本子上，我享受这种感受，于我而言，写作就像是对一位老朋友倾诉，它忠诚，寡言，一直默默陪伴着我，接纳我所有的情绪。

慢慢地，我开始发表自己的小文章，给报社寄去自己的随笔，在社交平台上发布一些小短文。我就像一个初出茅庐的作家，积累着经验。我也一度想过放弃，因为很多次投稿都如同一粒石子沉入大海，杳无音讯，但我联想到这也许是每一个作家都会经历的过程，我便坚持了下来，不断写作，将自己的作品寄向报社，寄给我的梦想。

但是人生路上都是坎坷，我遇上了人生中的瓶颈期，那时的我失去了对写作的兴趣，我变得烦躁，内耗，迷惘，握着笔，却迟迟写不出一字。曾经在我看来蔚蓝的天空变得灰蒙，灿烂的笑容变得刺目。我就像被一张巨魔网扼住，挣扎着，却无能为力。

一日，我烦闷地翻着以前写下的文章，已经泛黄的书面在我眼前聚焦又模糊，突然几个大大的字映入眼帘“我要当作家，要写让我开心的文章”，这是几年前稚嫩的我立下的志向，对于现在的我来说就像迷雾中的灯塔，找到前行的方向。是的，我爱生活才会爱写作，写作本就不是条条框框的，何谈瓶颈期呢？

也许是我理解了写作的意义，更是我的志向引领着我前进，当我再次握起笔时，那种熟悉感扑面而来，我和“写作”打着招呼，书写出一串串美丽的未来。

志向是人生的航标，它让我们在挫折中不断成长，在奋斗中绽放希望。让我们带着志向，勇敢迎接未来，用汗水与智慧书写最辉煌的篇章。

（指导老师　丁路）

青春需要诗

陕西省西安市曲江第一学校　张溪月

诗，承载着中华五千年的文明，书写着泱泱中华的灿烂文化。当青春与诗相撞，会给心灵带来多大的触动呢？

幼时，父母教我“终古高云簇此城，秋风吹散马蹄声”时，我读不出孤城的寂寥与辽远，只是疑惑：马蹄声怎么会被猎猎的秋风吹散呢？那时候，我不在乎什么“忧国忧民的拳拳之心”，也不知道什么“苍凉旷远的意境”，只是认为必须背过。

后来，我接触了诗仙李白的作品，被他诗中的豪放所吸引，我接触了诗圣杜甫的诗，被他那忧国忧民的情感所感动。读“正是江南好风景，落花时节又逢君”，我体味到了诗人对一个繁华时代落幕的感慨；“桃花潭水深千尺，不及汪伦送我情”，让我感受到李白与汪伦的真挚友情；“白日放歌须纵酒，青春作伴好还乡”，更让我恍如身临其境，同享杜甫那少有的开怀之喜……日登庐山，感受“日照香炉生紫烟，遥看瀑布挂前川”，漫步西湖，体会“水光潋滟晴方好，山色空蒙雨亦奇”，行至滕王阁，品味“落霞与孤鹜齐飞，秋水共长天一色”。诗词，一直承载着中华文明中的旖旎风光。

长大后，我参加比赛，却遭受了失败。面对挫折纷至沓来，我再次揭开那本“书”，让我丢开迷茫，重拾信心与希望。毕竟，失败乃成功之母嘛，古人都有“长风破浪会有时，直挂云帆济沧海”的乐观，我为何不能拥有？

青春，有成功也有失败。我们经历了“也无风雨也无晴”的豁达，就应坚信：风雨后，一定会有彩虹。

诗词，是悠久历史的见证者。用优美的辞藻写尽歌舞升平，望着几经风雨却依旧屹立不倒的中华民族，我无限感慨。诗带给了我们青春与宁静，勇气与豪迈。它早已与青春结合，成为青春的璀璨明珠。

（指导老师　拜利莎）

青春需要诗

西安高新一中实验中学 张芯旖

青春，是每个人最美好的年华。青春这个词，承载了太多的泪水与欢笑，成长与烦恼。青春是相遇与分别的代名词，见证了太多不渝的友情。青春不复，这段美好的时光，应该用优美的诗永远记录。

天下没有不散的筵席，离别是为了更好地相遇，没有哪一次相遇和分别毫无意义，每一次都见证我们这段最天真烂漫最无悔的年纪。用最稚嫩的语言记录每一次相遇和别离，那些都是我们最宝贵的青春记忆。

每一次考试的全神贯注，每一次操场上的奋力拼搏，每一次维护班级荣誉时的一丝不苟……校园的角落，比知心好友见证了更多的感伤情怀。好好凝望我们的第二个家，它会陪我走过数载，陪我度过青春，陪我笑，陪我哭，陪我狂，陪我扬。它倾听我的苦恼与秘密，用正好的阳光和微风安慰我，给我浮躁的心一片空旷与寂静。别再说不想上学这样的话了，它的树林，它的小径，都值得我在回忆青春的日记本中为它写下浓墨重彩的一页。

失意时，有一个人能在身旁默默聆听，认真地安慰着，是青春最需要拥有，最值得珍惜的。友谊是美好而伟大的，友谊有着强大的力量。这股力量会帮助我们走出低谷，激发我们的潜能，可以让我们拥有远大的志向，让我们开始努力，为之拼搏。最忠贞不渝的友情，是青春的结晶，是每一首青春的诗里最靓丽而弥足珍贵的部分。

青春需要诗，需要一首热烈的诗，一首激昂的诗，一首悠长的诗，一首风韵的诗。我们用这首诗，谱写我们最热烈的年华，体会我们从稚嫩到成熟的生命历程。青春需要一首质朴又华美的诗……

（指导老师　李书安）

从未走远

广东省深圳市福田区外国语学校　张一冉

一日三餐，米香弥漫，饱食者当常忆袁公。今后，稻田里每一条金黄的穗子，都是您从未走远的痕迹。袁老，稻子熟了。

您，被誉为“杂交水稻之父”，但您并未高高在上地坐在实验室里，而是扎根田间，哪怕鬓角早已结霜。在您平凡的外表下，蕴藏着不凡的心。正如您的名字——隆平。“隆者，国之兴盛也；平者，时之顺遂也”，您的出生就带着对国家的美好愿景。您出身于农民家庭，从小就对土地有深厚的情感，这也注定您在百姓的生活中，从未走远。您的一生，是与水稻共舞的岁月。在20世纪60年代，中国正面临着严峻的粮食危机，您深知只有科技创新才能彻底解决饥饿问题。

您的科研之路，并非一帆风顺。研发过程中，您遭遇了无数次失败，但您从未放弃。我仿佛看见您额头上的汗珠滴入黄土，只为稻谷的金黄；我仿佛听见您在午夜走向稻田的脚步声，只为实现不饿的梦想；我仿佛摸到您消瘦的身体，兀兀穷年只为中国农业能在世界挺起脊梁。您的瞳孔里，除了黄绿的水稻，还有天下民生。您以稻田为战场，以科研为武器，让亿万人民的烟囱里重新冒出炊烟。一颗小稻谷，证明您来过，更证明您从未走远。

百姓以为永远可以在田间看见您的身影，但是在2021年5月，您结束了与水稻共舞的岁月，田间再无您的身影。医院门口，人们放下几束沾着露珠的水稻。点点露水和泪水汇在一起，变成最小的海，说不尽对您的思念。

难道，您真的要离我们远去了吗？我想不是。您从青丝到白发苍颜，从无名到功勋满肩，您从未走远。“稻花香里说丰年”，禾下乘凉梦万千，中华早已换了人间。以后的每一个丰收，傍晚的每一缕炊烟，都是人们在对您说：“您，从未走远！”

如山拙毅，似水灵动

西咸新区黄冈泾河学校　张子杨

杨振宁先生告诫子弟，巧，应当讲究方法，注重策略；拙，应当不投机取巧，一步一个脚印。若想两者兼得，须做到如山拙毅，似水灵动。拙毅是巧的基石。凡巧者，必先有拙。东坡先生说："古之立大事者，不惟有超世之才，亦必有坚忍不拔之志。"曾国藩秉烛夜读，纵有梁上君子，嬉笑他背不出书的愚钝，他也从未动摇，以拙毅之心，最终成为忠诚扶危救难的中兴名臣，海纳百川的一代儒宗。在房梁上听他阅读数遍便能背诵的窃贼尽管聪明，也只能淹没在历史的洪流之中。东晋书法家王羲之从小就练习书法，每当他写完字，都会在家门前的池塘里洗刷，花了很长时间，一池水都变黑了，后来人们称这个池塘为墨池。经过艰苦努力，王羲之终于成为一位著名的书法家，被人们称为"书圣"。因此，想要成巧，必先成拙。

巧为拙毅锦上添花。如果说拙毅能让我们劳有所获，那么巧便能四两拨千斤，从而捕到雄狮。若一味蛮干，不懂得用巧，则无论面对何事，我们都如螳臂当车。《河中石兽》所记述的老河兵面对打捞沉石之事，就运用了他的智慧，先巧妙地得出石兽所在之处，目标瞄准后，之后的每一步行动才能落在实处。《毛泽东选集》第二版中注意工作方法的问题，他用河和桥来比喻任务和方法的关系。他说："我们不但要提出任务，而且要解决完成任务的方法问题。我们的任务是过河，但是没有桥或没有船就不能过。不解决桥或船的问题，过河就是一句空话。"这告诉我们既要埋头拉车，更要抬头看路，有方向，有方法，有技巧地做事，才能让我们事半功倍。巧不但要找到方法，还要抓住机遇。改革开放将深圳从一个无名小镇变成现在的星星之城，所依靠的便是抓住时代机遇，脚踏实地地发展。疫情开始之初，有不少人着手做自媒体行业，如今收获了很多流量，这正是抓住了网络时代这一大背景，发展网络的优势换来的成果。

拙毅、巧思并存，才能行更远。人生犹如一座山峰，攀登的路径有无数条，有捷径也有弯路，但不是每条路都直通山顶。捷径也许通向悬崖，弯路也许只是徒劳。人生不能只走捷径，也不是坚持弯路。巧与拙的结合，人生才能踏实，才能最终“会当凌绝顶，一览众山小。”似拙实巧，拙巧兼行。巧离不开拙的日积月累，拙离不开巧的灵活变通。拙并非一味蛮干，不讲方法，而是心智坚毅；巧并非偷懒以取捷径、偷工减料，而是寻求突破。

当代青年，应如山拙毅，似水灵动。用山一般的坚毅踏实辉煌于寰宇，用水一般的变通智慧朗照于前途，方不枉所学，不负盛世。

心底的声音

山东省济南十六里河中学　仲柏康

回忆与声音相互交织，繁密地穿插于光阴缝隙，缓缓淌过一分一秒。心底的声音，宛如清泉，恰似明月，悄然夹杂其中，陪我走过春秋冬夏。

春回大地之际，世界稍显娇俏，我奔跑在绿柳垂堤、溪水叮咚的河岸，微风拂过，水面泛起浅浅波纹。你的呼喊在风中摇曳，似轻柔丝绒钻入耳中，熨帖动听。我蹲在地上捡漂亮的石子，母亲抬高声调，叮嘱我远离危险的水边。那声音虽尖锐，却暖人心扉。

盛夏时节，燥热难耐，枝丫肆意疯长，最让人印象深刻的就是此起彼伏的蝉鸣。晚星高挂空中，亮得有些刺眼，转眼，一场倾盆大雨落下，淹没了蝉声。母亲和我坐在凉亭中，向我讲述着外婆讲给她的故事，三言两语便勾勒出一个无比奇幻的世界，在刷刷雨声的背景中，母亲的声音温和慈爱，绵绵悠悠，和雨夜融在了一起，和我的童年也融在了一起。

秋日黄昏，夕阳西下，天空似顺滑的绸缎从高处平平铺展，如梦似幻。晚霞之下，我和小伙伴在追逐着玩闹。炊烟腾起，家家户户都飘散出迷人的香气，我踩着枯黄的落叶，脚下发出咯吱的声响，就在此时，你打开了窗户。温柔关切的声音传来，我便知晓，该回家吃饭了。

凛冬呼啸掠过，冰封千里，天现红光，大雪盈城。纷飞的雪花如鹅毛般被风吹散在空中。冰天雪地中，立着两个可爱的小雪人。寒风在耳边咆哮着，我抓起一团雪，猛地拍在了你身上。你反应过来，举起雪球追着我跑，纯白的雪地上留下一阵银铃般的笑声。

心底的声音，贯穿我的整个童年，似空灵的梦，像春日的阳，像寒夜的星，像雾中的光，从始至终指引我，照耀我，点亮我。

（指导老师　马文菲）

生活中的光

西安交通大学附属中学空港高级中学　郭辛雨

突如其来的新冠疫情让杂乱的生活更加无序，生活蒙上了一层灰白的纱。

早晨太阳升起，把金黄洒向大地，好久没有这么认真地感受过阳光了。今天，我坐在窗边，冬日的暖阳斜斜射入窗口，包围了房中的一切。我轻轻闭上眼睛，慢慢感受这仅存的温暖。因为我的生活没有光了，想到这里，泪水已经打湿了衣领。“可你还有阳光啊！”心中不自觉地在呐喊、在彷徨，可心早已封闭。

变化是在那一天。大课间我站在天台上，这时，阳光再次顺着我的头顶洒下，让我感到暖洋洋的。再看向远处，同学们在玩耍、在嬉闹。阳光洒在他们身上，那是青春最美的模样。我才发现生活中不只是杂乱，那只是太小的一部分，还有很多东西值得期待，为什么不试试呢？

那一天，灰白的纱被彻底掀开，光照了进来！

我认真地生活，体会到了不曾有过的快乐。我更加积极地面对生活，一切都在变得美好。

生活中的一束光，带我走出了阴霾。

从此，我一直在找寻生活中的光，同学情、亲情，这都是我生命中重要的光。

这些光把我带回了那个从前的我。

渐渐地，生活还保持着最终的安详。我们的生活充满阳光。

当我拥抱阳光的时候，整个世界都亮了。

愿你我都能找寻到生命中的光！

（指导老师　张国立）

且歌且行

陕西省渭南市杜桥中学　李文好

依偎在温暖的波浪上，歌声常伴，突然白光乍现，再次恢复清明时，早已身处浓雾之中……

看见一张张陌生的面庞，我伸手想去触摸，可又奈何骨头柔软，肌肤脆弱，无法实现。我听见了，两唇相碰的声音，是那时的歌声，我笑了。

极力望向被高楼一层又一层遮掩的天空却是徒劳，只得将目光转向身前的一张张白卷，不停麻木地写着一道又一道习题。耳边嘈杂的声音不停涌入，蓦地，风铃响起，我在风中发了怔，血液被地心引力狠狠牵引。我始终也想不明白，为什么在看见含苞待放的花朵，贪恋树下一抹凉荫，在满山银杏落叶中跑了一圈，再揉起一团掉落在地被扯碎的白云狠狠砸向某处后，可以改变这么多？身边的书层层叠叠，身边的人换了一次又一次，乌发早也染上寒霜。我就像一位永远赶不上车的旅客，亲眼看着这一切的发生，却总不知它何时发生。

时间的巨轮在身后发出阵阵轰响，战栗布满全身，我只得拼命向前奔跑。手中的沙铃声早已消失，只留沙子在手中翻滚。我看见你平静的面庞，我看见你眉头的皱纹，我看见你充满失望的眼光，血液冲上眼眶，阵阵发烫，又因大风呼啸，只能不停地徘徊乱撞。曾几何时，我不敢看自己，仿佛镜子里的是一个大写的“失望”。天空的颜色不停在白与黑之间切换，如同年久失真的胶片只剩黑白。当想留住花瓣时，流水告诉你来不及了，我就如同垂暮的老人想再次奔跑，所有人都在说着这不可能。

一度沉溺在失声失语的世界里，那不可名状的沉寂，足以致人于绝境，身处云雾。

可我不甘心，每当风吹过，我总想去跟随；每当那些令人怜爱的东西出现，我的手总在不停地颤抖；夏天的蝉鸣、秋季的玫瑰、飞鸟的身影、高山流水的琴笛声、抬头便狠狠撞进心底的晚霞……我想与它们同行，而不是被无名地抛弃。

抬起头吧！看看身边的书，哪一本你不曾认真地拜读？看着书上的一字一句，那些让人精神一振的言语，他们都与你同在。就像一位位不失慈爱的神明，他们的光，确确实实落在了你的身上。抬起头吧！朝向红色光芒散发的地方，与身体里的血液相应和。何故要因嘈杂的声音迷失自己，又何故因困难而放弃自己？因为曾经的失败吗？还是因为你的自我贬低？狠厉问着内心的渴望，那些埋藏在心底的一件又一件东西，狠狠地撕开吧，那些不甘总要被击碎的。

我们拥有的是一具精密的身体，是崇尚自由的灵魂，是“花间一壶酒，独酌无相亲。举杯邀明月，对影成三人”的孤独，我们的酒杯，取材于高山之木，雪峰之寒，和几缕人间炊烟，装得下明月，盛得下满心荒凉，这一杯酒饮下是热辣的芬芳，缠绵于唇齿之间，灼烧心肠。这是面对无尽挫折，目光沉沉，咬牙喊道“天生我材必有用，千金散尽还复来”的猖狂，是赤诚的一句“为中华崛起而读书”的坚定。我想我们就如瓷器一般，诞生时泥泞无光，筋骨不断被磨折，躯体不断被塑造，熊熊烈火燃尽全身，然后在一片火光中纹路乍现。

应和着清冷狂傲的风和挥剑击碎片片星光的树，一通酣畅击碎一切滞碍，那囹圄是抵挡不住血液与高歌的，呼啸起来了，奔涌起来了，虔诚高歌起来了，激越的长笛声飘扬万里，在云雾中飘荡，种一朵花在这笛声中吧，花开一路那是方向。

睁开眼睛去看吧，伸出双手去仔细地抚摸，打开耳朵去聆听，大风吹得四溢，脚下的每一方土地都滋养着你。那一面红旗苍劲地飘扬，是你与他们一同的信仰，要明白向前的意义，那些令人窒息的困难再不会畏惧，而是令人兴奋。我想这样一来，即使未来有柴米油盐的牵绊，满地鸡毛的琐碎，都能以此为乐。

听，又响起了，在寂静中轰的一声，天光大亮。雾中充满了清香，不要害怕。唱出来吧！用那许久不用的声带，与呼啸的渴望一同歌唱。

一切都会消失的，请珍惜当下，无论当下是开心与痛苦。

即使周围是云雾，脚下泥泞无比，也请唱着自己的歌行走吧！雾终会成为披纱，成为无法剔除的自信与坚定。

老家

广东省深圳市国际预科书院　李梓瑜（Ylva）

驻马店是我的老家，至少我以前是这样以为的。

很小的时候，我就知道我是河南人，但面对“你是河南哪里的”这样的问题，我就答不上来了。我爸说他是驻马店长大的，因为他发音不准，驻马店飘进我耳朵里时便变成了“猪马店”。我心中纳闷，谁给这地儿取的名字？由于我从没去过，所以在我年幼的幻想中，那里是个卖猪卖马的地方，猪马店，猪马店，这个名字怎么念怎么难听。于是，当别人再问我是哪里人时，我便揣着明白装糊涂，只说是河南的，再问就是一问三不知。

后来，在一次去郑州的火车上，爸爸指着窗外说：“看，那就是驻马店。”我才明白，没人会取那么难听的名字。但每次提起驻马店，脑海里还是会有一家挂着“驻马店”牌子、圈着猪和马的小棚。

幻想中的先不说，现实中往火车窗外看去，就是一面萧瑟的黄色天空，沙蒙蒙，耳畔响起了信天游的调子，虽然仿佛是寂静无声。杂草拥在轨道两旁，一棵棵秃顶的树站得整齐，严格按照防疫要求，间隔一米排队。树冠中还有脑袋大的鸟巢或蜂窝，像一幅工笔画，被调皮的孩子涂掉了几个错别字——他们大概是觉得大自然的画工有待提高，便涂掉了几处令人不满的枝丫。

即使这是一幅直白而没有意境的画，黄土看起去与沙砾并无二致，这些树还是带着枯萎的虔诚屹立在这贫瘠的土地上。要是能在这幅画中发现一抹亮色——绿色的嫩叶或顽强的白花，那你就得相信那是精灵干的，它和孩子一样顽皮。至于那些鸟巢，大概也都是鸟儿的老家，毕竟只要是带有一点智慧的动物，都不会久居在这儿，特别是有能力远走高飞的鸟儿，它们看着这儿的景色，可没法像诗人一样做梦。

不过，对于没有诗人梦想而忠于叛逆的我，却硬从中看出了一缕侘寂的美感，因而也乐意和别人提起它了。要是在自报家门时到河南就点到为止，反而像一碗客家猪肉汤没有了胡椒粉。

最近，年迈的爷爷从郑州回到了他魂牵梦绕的地方——驻马店，每日在家庭群里分享老家的景象，并把家里的几亩田地打点了起来。夏日的麦田，金灿灿、白茫茫，麦芒随着一股股的风在绿色上沉沉浮浮，从屏幕中看起来有些失真。打下来的麦子灰扑扑的，堆在院中，像路边挖掘机身后的土堆。虽然待在郑州爷爷可以享受更好的环境和更悠闲的日子，但在驻马店他却显得更悠然自得。兴许于他而言，那里才是大地鲜活的印章。

直到现在，我都从未踏上过那片土地，只是听说那里是我的老家，是我族谱生长的地方。可就在今天，我又被告知，我的老家应该算是郑州。于是，驻马店就在道听途说中成了我的老家，又在道听途说中不再是我的故乡。

就这样，驻马店不明不白地在我光阴的缝隙中穿行了很多很多年，那么，哪里又是我的故乡呢？

（指导老师　陈秋婷 Teresa Chen）

琴遇

西安高新区第五高级中学　钱昊祺

蜀僧抱绿绮，西下峨眉峰。为我一挥手，如听万壑松。

客心洗流水，余响入霜钟，不觉碧山暮，秋云暗几重。

我轻轻地拨动其中的一根弦，它发出一种使整个房间都颤动的声音。我喜欢古琴，它的音质古色古香，随意，散淡，漫不经心，似无目的地行走。因这无目的性，反而处处遇惊喜——是池荷跳雨，散了珍珠还聚，聚作水银窝，泻清波；是鹅黄色的月亮正躲在棉絮一般的云朵中；是淙淙的流水抚摸着沿岸古老的石板路；是午后的阳光懒懒爬上窗，淡淡金色地铺在地板上；也是一枝两枝梅，描着影子，喷着细香。

初学琴时，有一指法我甚是喜爱。将大拇指搭在食指第一关节处，中指与无名指并拢轻放弦上，借由拇指发力，推动食指拨动琴弦。每每弹至此处，便觉有一只鸟雀立于弦上起舞，尤为灵动。后来，随着习琴深入，我了解到古琴音乐中的手姿和弹法，大都取材于自然和动物的生活，它们的动作和叫声，就像一幅画或一首诗。泛，漂浮之意。泛音的弹法有两种：一种“粉蝶浮花势”，指法应如在花间寻偶的蝴蝶，展翅浮花。另一种“蜻蜓点水势”，指法当轻如水面上用翅膀点破涟漪的蜻蜓，如此种种。

而教完指法后，便是音色了。不单是弹出某个音，还须赋予一种感情和内涵。有些音听上去要像一只仙鹤舞蹈时的鸣叫，要像一条快乐的鱼的尾巴拍打着水面，水花四溅，或者，要听上去像敲着一口大铜钟。师傅说过：

“弹琴要始终保持轻与重之间的平衡。就像一幅画，山峦，浮云，水面起伏交错，墨的浓淡要搭配，有时甚至还需要一片完全的空白。就音乐而言，对于表达和突出音调，静也很重要。”

可是，何为静？古琴的一撩一拨，便让你的脚步不自觉地慢了下来，这或许是最直观的体现。曾去过楼观台，便以为“静”就是“天人合一，道法自然”，便是要超凡脱俗，融于天地，从而达到夫列子所云“可以如落叶随风飘来飘去”，而不知是“风随我而行还是我乘风而去”的境界。直到，因偶然的机会，我读到《礼记·乐记》。它认为：“乐者，音之所由生也，其本在人心感于物也。”人的心灵充满了各种感情，而音乐是这种感情的表露。因而，“治世之音安以乐，其政和；乱世之音怨以怒，其政乖；亡国之音哀以思，其民困。声音之道，与政通矣。”一个国家的音乐与其统治和道德密切相关。或许古琴也体现着儒家的思想。

至此，我陷入了对儒者的深邃思考。儒家坚守的意义是什么呢？可是四海无虞，皆称臣庶；诸国来朝，万岁山呼；行迈羲轩，德过舜禹；圣策神机，仁文义武？可是朝中宰相贤，天下庶民富？可是万里河清，五谷成熟；户户安居，处处乐土；有凤来仪，麒麟屡出？于是，愿国泰民安。

曾几何时，我带着古琴游览名山好水。风从发梢过，迎风而立，我眯起眼，仿佛看见伯牙坐在岸边船头弹琴，子期在山崖上聆听；又仿佛见孔明高坐城楼，悠然抚琴。千百年来，云海茫茫，古道漫漫。一种匠心独运塑造一种岁月典藏，一种民族记忆构成一种文化基因。古琴，以其独特的意蕴内涵，成为文人墨客的高尚追求。同时，由此连接了过去，烛照着未来。

当今时代，社会发展日新月异，各种各样的生活模式涌入人们的视野中，优雅古老的文化正被势不可挡的巨潮淹没。作为离大众接触最多的汉服都被国人错认为和服，还言之凿凿地对爱国高谈阔论，何其可悲！那作为离得更远的古琴又该何去何从？长夜漫漫，一万张孤枕，可以把人焊牢的秩序打散重排，足够把先辈们浇筑在传承文化上的赤诚匠心，一点点融化，重新拼凑成“奥涅金式的零余人”的生活方式。

当高耸入云的摩天建筑聚成钢筋水泥的丛林，当手中小小的电子屏幕汇成了地上的星群，当不断膨胀的信息构成了认知的层峦，当我们常觉心灵在陌生的大地上流浪，莫忘回首驻足——也许，那黛色青瓦，裙摆翩飞，琴声悠扬就在原地守望着我们，一如当初。

不信，你看屋外的树叶摇曳，琴声在清新的空气中缭绕。

（指导老师　申振）

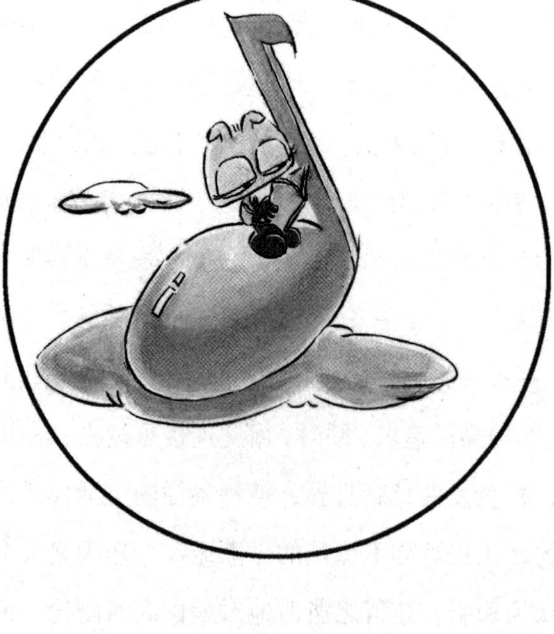

以梦为马，不负韶华

攀枝花市第七高级中学　周芷伊

以此献给我的高中时代。

漫天星光沿途散播，长路尽处有灯火。

最后一堂考试结束的铃声响起的那一刻，抬起头恍若隔世，

迈出考场大门时，心里却平静得可怕。

不禁回头，问身边的朋友：这就结束了吗？

她说，是啊，这就结束了。

我心里一酸，紧抿着唇，任由眼前模糊，

那时我们还年少，岁月静好，纯净快乐，嬉笑怒骂皆是美好。

有时在某个高三的自习课上，放空看着窗外的树影婆娑，希望这一切的一切都是一场梦，猛然惊醒后发现自己还在高二的自习课上。

在刚刚跨进七中校门时，我们永远无法预测接下来的三年故事将被怎样的编织。三年的按部就班，在某个静谧的夜晚，银河浪起，诉说着我们的心事。

看惯了东西南北的风月，才恍然发现，我们已将自己最美好的时光都搁在了校园的晨光下，染开的笑容中……

那是个狂热的夏天，那个属于题霸、题神、题母，甚至“菩题老祖”的季节，那段被高考打上烙印的青春。

只有经历过，才是完整的人生，

可惜可惜，没有人能永远停留在十七岁那年的雨季。

清晨的琅琅书声，傍晚校园歌声中的闲庭信步，林荫间的嘤嘤鸟语……岁月如沙流金，唯剩时光剪影。

暮鼓晨钟，黄昏午后。

思念一缕一缕，就这样拼凑出我们的高中三年，拼凑出我们的青春，点点滴滴渗透我们的生命和记忆。

未尽之言，未竟之事，未赏之景，未倾之情。

舍得之道，有所为，有所不为。

有些故事还没讲完，那就算了吧，那些心情在岁月中已经难辨真假。如今这里荒草丛生没有了鲜花，好在曾经拥有你们的春秋和冬夏。

难得矫情，坐在这杂草丛中，乱弹一曲，也算是些许缅怀吧。

最后的毕业也不同于想象中的痛哭不舍，而是和每一次周末放学回家一样——

只是这一次，你打包好了行囊，去了远方。

（指导老师　韩先才）

攀枝花的雨

攀枝花学院文学院　代雪娟

攀枝花的雨，自有她独特的韵味。在攀枝花，在攀枝花学院，她可是我们这儿的稀客。每一次的到访都让人倍感惊喜。每当一场大雨降临，整个城市仿佛都被唤醒了。雨滴打在地面上，溅起一朵朵水花，空气中弥漫着泥土的清新气息。这种难得的清新，让我总是感叹大自然的神奇魅力。雨后，校园里的视野变得格外开阔，一切都显得那么明亮。

在攀枝花，雨，是一种特别的存在。它不像江南的雨那样缠绵悱恻，也不似西北的雨那般凌厉迅猛。攀枝花的雨，有着自己独特的韵味，如同这座城市的性格一般，热情而又神秘。

雨前的攀枝花，天空略显沉闷，仿佛预示着一场大雨的来临。而当雨滴真的落下时，那种突然和猛烈，就如同在向大自然释放她的热情。大雨如注，洗涤着每一寸土地，也洗涤着我们的心灵。

在这里，雨季是个难以捉摸的存在。它来得快，去得也快，仿佛是为了不让我们对它产生依赖。但正是这种短暂而猛烈的雨，让攀枝花的雨季显得格外明亮丰满，动人心魄。

雨后的攀枝花，更是一番别样的景象。空气清新得仿佛可以拧出水来，视野也变得开阔无比。眼前的一切事物都明亮了起来，仿佛被雨水赋予了新的生命。攀枝花的雨，往往伴随着大风。风呼呼地刮着，威力无比，猛得可以把大树吹倒，然而，这样的风雨却给攀枝花带来了别样的生机。雨后的攀枝花，一切都显得那么和谐。

攀枝花的雨，滋润着这里的花草树木。雨后的残荷更让我生怜，微风拂过，荷叶轻轻摇曳，慢慢讲述她的故事。玫红色的、白色的、橘红色的三角梅在雨中飘落，如同彩色的蝴蝶在空中飞舞。鸡蛋花在雨后更嫩了，让人垂涎，那香气几乎要闷住人的呼吸。

我漫步在教学楼间，松鼠在树林中跳跃，草木在雨中生长着，雨水给这一切都注入了新的活力，让我们感受到了生命的力量。每当下雨时，我总会想去那雨中走走，感受着雨水打在脸上的清凉，心中涌起一股莫名的兴奋和喜悦。

远处的山峦，在雨后更是美得如诗如画。雾气蒙蒙的，在雨中若隐若现，仿佛一幅山水画在眼前展开。那山间的云雾缭绕，让人仿佛置身于仙境之中。雨后的攀枝花，一切都显得那么清新脱俗，仿佛是大自然赐予我们的一份厚礼。

雨，是大自然对我们的馈赠，她总是给我一些淡淡的忧伤，让我思乡。让我想起家乡长长的雨季，绵绵的细雨。想到她的柔软，想到家的情味儿让我动容，我想念家乡的雨。我与攀枝花的雨之间，也多了一些默契，它懂我的喜怒哀乐，我也懂它的阴晴不定。如今，我已在攀枝花度过了数场雨。每一次的相遇，都让我对这座城市有了更深的了解。我知道，无论未来走到哪里，攀枝花的雨都会深深地烙印在我的心中。

雨墨绘梦，我与攀枝花的雨有了一次美丽的邂逅。我期待着下一场雨的到来，期待着再次感受那雨中的清新、开阔和生命的力量。攀枝花的雨，明亮丰满，动人无比，她是这座城市的灵魂，也是我们心灵的寄托，也让我找到自己内心的宁静。

热烈的攀枝花，一切美好的事情都在自然而然地发生。自然而然出现的好天气，自然而然的下雨天，路边随处可见的鲜花，灿烂的每一场日落，在攀枝花公园坐二十分钟，不需要赋予任何事情什么意义，我就像一团焦躁的泥沼掉进了攀枝花的热烈中，被安抚和包容着。

（指导老师　蒋秀碧）

炊烟里的中国

南昌大学科学技术学院　刘文俊

在中国，炮火只会象征除夕夜烟花烂漫时的合家团圆；在中国，人们最爱的是灶火燃烧时，从烟囱里冒出的缕缕炊烟。放眼世界诸国，没有哪个国家的人民能够安然地蹲坐在江岸边，吃着白花花的米饭，尽赏渔舟唱晚；没有哪个国家的人民能够安心地漫步在深夜的街头，吃着热腾腾的烧烤，尽享盛世景泰。“国家安全”，这是刻在每一个中国人民心底的美好夙愿，是豁出性命也要保证其字字端正的底线，惟有国昌，方有家兴，才可见落霞怀中的千家万户升起安康的炊烟。

在老百姓眼中，饭熟了，天空便有了云；在老百姓心中，吃饱了，生活便是幸福。我来自遥远的北方，乘坐高铁不远万里来到江西。一路上，母亲的嘱托无非是按季更衣、按时吃饭，在学校要和同学和睦相处，出去玩要注意安全……我们无一不感到荣幸与庆幸，大学会就读于江西。荣幸的是能在这片红色热土上学习，汲取前人留下的丰厚营养；庆幸的是能在这个治安管理良好，民风淳朴的城市生活，家人与我皆感到安心。在江西的青山绿水中，在高楼群起的城市里，江西既展现了时代的进步，科技的兴起，又还原着乡土的味道。每逢傍晚，不论是脐橙树林旁的村落，还是守在车水马龙的小区，当一缕缕炊烟又打起了滚儿，我知道这座城市有了幸福的具象。我想，惟有祖辈扎根在这片革命老区的人民，才最能体会、倍感珍惜“国家安全”的来之不易吧。

自古以来，我们的祖先就明白，国家的安宁与繁荣离不开安全的保障。这种观念深深地烙印在每一个中国人的心中，使得我们无论身处何方，都时刻关注着国家的安全。无论是在田野间耕作的农夫，还是在城市中忙碌的工人，甚至是正在课堂里求学的孩子们，都在心中铭记着这一信念；炊烟，既是我们日常生活的一部分，也是我们情感的寄托，更是我们好日子的象征。每家每户的烟囱里飘出的烟雾，不仅仅是一份对家的思念，更是一种对国家的眷恋与坚守。我们的祖先用他们的智慧和勤劳，守护着这份炊烟，同时也守护着国家的和谐与安宁。

国家安全，不是一个抽象的概念，而是我们生活中的具体实践。在中国的土地上，无论是边疆的戍卫者，还是城市的劳动者，凡是生长在这片土地上的中华儿女，都在用实际行动维护着国家的安全。在我们这个泱泱大国的国度里，华夏儿女们争先恐后地用汗水和热血为我们的家园筑起一道铜墙铁壁般坚实的屏障。因为，我们要彻底铲除百年前那些没有尊严、失去话语权的屈辱，以史为鉴，筑牢国家安全观，强化人人都是国家安全卫士的理念，在这炊烟袅袅的神州大地上，让国家安全观念深入人心，成为人民追求幸福生活的基石。

然而，国家的安全并非一成不变。在全球化背景下，国家安全不再局限于传统意义上的领土、主权和国防，而是拓展到了经济、科技、文化、生态等众多领域；在这个瞬息万变的世界里，我们将面临更多样的危险与挑战。作为新生代，我们需要时刻保持警惕，不断提高自身的安全意识。我们要学会保护自己，更要学会保护我们的家人和国家。国家的安全离不开每一个公民的努力，每一个有血有肉的中国人都有责任维护国家的安全，无论我们身处何方，无论我们从事何种职业，维护国家安全的责任与担当融入我们的血液，刻入我们的骨髓，并将其视为我们生命的主旋律。在这个炊烟袅袅的国度里，我们要铭记历史，传承民族文化，不断学习进步，用我们的智慧和勇气，为国家的繁荣和安全贡献自己的力量。

在广袤的神州大地上，每当炊烟冉冉升起，都承载着无数家庭的希望与梦想。在这片古老而又充满活力的土地上，国家安全这一永恒的主题，始终贯穿于历史的长河之中。如今，在这炊烟袅袅的中国，国家安全不仅是国家发展的基石，更是人民幸福生活的保障。让我们以一颗敬畏之心，去珍视这份来之不易的安全环境；让我们携手共进，用行动为我们的国家创造一个和谐、安定、团结、向上的美好未来。

（作者系天津市南开区作家协会会员　指导老师　楼阁）

攀枝花之路：共富甜果，奋斗之甘

攀枝花学院文学院　唐滢

攀枝花，这座位于川西南、滇西北接合部的城市，因其得天独厚的钒钛磁铁矿资源，被誉为“钢铁之城”。然而，在这座城市的发展历程中，不仅仅有钢铁的坚韧与力量，更有一种甜，那是共同富裕道路上的甘甜，是每一个攀枝花人肯奋斗、相信自己的甜美果实。他们用自己的双手，书写着一段关于共同富裕的传奇故事。

肯奋斗——从贫瘠到繁荣

20世纪五六十年代，攀枝花还是一片荒芜之地。经地质部门勘探，探明攀枝花至西昌一带，蕴藏着丰富的钒钛磁铁矿，工业储量约10亿吨，在接收到指示后，攀枝花建设全面展开。建设者背井离乡，在荒山野岭间披荆斩棘，在“三块石头架口锅，帐篷搭在山窝窝”的艰苦环境条件下，展开了艰苦卓绝的战斗。建设者们凭借着“肯奋斗”的精神战胜了没有水、电、路，没有住房，没有蔬菜，没有大型施工设备等种种困难，喊出了“不想爹，不想妈，不出铁，不回家，一心建设攀枝花的口号”，硬是在这片不毛之地上建起了一座座“百里钢城”。他们的奋斗，不仅改变了攀枝花的面貌，也为国家的经济建设作出了巨大贡献：1965年，在炳草岗这片不毛之地上，建起崭新的攀枝花钢城；1965年，数万建设大军从全国各地奔赴攀枝花建设钢厂；1970年，新建成的攀钢高炉炼出第一炉铁、1971年炼出第一炉钢、1974年轧出第一批钢材；1978年，攀钢一期建设工程基本完成，形成了以钢铁为主体，包括煤、电、水泥等900多种产品的综合性工业基地……

随着改革开放的深入，攀枝花迎来了新的发展机遇。在“共同富裕”的号召下，这座城市开始了转型升级之路。政府积极引导企业创新发展，鼓励民营企业参与经济建设，同时加大了对贫困地区的扶持力度。这些措施的实施，让攀枝花的经济更加繁荣，人民的生活水平也得到了显著提高。

相信自己——从不敢到能行

二滩水电站是攀枝花的一个伟大奇迹。20世纪80年代时，四川缺电极其严重，严重影响到经济发展，民用常常拉闸限电，工业每天供电时长只有两三个小时。大力开发大渡河、雅砻江、金沙江等水能资源，建设二滩水电站，是改变四川电力“卡脖子”的必行之事。

但是由于当时建设资金匮乏，“二滩工程”一度面临搁置。国家全面改革开放为二滩带来机遇，关键时刻，世界银行提供9.3亿美元贷款，二滩工程终于得以开工。二滩水力发电厂总工程师郭玉恒也参与此次建设中。他说：“有两三千人在这里浇筑大坝，来自不同国家、肤色的外国建设者和我们中国建设者，历经42个月，一座240米高、774米长的双曲拱坝就拔地而起了。”

二滩建设中遇到各种各样的问题：资金不足、地势复杂、技术力量薄弱等等，为二滩建设带来了巨大的挑战，但是无论是外国建设者还是中国建设者都相信自己，并克服种种困难，创造出一个伟大的奇迹！在那个年代，起初二滩建设能成功是想都不敢想的事，但是正是因为相信自己，相信彼此，从不敢想的事情变成敢想敢做且能行和成功的事情。

二滩水电站的建设不仅有显著的发电效益，还兼有其他综合利用效益，如防洪、灌溉、供水等，对当地乃至更广泛的区域的经济社会发展产生了深远影响。它的建成投产，不仅是中国水电建设史上的一座丰碑，也是中华民族的巨大财富，为攀枝花进入21世纪的经济发展奠定了坚实基础，同时也为攀枝花的共同富裕打下一个坚实的基础。

在攀枝花，每一个人都相信自己有能力创造美好的生活。无论是企业家还是普通工人，这种信念让他们在面对困难和挑战时更加坚定和勇敢，也让他们在实现共同富裕的道路上更加有信心和动力。

有一种甜——共同富裕

有一种甜，叫攀枝花共同富裕的果实。攀枝花，一个因钢铁而兴起的城市，近年来却在共同富裕的道路上迈出了坚实的步伐。政府积极引导，社会各界共同努力，让这座城市的每一个角落都充满了生机与活力。

有一种甜，叫作政策的温暖。攀枝花市政府深入贯彻共享发展理念，制定了一系列促进共同富裕的政策措施。无论是农村扶贫还是城市低收入家庭保障，政府都给予了极大的关注和支持。这些政策的实施，让每一个攀枝花的居民都感受到了党和政府的关怀和温暖，他们心中充满了甜蜜和感激。

有一种甜，叫作产业的兴旺。攀枝花依托自身资源优势，大力发展特色农业、旅游业等新兴产业。在政府的引导下，这些产业得到了快速发展，不仅为当地经济注入了新的活力，也为群众提供了更多的就业机会和收入来源。每当丰收的季节来临，漫山遍野的果实香气四溢，那是大自然的馈赠，也是共同富裕的甜美果实。

有一种甜，叫作社会的和谐。在共同富裕的道路上，攀枝花注重发挥社会力量的作用。企业、社会组织和个人纷纷参与扶贫工作，形成了全社会共同参与的良好氛围。这些社会力量不仅为贫困地区提供了资金、技术等方面的支持，还带来了更多的关爱和温暖。在攀枝花，我们看到了人与人之间的互助和关爱，感受到了社会的和谐与美好。

有一种甜，叫作个人的成长。在共同富裕的实践中，每一个攀枝花的居民都成为了参与者、贡献者和受益者。他们通过自身的努力和奋斗，实现了自身的成长和进步。无论是农民还是工人，无论是学生还是老人，他们都在这片土地上找到了自己的位置和价值。他们的脸上洋溢着幸福的笑容，那是对美好生活的向往和追求，也是对共同富裕的坚定信念和执着追求。

攀枝花共同富裕的实践探索，让我们看到了共同富裕的美好愿景和坚定追求。这种甜，不仅仅是物质上的富裕和满足，更是精神上的幸福和满足。它让我们感受到了社会主义制度的优越性和强大生命力，也让我们更加坚定了走中国特色社会主义道路的信心和决心。

（指导老师　蒋秀碧）

母亲与湖

江苏第二师范学院 教育科学学院　肖靖潼

我上一年级时，曾经跟母亲去过她工作的场所。车子来到太湖边，我怀揣着憧憬与好奇，兴奋地推开车门，却当场被一股异味给熏到了，便连忙捂住鼻子。我很惊讶，母亲怎么会在这样的地方工作。我受不了异味，嚷嚷着要回家。当时不懂什么是水环境治理，但我深知母亲工作的不易。

几年后，母亲换了部门，假期我又随母亲到了她的工作地点。路上，心想母亲不用再在以前那种恶劣的环境中工作了，我由此而欢欣雀跃。正为她庆幸，她仍是带我来到了太湖边，只是距上一次的工作场所远十几里罢了。我并未领略到传闻中的太湖美，只是看见沿岸水面漂浮着一层绿油漆一样的东西，虽然还没有发臭，但我依然捂住口鼻。

"这是蓝藻，又叫水华，不及时处理会发生二次污染……"母亲边认真介绍，边带我在太湖边"参观"一座藻水分离站。说是让我参观，其实就是陪同她巡查生产运行状况。母亲会时而弯腰去看一下仪表的读数，时而向负责操作的打捞工人们询问一些情况并做好记录。时间一长，我终于忍受不住令人窒息的异味，不断催着她赶紧回去。母亲见状，一脸无奈："习惯就好了，你看这些叔叔伯伯们每天都在这忙着呢，我们马上就可以回家啦。"

回家后，我仔仔细细地洗澡洗头，但头发上的蓝藻味依然挥之不去。从那以后我对母亲所说湖不湖的不感兴趣，但对她的工作有了很多感慨。多年来，她日复一日做着这样的工作，奔波劳累不说，每到太湖蓝藻泛滥的季节，便要长期忍受异味的熏侵，而回到家中却从来只字不提工作的艰辛，这种坚守，其精神也真是难能可贵。

母亲下班回家，吃完晚饭做完家务便马不停蹄开始学习，几乎不看电视。还记得我在小学期间，周末时，母亲通常会带着我去上海、南京，说是玩，其实就是在一些不同大学的教室里听课。据“不完全统计”，母亲去过扬州大学、河海大学，还有南京医科大学、复旦大学等进修过，虽然课上的内容听得我云里雾里，可母亲每次听课时那种认真劲，让我尤为钦佩。那阶段她是真苦，为了照顾家庭，她常常带着我当天往返，时常乘高铁、转车，到深夜才能赶回家，回来后还要洗衣拖地，第二天再强打精神赶去上班。

多年后我才知道，母亲虽然只是普通的一名水资源管理工作者，却利用业余时间学习了汉语言文学、心理学等，并在我3岁那年就通过了全国的心理咨询师考试，还获得了工学学士学位。她将这些知识运用于工作中，增强了团队的战斗力。当然，她学习得最多的，还是水利工程管理知识。我步入高中后，随着知识的积累，我越发认识到知识给人的充实感，这也才知道母亲为什么这么拼。作为一名普通人，母亲身上那种孜孜不倦的好学精神，于我而言，犹如寒冬里升起的一轮暖阳，照亮我前行的方向，温暖着我的胸怀。

母亲积极向上的精神，一直在潜移默化地影响着我的成长。随着年龄增长，我从母亲身上学到了许多宝贵的东西。

上高中后，我来到母亲的办公室。与母亲一样，其他叔叔阿姨也在有条不紊地忙碌着。我看到她的办公桌一侧堆满了各种资料，桌子一角摆放着一块党旗状的座右铭，一面刻有“立足岗位、服务大众”8个字，另一面印着“党员先锋岗”和党徽。母亲的名字下，还标注着她的入党时间：2002年7月。

今年暑假，我再次随母亲来到太湖边，一片片郁郁葱葱的芦苇犹如一道屏障屹立在太湖边，湖面碧波荡漾。这个以前本是蓝藻容易泛滥的季节，我曾经不愿意久留的地方，竟有游客驻足拍照留念。我不由感慨万千，心语洋溢。多年来母亲和同事们对太湖的持续治理，终有了回报。今日的秀美太湖，是水利工作者们给家乡人民的一份厚礼。

花开朝阳里

攀枝花学院文学院　张杰

那年，窗外雨潇潇，浸润着手上的试卷，劫后余生的我，疲惫地闭上双眼。再次睁眼，已是奔赴远离故乡的旅途，踏上了属于我的星辰大海。

攀枝花，这是我从未来到过的一座城，它的一呼一吸都无比陌生，地图上只有短短的几厘，不知道蕴藏着多少无尽的秘密？于是我打算走一走，走到这座城市独特秘密的尽头。

辗转在街头，这笔直的大道上演绎着人生的轨迹，似乎让我有种辗转时光的错觉：上学的学子们，向着知识的殿堂进发；追风赶月的上班族们，则肩负着生活的重担，匆匆忙忙地穿梭在人流中，又或者是步履蹒跚的老人，享受着天地的一片宁静与美好。这座城市给他们坚定的自信，他们迎着光奔赴前行，总会找到共同富裕的终点站。

突然间听到的几声扑棱，撩拨着我的心弦，这大抵是倦鸟驮着斜阳回家的声音吧。我追随它翱翔的轨迹，寻觅到了一片田野中，此刻正值夕阳西下，但并没有萧条得让人叹息。白云惬意游荡在泛起红晕的天幕中，逐渐酡红起来。余光中，稻穗披上了金色的鲛绡，将温暖藏匿起来，摇曳着，金光被肆意地甩满整片田野，长风一吹，金色的海洋就连了天。稻粒也散发出浓郁的芳香，被反复揉碎，与空气中弥漫的新鲜交织相融，很难不让人想到记忆中童年的糖果，同样那么甜蜜，那么美好，恍然置身一场梦。“老父亲”目睹“儿子”的茁壮成长，也露出了会心的笑容。这背后，是农民辛勤一年的成果，对他们来说，这不仅仅是麦香的甜，更是共同富裕的甜。

夜风碾碎了月的幽凉，仿若唇齿间化开的薄荷清香。我迎着风，肆意畅游街头小巷，感受专属于这座城的心跳。登上这座城的高处，极目遥望，天边的一轮月白倾泻而下，映照出学生努力奋斗的脸上，他们执笔，续写青春年华，以梦为马，驰骋天涯。连窗外的花也不忍心打扰他们，安静地沉醉于梦中。整个世界仿若陷入一片沉寂，只有沙沙的书写声和人们轻轻的鼾声在夜的深处回荡，轻轻敲响那琉璃般的梦。恍惚间，这座城市的心跳声在我耳畔回响，那正是为共同富裕建设的奋斗之声。

现在想想，每一个人都在为共同富裕的美好而奋斗。原来，这座城市独特的秘密是每个人都在建设共同富裕。

回去的路上，我发现了一片荆棘丛，荆棘丛生，泥泞难行，我思绪万千，这或许就是共同富裕中必须经历的挑战吧。它就像一座雪山，矗立在这座城市，但并非可望而不可及，虽然过程坎坷，但也会有人不断地攀登。共同富裕的建设或许也如人生般五味杂陈：酸的是动力，辣的是困难，苦的是奋斗，甜的是成果，咸的是感动。

没有人说过我该怎么做，我也不愿让人知道我怎么做，或许，这无法言喻的宿命感，便是党心中的那万家灯火。可这何尝不是我的使命，那与生俱来的使命，好像将我紧紧嵌入命运的齿轮中，我早与它融为一体。我想，我的生命中再也无法与建设共同富裕“断舍离”了。

花开木棉，木棉花开。天边的木棉花望着我，递送了我的执念，仿佛问我对共同富裕的执念有多重。不重的，它像满城飘落的木棉花一样。

（指导老师　蒋秀碧）

追逐

天津工业大学　赵俊竹

我将在人生的答卷上无数次审视与修正，即使早已清楚，这本就是无解的谜题。

——题记

一片虚空，万籁俱寂。我在无尽的黑暗中蛰伏，将意识藏匿于躯壳，等待苏醒的机会。终于，“我”睁开眼，混沌的灰黑色调在此刻构成世界的全部。模糊的视线里，事物渐渐放大，接着又一点点消失，因而发觉，此刻的我似乎正在以缓慢的速度向前移动。

混乱无序——逼仄的空间内，时隐时现的画面，如同接触不良的老牌儿电视机。模糊的影像被按下加速键，成千上万种声音交织缠绕着，席卷而来。手心传来的温度，是混乱中惟一的慰藉，那双手正牵引着我稳步前进。这种安定持续到温暖消失的前一秒，骤然出现在身后的力度，将我推向一个有序的世界。于是，视野变宽，步伐加快，风声、人声在耳边呼啸，我好像看到许多急速倒退的人影，又或许是建筑。场景切换间，越来越多的东西挡住我的视线，画笔、舞鞋、话筒、一把琴。紧接着，多到要将我掩埋的纸张被迫不及待地塞过来，顷刻间填满字迹，然后因奔跑的疾风而飞扬。我接过数不清的书本，眼看它高耸入云。即将被压垮的瞬间，巨大的口袋吞噬这一切，而肩上骤增的重量意味着，它已成为我的行囊。但疯狂的吸纳没因此而停止，我依然无意识地接过一沓宣传单、证书、文件袋……

脚下有路，却辨不清方向；似乎有人，但只能孤军奋战；明明在奔跑，反而更像原地踏步。疲惫使脚步愈发沉重，迷茫让人失去动力，意识混沌间，微小的念头冒出来：“我，究竟要做什么呢？”回应我的，是子弹穿透玻璃的声音——困惑出现的同时，目光所及的一切碎得七零八落。

坠落，再睁眼，是截然不同的满目苍白。我迫切地，想在这不分天地的虚空中找寻出口。环顾四周，很远处出现的一抹色彩，似乎是惟一的线索。我急切向前，当身体被意识驱动，才猛然发现脚步落到了实处，让我得以朝着想抵达的远方奔跑。到近前已经能看出模糊的人影，却始终无法靠近，我只好盯着那背影，亦步亦趋。

“嘿，你看起来很迷茫。”那个声音先开口。混乱的记忆在脑海中闪回，叫我不由自主地点点头。“你说，我们为什么要奔跑呢？”我已经跑出太远，听过的声音里有无数个答案，但似乎都不是我内心的答案。我沉默地看着眼前出神，明亮的、彩色的、独特的……“你似乎有很多顾虑。如果你不知为何而奔跑，如果你不能做出正确的选择，如果你无法绘出理想的未来，那……”那声音顿了顿，最终轻笑一声：“人生没那么多如果，先看好你脚下的路。”在世界崩塌的最后一刻，我与那人，始终相距一步之遥。

被白色时空静止的时间恢复流动，我重新站在这条笔直的道路上，分明拥有了身体的掌控权，却依然无法停下。等等，让我再想想！控诉的呐喊声很快搅碎在逝去的时光中，我只好在奔跑中思考。至此，我终将发觉被忽略的事实——故事的一开始，我就已经站在人生的传送带上。

（天津市作家协会会员　指导老师　娄杨）

到攀枝花去

攀枝花学院文学院　钟佳君

花是一座城，城是一朵花。

——题记

“到渡口市去！”为响应“好人好马上三线，备战备荒为人民”的国家号召，一大批有志青年来到了三线建设“两点一线”中极为重要的渡口市，即如今的攀枝花市。面对艰辛与挑战，建设者们怀揣着对国家和人民的忠诚，顶风冒雪，开山凿石，修筑铁路，建设工厂，在荒山泥路上种下顽强的意志和坚定的信念，为攀枝花的未来奠定了基础。

“我们的父老乡亲啊，多到四川、多到攀枝花去走一走，这个地方非常神奇，叫江山之雄、人文之韵，自然之美。”2024年，随着攀枝花动物园“耐克熊”等动物在网络上走红，攀枝花副市长的这样一句语音也在网络媒体上广泛出现，攀枝花市再次回到大众的视野。人们惊奇地发现，从前的钢铁之城，悄然之间转型升级成为一方康养圣地。而推动这一切变化的重要抓手就是“共同富裕”。

攀枝花人民“肯奋斗”“敢创新”始终贯穿在攀枝花市实现华丽转身的过程中。攀枝花人民面对转型升级带来的巨大压力并没有埋怨，在他们身上一直延续的三线精神——在困难面前绝不低头，鼓舞着他们携手向着更美好的攀枝花前行。政府积极制定相关政策，达到政策引领与规划先行，如实施“一区多园”建设模式、研究制定支持攀枝花西区振兴发展，与全市同步共富的专项政策措施，以实现城乡经济的均衡发展。创新农村集体经济的发展方式。建立健全城乡融合发展机制，以数字化转型助力经济发展。

在暑期实践中，我们深入全国文明村——昔格达村，进行走访调研，在调查过程中，我们可以清晰确切地看到昔格达村人文情怀与经济效益融合发展的显著成果。基层党组织在其中的引领作用显著，集体经济在这里得到了充分体现，村民充分配合出钱出力。昔格达村围绕“花田经济”建设为主要内容，周边带动打造民宿民居，生态旅游观光景点，充分挖掘利用本地资源，发现适合烧制彩陶的钛陶土并运用到村庄经济发展中。村庄居民居住出行条件大为改善，政府拆除旧房危房，统一规划建设新房，村民住进宽敞明亮、冬暖夏凉的新房子，出门即是修到家门口的马路、临近的卫生诊所……但昔格达村的故事远不止于此。随着集体经济的快速发展，越来越多的年轻人选择返回家乡，既能照顾家庭，又能参与家乡建设，实现了个人价值与社会责任的双重提升。宽敞的道路、漂亮的楼房、整洁的环境，还有丰富多彩的村晚、村运动会等活动，让昔格达村的每一个角落都洋溢着幸福与和谐的气息。这样的生活，昔格达村村民走了约十年，而昔格达发展的这十年仅仅是攀枝花市转型升级发展的一个缩影。透过昔格达村，我们还可以看到在攀枝花像昔格达这样的村庄也正在发展的过程中。

“到攀枝花去走走”并不是一句空言。在三线建设时期，攀枝花隐姓埋名发展，做好国家的后备军；在新时代共同富裕发展号召下，攀枝花市顺应“银发经济”的发展，面对空白的康养行业，攀枝花市人民敢于挑大梁、勇于发展，是康养理念的首创者。攀枝花人民心里永远都洋溢着努力奋斗的甜，现今，作为康养城市，攀枝花被誉为中国的康养胜地。攀枝花更加注重居民的生活质量和幸福感。政府通过优化产业结构、提升公共服务、改善生态环境等多方面的努力，让城市变得更加宜居、宜业。

或许攀枝花并不是最富裕的城市，但它拥有最顽强的精神。在这里，共同富裕不仅是物质财富的累积，更是每个人心中对美好生活的向往。攀枝花人用奋斗书写人生，用信念引领未来，让那种甜从心底升腾而起，永不止息。这就是攀枝花，一个充满希望与可能的地方，一个共同富裕的梦想之城。在这里，人民的生活就如同红艳的攀枝花，向上，向着太阳，骄傲地绽放。

（指导老师　蒋秀碧）

议论文

我们，中华民族

山西省太原市实验中学校　曹鹏飞

中华民族，是伟大的民族、是历史悠久的民族、是传承的民族、是抗争的民族、是不屈的民族、是勤劳的民族、是富有责任心的民族。更是，我们的民族！

枪火炮声将我们从沉睡中唤醒，中华民族的苦难，深深刻在了每一位中华儿女的身上，更刻在了我们的心里。

从清末到中华人民共和国成立，中华民族的血泪史只用一个词就可以概括，那就是“丧权辱国”。但是有屈辱就一定有抗争，有压迫就一定有反抗，在亡国灭种的危急时刻，总有人会站起来，站出来！他不是单独的一个人，而是我们，中华民族！

时至今日，我仍然记得小时候太姥姥给我讲述那段不堪回首的历史时眼中闪烁着的泪花，“你太姥爷当时是我们村里第一个共产党员，1942年他作为地下工作者，怀里揣着情报，身后被日本鬼子追赶着，跑到山坡上没路了，耳边传来汉奸的高声喊叫，“抓住他，奖励一百个大洋！”情急之下他就从土坡上跳了下去，那么高啊，他说跳就跳了，震瞎了一只眼。后来你太姥爷自豪地和我说，一只眼能换来一份情报的安全，值！”太姥姥比划着，满脸的骄傲。

从浙江南湖红船到红军万里长征，从日本投降到国民党反动派退缩至台湾，中华民族失去了很多，也觉醒了很多。千千万万的中华儿女为此丧生，千千万万的家庭为此支离破碎，无数革命先辈的生命为了我们现在的生活而逝去，但是他们的精神一代代在中华民族中传承。当毛主席在天安门广场向全世界宣布“我们从此站起来了”时，这百年的苦难终于宣告了结束。我们民族复兴的历程刚刚拉开帷幕。

“今天的现实是不够美满的，但是美满的现实需要我们共同去创造。”周恩来总理的这句话，是使民族火种燃烧的火把，是指引我们前行的明灯。

百年的灾难、百年的抗争，化作了民族复兴的种子深埋在我们每一个中华民族儿女的心中。但光有种子是不能使其发芽的，它需要用革命的土壤去栽培、用炽热的血汗去浇灌。吃不了苦，受不了罪，如何让民族复兴的丰碑屹立？我们，中华民族的未来，已做好准备！

如今，在疫情肆虐，人人自危的时候，是他们，也是我们——中华民族，冲锋陷阵，战斗在第一线。“医院就是战场，作为战士，我们不冲上去谁上去？”耄耋之年的钟南山院士在疫情面前发声。

他们，是中华民族的过去和现在；而如今，他们正守着中华民族的现在与未来！我们，作为新生代，必定将这精神传承，将这力量壮大。未来，我们必定会让全世界震惊。因为，我们，中华民族！

（指导老师　王巍娜）

青春需要诗

西安交通大学附属中学兴庆校区　党天奇

青春是人生的一个重要阶段，它见证了一个人的成长历程。正值青春之际，随着年龄增长与心智发育，我们越发关注自己的内心需求。而诗，作为一种承载着中华民族深厚文化底蕴的特殊表达方式，成为我们充盈精神生活的途径之一。

诗又可划分为众多类别。古代诗歌里，有陆游的爱国热忱，有刘禹锡的豪迈情怀，还有谭嗣同的少年意气；现代诗歌中，郭沫若的《天上的街市》饱含着对美好安定生活的向往。诗的体裁多样，情感丰富且积极向上，能够更为有效地滋养我们的精神世界，培育我们的家国情怀。

青春亦充满诗意。在青春时光，万事万物皆显得那般美好，富有生机，那朝气蓬勃的青春少年们的生活本身不就是一首诗吗？青春的重要性，恰似一切的根基，根基牢固，方能建起万丈高楼。当青春的精神得以充实，生活变得丰富多彩，根基便坚如磐石，日后所取得的成就便不会被生活的风雨所动摇。

青春需要诗，犹如盖楼离不开钢筋。诗在青春历程中起着承上启下、贯穿人生的关键作用，其对青春的重要意义不言而喻。诗同样需要青春，那洋溢着朝气与活力的佳作谁会不喜爱呢？

青春与诗相辅相成，携手为人生助力，为人生之路增光添彩。

青春需要诗。诗助力人们铸就伟大，让我们在生活压力面前坚守不放弃、不懈怠。伟人毛泽东同志在革命征程中仍不忘赋诗，带领红军走向胜利，并在诗中抒发喜悦之情。

品赏诗作能够丰富自身精神世界，创作诗歌则为世人留下珍贵的精神瑰宝。谭嗣同十二岁创作的《潼关》流传千古。青春蕴含着无限可能，亟待一把神奇的钥匙去开启，毫无疑问，诗便是那把钥匙。

青春需要诗，以诗丰富自我，进而奉献社会，凭借丰富的内在。

（指导老师　郝梦帆）

歌唱

黑龙江省哈尔滨市阿城区第三中学　董任政

小鸟歌唱大树，为它们遮风挡雨；雄鹰歌唱蓝天，供它们展翅高飞；花朵歌唱雨露，给它们勃勃生机；青草歌唱大地，让它们充满活力。而作为新时代少年的我们，应该歌唱祖国。

我们歌唱顽强拼搏的祖国。短短70余年，祖国带领我们走出了三座大山的压迫，我们走出了连年战乱的贫苦，我们走出了“东亚病夫”的虚弱，我们走出了麻木无知的思想。我们走向“两弹一星”，走向改革开放，走向精准扶贫，走向乡村振兴。我们傲立于世界民族之林，俯视曾经的西方列强。而这一切的成就，都离不开祖国儿女的顽强拼搏，流血牺牲，至死为国。

在《我和我的父辈》中，有这样一幕，令人深受触动：在狂风暴雨中，有一个男孩带着妹妹，奔跑着寻找父亲。可他们的父亲，在记录原子核的工作中，不幸牺牲了。电影《长空之王》中，试飞员为保证居民区不受伤害，在飞机出现故障后，拒绝跳伞逃生，而是操纵飞机，坠落在无人区。国家的强盛，是由一条条鲜活的、顽强的生命拼搏出来的。当无数面五星红旗在奥运赛场上空升起，谁能忘记，中国也曾无数次遭受过冷眼与嘲笑；当武汉疫情解除警报之时，谁会忘记钟南山以及数以万计的钟南山们。我们不仅歌唱伟大的祖国，更要歌唱为祖国发展作出贡献的人。

我们歌唱文蕴深厚的祖国。中华上下五千年，我们拥有若群星般灿烂的诗人，我们拥有若日月般辉煌的文化。每一处名胜古迹，都可以让游客流连忘返，每一件精品文物，都可以让学者赞不绝口。祖先留给我们宝贵的精神文化，更值得我们去歌唱，去传承，去发扬光大。

《论语》告诉我们要遵规守矩，《庄子》告诉我们随心所欲，老子告诉我们上善若水，利万物而不争，孟子告诉我们心怀仁念，治天下亦不难。从古人留给我们的经典文蕴中，我们可以发掘出规律与真理。而作为青少年的我们，传承只是一部分。我们歌唱祖国的深厚文脉，我们赞颂祖国的悠久历史，我们用自己的智慧和行动，讲好中国故事。

我们歌唱出对祖国的热忱，我们歌唱出对祖国的期待。我中国少年，以满腔之热血，歌盛世之中华。“美哉，我少年中国，与天不老！壮哉，我中国少年，与国无疆！”

（指导老师　娄玉红）

独处是一个人的清欢

西安高新一中实验中学　关芯宇

学会与独处和解，做自己人生的主角。

——题记

独处并不意味着要拒绝与人交往，而是享受与自己相处的时光。在当今网络上信息冗杂，多元化的时代，我们每日要接收成千上万条信息，甚至很多信息我们都没有通过自己的思考，拥有自己的见解，就已经下了定义，做出了判断。在这个快节奏发展的时代，我们逐渐忘记了本真，忽略了身边很多细微的美好，回归“平静”，学会独处，减少不必要的应酬，腾出时间和精力，去做自己想做的事，提升自己，打磨自己，这便是独处的意义。

跳出世俗，以独特的眼光，去发现和描绘这个世界。我们一生中会经历大大小小无数场合，会遇见无数各种各样的人，我们或许会遇见和自己情投意合的人。同样，我们也一定会有自己置身事外的时候，看着一群和自己不熟的人，聊着自己没有接触过的事物，而自己只能坐在一旁，保持微笑，但我们不必为了融入而迎合。作家莫言，就是一个很好的例子。当他在获得2011年茅盾文学奖后，其他的学者在贪婪地享受众人的追捧，参加无数记者的采访，沐浴在聚光灯下感受对于他们来讲这至高无上的荣耀。但莫言却与众不同，他只希望快点从热闹喧嚣中解脱出来，避开媒体，悄悄回到乡下，甚至在领奖前几日还和家人在乡下赶集。但就是这一种“平静”

的生活态度，使莫言的文学创作充满浓郁的乡土气息。他的写作总能一针见血，直击人的灵魂深处，所以我们总会在独处的过程中，发现全新的自己，发现生活的美妙。

热闹只是人生的偶然，而独处才是人生的常态。我们的生活也应该是如此，在兴起时，就淋漓尽致地感受生活中的热闹，让自己热烈地去追求狂风暴雨，烈日骄阳，永远炽热和勇敢地向前。如果，自己身处于一个无以承受的环境中，不必迎合，不必改变，做本真的自己，将自己置身之外，回归平静，寂寞可以是一个人的丰富。在这段完全属于自我的时间里，专心致志地提升自己，打磨自己，使自己变得更加光彩夺目。学会独处，学会欣赏自己，学会尊重与保护自己的那一份骄傲，去追寻因自由而热烈的人生。

独处是一个人的清欢，是安静，也是自由。

（指导老师　史宇娇）

青春需要诗

陕西省汉中市西高新初级中学　胡皓玥

每个人的青春皆是五彩斑斓的，青春宛如一瓶五味酱，种种滋味尽蕴其中。

当我们尚处年少之时，心智不及大人成熟，眼界不如大人开阔，经验也无大人丰富，更缺乏他们那般渊博的知识，然而我的青春有诗相伴。或是如曹操《观沧海》里的高亢雄浑，或是似李白《大鹏赋》中的自由不羁；抑或是同王维《送元二使安西》内的离情别绪。

青春需要些什么？

青春需要乐观以对。恰似李白诗中所云“天生我材必有用，千金散尽还复来”。当我们于“倾盆大雨”中迷失路径之际，请莫要放弃，切勿气馁；务要坚信雨歇云散后必是天晴，届时你定会成为天空中最为绚烂的彩虹。

青春需要奋力拼搏。正如《周易》中所言“天行健，君子以自强不息。地势坤，君子以厚德载物”。有人讲夕阳最美，却已近黄昏，我不敢苟同，我以为青春才最为美妙，它光芒四射、饱含希望。青春的我们意气风发，仿若天际的雄鹰振翅翱翔；青春的我们砥砺奋进，以达成人生理想。青春被视作一个名词，我却难以认同，我觉得青春所追求的是拼搏、努力、激情与活力，听闻这些词汇，“青春”难道不该是一个动词吗？其熠熠生辉的背后，皆是拼搏的汗水与辛酸的泪水。欲展现璀璨的青春，就让我们凭双手去拼搏、去奋进，于人生的舞台勾勒宏伟蓝图。

青春需要惜时如金。仿若陶渊明诗中所写“及时当勉励，岁月不待人”。珍视青春，莫负韶华，青春年少的我们，生逢盛世正可大有作为，当揽明月登泰山，需怀雄心壮志，具理想、有抱负、敢担当，成为夜空中最为闪耀的星辰。若你志在璀璨，便会山无阻，海无拦。

青春时光不乏亲人的扶持，朋友的相伴。亲人是成长途中为你撑起保护伞默默守护之人，朋友是你人生舞台上坚实可靠的后盾。我们心底渴盼自己的青春能够熠熠生辉，散发独属于自身的气息。

青春如诗，岁月若画。青春可歌可泣，值得众人珍惜与回味。时光匆匆而逝，在青葱岁月里，我们都仅仅留下了匆忙的足迹。我们在前行与拼搏之时，亦莫要忘却追寻诗与远方。愿我们于璀璨星空中照亮自身，点亮旁人，共创绚丽未来。

（指导老师　袁之岚）

灯笼里的回忆

山东省青岛市李沧区海诺学校　纪艺

时光斑驳了年华，岁月浸染着心境。而姥姥给我做的那盏灯笼，永远是我心底最珍贵的记忆。它在我的心中，永不磨灭。

小时候的我对黑暗有种莫名的恐惧，到了漆黑的夜，这恐惧便在心中蔓延开来。我脑子里永远祈祷着太阳的再次出现。每当这时，姥姥总会将我搂入怀中，坐在床头，慢慢哄我入睡。久而久之，在黑夜降临时，天上的星星成了我唯一的慰藉。那时的我吵着闹着要姥姥给我摘一颗。“星星是摘不下来的，姥姥给你做一个好吗？”姥姥安慰着我。我似懂非懂地点了点头，心中满是期待，第二天，姥姥就找来了几张纸，几根竹棒，支起了一个小灯笼，她用她那布满老茧却十分灵巧的手，编织了我的童年。

没几天，灯笼便做好了，上面点缀着如星星般的小洞。我和姥姥站在院中，点燃灯笼中的蜡烛，手里的灯笼便亮了起来。霎时间墙上、地上满是小光斑，一时间分不清白天和黑夜。我目不转睛地盯着那盏姥姥亲手给我做的纸灯笼，似乎想到了什么，眼眶微微湿润。“你看，姥姥这不是把星星摘下来送给你了吗？”这是姥姥对我说的印象最深的一句话，那句话如同灯笼一般耀眼，一直温暖着我的心间。

如今，那盏灯笼仍挂在门前的那棵树上，从未消失。每当夜幕降临，风吹得灯笼微微晃动，我抬头再次看到了无数颗明亮的星，姥姥也仍在我身后笑着说：“看吧，我给你做的这个纸灯笼比星星还耀眼嘞！”是啊，那盏纸灯笼比天上的星还要耀眼。

那个小院里的灯笼点亮这心中的回忆，那灯笼的光芒却没姥姥的爱璀璨。

（指导老师　吕巧双）

青春需要诗

西北工业大学附属中学　贾继鑫

青春，是少年的代名词，是朝气的代表者，是奋斗的代言人。青春需要梦想，青春需要拼搏，青春也需要感恩。如果青春需要诗，那一定是这样的诗。

青春需要豪情壮志的诗。“会当凌绝顶，一览众山小。”这兼济天下的雄心壮志，这励志成名的远大抱负，这报效祖国的壮志豪情都汇聚在这诗句里。青春就是要有志存高远气冲霄汉，壮志凌云响彻九天的气势。青春就是要有扶摇直上气贯长虹，百折不挠扭转乾坤的气魄。“青春须早为，岂能长少年。”如果有人问我，少年你为何读书？那一定是为中华之崛起而读书！

青春需要奋斗拼搏的诗。“书山有路勤为径，学海无涯苦作舟。”青春那奋斗拼搏的苦，必将绽放成功喜悦的花。“千磨万击还坚劲，任尔东西南北风。”青春，是为理想奋斗的时光；青春，是为梦想努力的时刻。鲜花会向阳盛开，青春要向上生长。青春的每一刻，都洋溢着努力的神采，向上的劲头，拼搏的勇气，奋斗的精神。如果有人问我，少年你为何努力？因为“白日莫空过，青春不再来”！

青春需要敬畏感恩的诗。“滴水之恩，当涌泉相报。”今天，我们能够安稳地坐在教室里，用心地读书学习，是因为我们背后，有这样一个强大的祖国。正是祖国母亲的守护，才让我们免于战乱、疾病、饥饿。无数革命先烈用他们的青春点亮了希望，换来了我们今天来之不易的和平与安宁。父母的呵护，老师的教导，同学的帮助，朋友的关怀成就了我们的青春年华。青春要心存敬畏，青春更要心怀感激。感谢祖国，感谢父母，感谢老师，感谢同学。如果有人问我，少年你可知道为何岁月静好？那一定是有人在为我们负重前行！

青春需要诗，青春就是一首诗。青春需要奋斗，青春需要拼搏，青春需要感恩，青春需要向阳而生。恰同学少年，风华正茂；书生意气，挥斥方遒！

（指导老师　臧彤）

破茧成蝶

广东碧桂园学校　李泽楷

在生命的织锦中，每个人都是自己命运的织工，有人生来便如蝴蝶般翩翩起舞，而有人则需要经过一番挣扎，才能破茧而出。

在人生的长河里，初中是一个重要的转折点。在这个阶段，许多学生开始走向独立与成熟。初中是一项充满诸多意义的挑战，只有坚持，才能破茧成蝶。

刚刚进入初中，我就感受到了前所未有的压力。突如其来的七科课本，小山一样的作业，还有没完没了的课程，让我们喘不过气来。

初中的课程难度比小学的提升了，而且内容涉及得更广了。不过我也在努力，努力地在课堂上解决疑惑，在作业中得到提升，在考试中知道不足。

生活中的挫折也是“茧”的一部分：与同学的矛盾，比赛的失利，老师的批评。可正是这些挫折，让我学会了坚强和反思，我们在挫折中成长，提升自我，学会理解和尊重他人，这就是破茧的表现。破茧成蝶需要勇气，直面自己的不足，勇敢地挑战自身极限。我们一定要突破自我，做最好的自己！

破茧成蝶是大自然缔造的奇迹，它告诉我们，无论你在哪里，身处何方，只要心怀信念与希望，最终就可以破茧成蝶，开启你人生的新篇章！不经历风雨，如何能看见那美丽的彩虹呢？命运掌握在你自己的手里，只有你才可以成就你自己的未来。在生活中，我们要用积极的心态应对挑战。赢了比赛不必骄傲，输了也无需气馁，因为机会众多，只要努力，没有什么事办不成。

初中生活是一段充满了机遇与挑战的旅程。我们会在这一阶段经历蜕变，让我们期待各自在成长的道路上勇往直前，创造属于自己的人生。

照亮我世界的光

陕西省延安市延安新区第一中学　申艺轩

在人生的长河之中，常常在不经意间，便会有温暖之事触动心弦，恰似一束阳光驱散阴霾，或许是那能拂去心底尘埃的一抹微笑，也许是令人心旷神怡的一缕花香，又或许是一双守护安全的援手……于我心中，那照亮世界的光芒，便是记忆里那个坚毅不屈的身影。

彼时，我沉醉于《明朝那些事儿》所呈现的真实历史画卷之中。起初，我仅仅将阅读此书当作拓展课外知识以及课余闲暇时的消遣方式，直至目睹那一段波澜壮阔的史实。

明朝正统十四年，明英宗朱祁镇御驾亲征北伐，却因宠信奸臣，致使毫无经验与谋略的太监王振执掌兵权，结局可想而知，大明数十万将士在错误的军事决策下，于土木堡一役全军覆没。敌军趁明朝兵力空虚之际，先是俘虏朱祁镇作为要挟，而后挥师南下直逼京师。在那千钧一发的危急关头，朝中群龙无首，皇宫内慌乱成一片，而敌军则凶相毕露，将锐利的锋芒直逼大明帝国的心脏。群臣乱作一团，无人敢主动出击，有的叫嚷投降，有的主张南迁，仿若要重蹈南宋的覆辙；就在此时，一个坚定有力的声音清晰地传来："主张南迁者，该杀！"

发声之人正是于谦。他不仅敢于在这混乱无主之际勇敢且毅然地挺身而出，更能以实际行动证明，自己绝非如王振那般只会虚张声势而无所作为之人。当时，敌军已兵临城下，甚至以朱祁镇相威胁，而朝中彼时连一支像样的军队都难以拼凑。在如此不利的局势下，于谦先是当机立断拥立新帝即位，斩断敌军以人质要挟的念想，而后将仅存的兵力分散给诸位武将，分别驻守不同城门，而他自己则傲然挺立在最难防守的城门之上。在他坚定信念的鼓舞之下，士兵们个个以一当十，最终缔造了一个保住大明江山的奇迹。

他的精神跨越悠悠千古历史长河，穿透层层书卷文字，深深震撼并感动了我。我终于领悟到，当一个人下定决心去做好一件事时，所能创造出的是何等惊人的奇迹！于是，自此以后，那些原本因自认为无力做到而放弃的事情，皆成为我砥砺前行的垫脚石。于谦那伟岸的背影仿若一道亮光，在我耳畔轻声低语："只要想，就去做，就会赢。"

青春需要诗

西安交通大学附属中学浐灞右岸学校　史宇轩

“一日有一日之黎明，一稘有一稘之黎明，个人有个人之青春，国家有国家之青春。”诚如李大钊于《〈晨钟〉之使命》中所言，青春乃是朝气蓬勃的时光。青春是“春风得意马蹄疾，一日看尽长安花”的少年意气；青春是“千帆过尽终不悔，万舸争流我自强”的坚定不移。

青春需有诗，诗象征着远方。“读万卷书，行万里路”，故而青春理应憧憬远方。看西安城墙下的车水马龙，仿若梦回盛世大唐；看黄河悠悠流淌，引领我步入华夏文明的起始之地；看敦煌先人们在彩陶上精心描绘图样，将我引入文化的深邃长廊。多观世界，青春方能不迷茫。

青春需有诗，诗意味着努力。努力之意义在于竭力将命运掌控于己手，在于邂逅心仪之人与事时，除一腔赤诚真心外，尚有可堪示人的资本；在于赋予我们抗衡外界不可控因素的力量与底气。

青春需有诗，诗蕴含着坚持。“泰山不让土壤，故能成其大；河海不择细流，故能成其深。”唯有坚持，方能铸就青春辉煌。恰似当年史泰龙历经1349次遭拒后方获成功；宛如当年爱迪生经历一千多次失败才成功研制出电灯；犹如当年凡尔纳初稿遭拒15次才成就现今人类社会弥足珍贵的精神财富。

青春需有诗，诗承载着梦想。唯有追逐梦想，炽热的青春才不会虚掷，一旦青春缺失梦想，我们便会庸碌无为，错失人生中最为珍贵的华年。奋力追寻梦想吧！只要我们具备追寻梦想的信念，实现梦想的勇气，坚定不移的意志，便能在青春的画卷之上，留下绚丽夺目的浓重一笔。

当青春与诗邂逅，人生方有追求奋斗之目标；当青春与诗相逢，人生才算完整，我们亦不会因碌碌无为而给青春留下憾事。

诗韵悠扬的青春，永远是人生中最为璀璨夺目的时刻！

（指导老师　张晓燕）

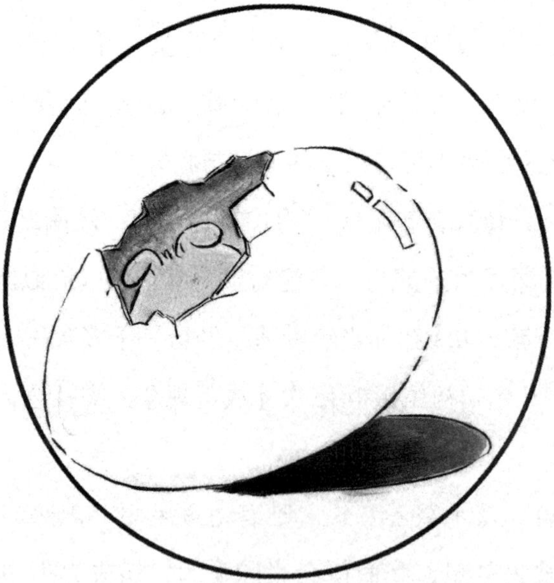

以“为”为志，与“为”同行

陕西省西安市国际港务区铁一中陆港学校　胡家郡

“当今时代，中国青年一代的面貌是怎样的？”这一问题最近登上了某榜的热搜，有人晒出了桂海潮教授仰望星空的照片，有人晒出教室里一群学生奋笔疾书的照片，并配文“这些都是中国的有为少年啊”。底下的一则评论则引发了热烈关注，评论是这样的：“你说的‘有为’的为是静态的为，还是动态的为呢？”各式各样的回复层出不穷，但我认为不论是静态的为，还是动态的为，都对我们当代中国青少年有着重要的作用。

以“为”为志，燃时代火炬。静态的“为”是理想，是志向。汉代的刘秀谈及志向的时候曾说过“有志者事竟成”，而光有志向是不够的，这志向必须是坚定的，只有对志向有“犹处孟津之河，要与日月为邻”的态度，方可远航。纵观古今，无论是卧薪尝胆的勾践，为中华之崛起而读书的周恩来总理，还是奥运健儿巩立姣，他们都怀着最坚定且远大的理想和志向。而最终，勾践勾勒出了“百二秦关终属楚，三千越甲可吞吴”的传奇；周恩来总理则成为人民领袖之一，他和那些老一辈无产阶级先辈们带领老百姓建立了新中国；巩立姣也终获世界冠军，实现理想。而正处于百年之未有之大变局的我们，立于华夏，在同国家一起勇往直前的征途中，又该立下怎样的志向呢？聆听历史，展望未来，我们坚定地回答：“为天地立心，为生民立命，为往圣继绝学，为万世开太平！”这呼声可撼天震地，可揽九天星河。以“为”为志，我们与国同行，与时代共舞。

与“为”同行，筑通天之路。动态的“为”是奋斗，道阻且长，行则将至，行而不辍，未来可期。从最美翻译官张京，到“石墨烯驾驭者”曹原，再到寻根文学作家韩少功，他们都是通过不懈的奋斗和努力才能站在我们大家面前，被我们耳熟能详。张京，姣好的面容下藏的是深厚的功底，这功底是夜以继日不断地练习；曹原，在选择钻研石墨烯后，以奋斗之姿，行科研之路，在出国留学之际，在海外打响了中国青年科学家的名字；作为老一辈的韩少功则是年轻时在湖南插队，一待就是六年，奋斗是他对抗命运最好的武器，因此才有了《马桥词典》里的马桥。而作为我们，志存高远，脚踏实地，则是我们的通天之路，与“为”同行，书写人生华章。

作为中国青少年，我们应以“为”为志，与“为”同行，不惧历程中的落寞与孤独，踏过重重荆棘，毅然彰显此生之壮志，心间涌万千浩渺，揽一世之辉煌盛景。

（指导老师　陈婷）

深耕

北京师范大学天津附属中学　刘恩旭

人生海海，世事纷繁，在人生的道路上，我们总是在追求成功。

渴望收获，可真正的成功并非一蹴而就，它需要我们付出百分之百的努力，逃出利害得失的樊笼，去深耕，去奋斗。

深耕的字面意思，就是在一块田地播种之前，要先犁地，把田地深层的土壤翻上来，浅层的土壤覆下去。深耕在土壤耕作中很重要，就像我们的成长过程同样是不可或缺的重要，它可以使我们更加顽强，更加坚韧。那么，如何深耕呢？

笃行致远，坚定信念。取得成功不仅需要克服困难的勇气，更要有步步前行的坚定。岳飞坚定信念，无论严寒酷暑都苦练功夫，在种种困难中杀出重围，最终练成了“岳家枪”这一绝技，上阵杀敌，报效祖国，成为一代名将；任小萍的英语基础薄弱，但她坚定信念，经过了无数个日夜的苦读，跨过了一个又一个坎坷，最终成就了深厚的语言功底，为我国的外交事业做出了杰出贡献，大放异彩。信念驱散了前方的迷雾，让我们走在深耕道路上的步伐愈发坚定。

韬光养晦，厚积薄发。成功需要岁月的沉淀和时间的积累。“冰冻三尺，非一日之寒，长江万丈，非一川之功。”且看曹雪芹用近10年完成的《红楼梦》，写尽“满纸荒唐言，一把辛酸泪”。数次雕琢才成就中国古代小说的巅峰之作。司马迁不畏世俗的眼光，忍辱负重，花费了14年才完成了《史记》，这篇记载黄帝到汉武帝时期长达3000多年历史的著作。司马光历时19年写出的《资治通鉴》，是中国历史上第一部编年体通史。“鉴前世之兴衰，考当今之得失。”它不仅记载了历史，更记载了政治史。在耕耘中汲取力量，提升自我，而时间，正是我们最好的催化剂。只有经过时间的沉淀，有了足够多的积累，从量变到质变，我们才会真正地深耕。

不问名利纷争，不管世事烦扰。在当代“快餐式生活”中，人们常常不计手段只追求最终的结果。马龙从大满贯到全满贯，既是少年成名，也是大器晚成，“六边形战士”称号的背后，他熬过的是如坠深渊的痛苦，付出的是朝乾夕惕地努力，是无怨无悔地把青春奉献给自己的热爱。作为新时代的中国青少年，我们要不忘初心，坚定理想信念，厚积薄发，淡泊名利的勤劳耕耘。待到那硕果累累之日，我们可施展才华报效祖国之时，可谓是常年深耕的真实写照。

（作者系天津市南开区作家协会会员　指导老师　尤朝华）

以执着为尺，以舍弃为规

西安市铁一中学　刘佩琦

春秋迭易，四季轮转，时光如白驹过隙；世事沉浮，白云苍狗，风云变幻莫测。人生茫茫，未免要迎面选择，是在困难面前执着奋进，踔厉奋发；抑或是适度舍弃，见机行事。只有于时代之洪流中，以此为尺规，方能行稳致远，赓续人生。

执着是舍弃的前提，并非钻牛角尖，不得变通。科学家屠呦呦，经过几十年的研究与探索，终得成果。青蒿素美妙的化学式是团队的智慧结晶，对抗疟疾的成效是中华医药学的文化瑰宝。正是其对拯救生命的承诺的坚守，才会得到救命的良药。“种树老人”班都，常年居住在巴丹吉林的沙漠边缘。方圆20里内荒无人烟，河道断流，胡杨枯萎，可他放弃了子女提供的舒适的城镇生活条件，几十年如一日般挖渠引水，灌溉土地。沙土无情，生命有灵。这片曾干涸的土地，如今也布满了这位老人亲手栽下的翠绿。这是他的坚守，是他在舍弃世俗，执着劳作下的成果，更是实现人生价值的心路历程！

舍弃是执着的途径，并非妥协让步，软弱逃避。东晋陶渊明人生遭遇曲折不堪，在腐朽黑暗的官场中受困半生，晚年终得回乡，从此隐居。当又回到淳朴美好的乡里，卸下禁锢已久的精神桎梏，他才能吟出“羁鸟恋旧林，池鱼思故渊”的自由。五柳先生舍弃了在官场的机会，最终能成为流传千古的田园诗人。中国原子弹之父邓稼先，放弃美国所提供的丰厚薪金与研究环境，不顾对方刻意的阻隔，毅然回国，决心制造中国的原子弹。1964

年，当巨大的蘑菇云绽开在罗布泊的上空时，他知道，这是舍弃的结果，是他舍弃钱财，为国效力的成就，更是他爱国拳拳赤子之心的精神外显！

执着与舍弃互相参照，互相促进，才能实现人生价值的最大化。青少年应当坚定信念，执着己见，以奋斗之心，时代之魂，坚定人生理想，达到生命之巅；青少年应当懂得改变，舍弃身外，以变通之法，抉择之道，发掘生命潜力，实现美好未来。只有将个人的坚守与放弃融入人生道路上，方能功成名就，梦想成真。

简媜曾说："四月的天空如果不肯裂帛，五月的袷衣如何起头？"历史长河奔涌向前，时代号角催人奋进，广大青少年只有学会用执着与舍弃规划自己的人生，书写人生价值，才能为中华民族伟大复兴奋斗终身。

岁月因青春慨然以赴而更加美好，世间因少年挺身而出而更加瑰丽。新时代青少年当以执着为尺，以舍弃为规，以奋斗精神浸润华夏风骨，以追求卓越成就时代风范，定将雪泥鸿爪，功不唐捐！

（指导老师　何占所）

正值青春，应不负韶华

天津市伯苓高级中学　王凯蒂

景色，四季都有。郁达夫眷恋的秋日故都，朱自清沉浸的夏日荷塘，史铁生驻留的四季地坛。这些景色，让人在自然中感悟，从而得到心灵的滋养，使心灵更加丰富。

桃花终在春天开放，小河终将流入大海。我家乡的一条河上，也有一座桥，听外婆说那本来是一座独木桥，经过不断的修整，成了如今的石桥。河两岸有许多树，但数桂花最多。晚上，坐在树下感受自然美景，听蝉鸣，赏星，疲惫的心灵终得释放，“诵明月之诗，歌窈窕之章”是最好的写照。在树下，翻开书页，那些苦涩乏味的文字也将变得有趣起来。

冬日，河面结冰，冰下却是温暖的。正如书本，表面看是一层意思，但深里却有不同的内涵，看事物不能只看表面，更应该透过表层看本质。到了春天，冰面融化，那“死”了一个冬天的水，又活了起来，“问渠那得清如许？惟有源头活水来。”我追寻着河的尽头，走了很久很久，从上午到黑夜，依然没有尽头。我曾问过外婆，这河的尽头是哪里，外婆笑着告诉我，可能是大海吧！我怔了一下，是啊，正是这千万条小河，将中华民族围绕起来。追溯时光，这河可能看到了革命先辈的以身报国，可能经历了我中华民族的历史，承载着中华上下五千年悠久的历史，正如我中华民族的文化源远流长经久不息。

这条河经历了冬天的结冰在春天却又活了起来，这条小河的前面或是石头挡住去路，经一次一次的冲刷又成功跨越。正如我们青少年，应不畏艰难，在一次又一次失败中冲刷自己，成就更好的自己。这条河在自己的旅途中源源不断地流着，而我们也该踏上自己的征途，追寻属于自己的万里星空。

“有青春之国家，斯有白首之国家。”一代人有一代人的责任与挑战。吾辈正当青春，自当与友人携手奋进，拼搏出属于自己的海阔天空。于阅读中求知，于忠义者为友，为往圣继绝学，为万世开太平。

以有为之姿，行大为目标

西安市铁一中学　王照坤

“为”是小目标，也是大梦想；“为”也是去行动，去打拼。以“为”为始，方有目标、有方向；向“为”前行，更有决心、有力量。唯立“为”之梦想，以有为之姿，方能至“大为”目标。

人生漫漫，梦想为伴，立身尘埃，抬望星辰。少年有梦，壮志在胸。观之古，“飞天”之梦未曾断绝：鲁班用鹊，窥探苍穹一隅；屈原用《天问》，诉说上下未形，何由考之；万户用火箭，点燃飞天梦想。视之今，无数航天人秉持“飞天”梦想，戈壁滩上苦中作乐，风沙之间傲然挺立，数十年如一日，终一跃而起、直上九霄：耿耿星河，迎来东方破晓，高歌云霄；皎皎明月，嫦娥揽月蟾宫，畅游仙境；漫漫天路，祝融乘风探火，光耀星辰；作作生芒，天宫巡空万里，一朝梦圆。因为梦想，严寒酷暑毫不惧；因为梦想，遥遥星辰终不远；因为梦想，千年奋斗耕不辍。正是立下“为”之梦想，而后才有目标、有方向，奋斗不息而终不悔。

世事纷扰，梦想为屏，摒弃喧嚣，岁月静好。少年有梦，行稳致远。“敦煌苦，孤灯草茹伴长夜。”黄沙漫漫无人迹，枯草败根诉旱炎，“敦煌女儿”樊锦诗义无反顾扎根大漠，将毕生奉献于敦煌壁画的保护与修复，是那兀兀穷年的坚持，实现敦煌涅槃的梦想。田野炙，禾下乘凉梦不改。“杂交水稻之父”袁隆平扎根田野，在田间地头埋下了自己的光辉岁月，滋润稻粱结出了硕大的果实，是那焚膏继晷的奋斗，让“众生皆得饱”成为现实。边陲远，祖国河山伴孤身。孤岛荒僻唯浪打，大漠高寒唯风吹。“祖国的长城”戍边卫士扎根于祖国边疆，四季坚守、风雨不动，守卫着祖国的安全，是那夜以继日的坚守，保卫国家的安宁。他们心怀梦想，而正是他们为梦想的不懈奋斗，引领他们迈向梦想的成功。正是向“为”之梦想踔厉奋发、砥砺前行，勇立潮头，背负山河，方能成就“大为”目标。

山河有恙，梦想如阳，日出东方，其道大光。少年有梦，与国齐翔！今日之时代，青少年当有凌云志，万里长空竞风流，直入白云深处，浩气展虹霓。需“扶摇直上九万里”之宏志，需“学业攻炉冶，炼尽三山铁”之奋斗，而后才能至中华民族伟大复兴之大为目标。正是因为我们每一个人都在行走，才有了中国的踏大步前行，只有我们每个人付出行动，才能够实现中华民族伟大复兴梦。

“现实是此岸，理想是彼岸，中间隔着湍急的河流，行动则是架在河流上的桥梁。”勇立潮头，无惧浪打，中游击水，不至彼岸岂言弃？复兴使命当前，吾辈定当笃行而有志，疾行而不息，展我泱泱华夏之雄风。立“为”之梦想，行有为之姿，扶摇直上，“大为”目标岂难至？

（指导老师　阮荟）

大道为者，为庇苍生

陕西省西安湖滨中学　叶奕航

遥望中原，荒烟外，许多城郭。四十三年，犹记得，扬州烽火连天，黄鹤楼前，爱国名将抒发满腔悲愤；北固亭上，壮志词人感叹巍巍山河。溯入时间的长河，古往今来，英雄壮士数不胜数。如北辰南星，永远留在历史的夜幕中，熠熠发光。青史留名的他们上卫京畿，匡扶社稷，下救黔首，斩消民忧。流芳千古的他们，以笔代戎，又投笔从戎，用一椽巨笔、用三尺利剑保家卫国，忧国忧民，书写出一首首气壮山河的豪迈篇章。

大道者，御国保民之真理，国泰民安之正道也。中华上下五千年，大道道义相通，而又在历史的演化中各有不同。“天不生仲尼，万古如长夜”，先是在先秦前所派生出的君子的行为准则，后融入孔子思想中的“仁、义、礼、智、信”，再历经各朝修改，加入朱子理学思想，为我们今人在建设中国特色社会主义现代化强国留下了一笔不可估量的中华优秀传统文化的遗产。所以，行于大道者，沐浴着数千年的人文精华，吸收着众生荟萃，必能剑锋所向，无坚不摧，所向披靡！

一、老当益壮，犹记稼轩挑灯看剑

“醉里挑灯看剑，梦回吹角连营……”辛弃疾在写下这首词时，已至暮年，但他一生忠义，建功无数。虽壮志难酬，但他的词中却洋溢着积极向上的精神。“把吴钩看了，栏杆拍遍。”虽有愁绪，但他那颗炽热的报国之心却始终不灭。他从大道中不断汲取精神力量，悲英雄、怜苍生、念国家。

二、不畏强权，群情激愤，国人共燃爱国激情

1919年1月，当北洋政府在巴黎和会上失败的消息传回国内后，北京学生群情激愤，爱国团体纷纷通电抗议，要求北洋政府坚持国家主权完整。然而，北洋政府却派军警大肆逮捕爱国学生，这更加激怒了全国人民。一场席卷全国的学生罢课、工人罢工运动随之爆发。最终，北洋政府迫于压力释放了被捕学生。这场毫不妥协的反帝反封建爱国运动取得了局部胜利。北京学生立于大道的行为竟能引发全国人民的支持与声援，就充分体现了大道之为的正义性——为了苍生。

三、大道之行，信念与担当铸就精神力量

在历史长河中，无数先辈行于大道之上，为了苍生不惜牺牲一切。毛泽东、周恩来等伟大的老一辈无产阶级革命家在国家危难之际挺身而出，成功将中国人民从水深火热中解救出来，推翻了黑暗的旧社会。"铁人"王进喜等石油工人，用青春和热血谱写了奉献的赞歌，将自己的一切献给了国家和民族，用身体搅拌水泥来制止井喷……他们的事迹告诉我们：行于大道者，必因信念和担当而获得无穷的精神力量。

作为新时代的青少年，我们也应立足于大道之上，信仰并认同马克思主义，爱党、爱国、爱人民。在这最美的青春年华里，我们要不负韶华，为了自己的理想而努力拼搏、顽强奋斗。让我们携手并进，共同书写属于新时代的壮丽篇章！

可爱的人

天津市第二十五中学　张凯然

何为“可爱的人”？——值得爱的人。不论是教书育人的老师，还是救死扶伤的医生，抑或是美化城市的园林工、环卫工、市政工人，他们都是“可爱的人”。可在我心中，那些为保卫国家安宁和人民幸福而不怕流血牺牲的中国军人，才是最可爱的人。

1937年7月7日，日本鬼子在卢沟桥发起“七七事变”，企图三个月灭亡中国。中国军民浴血奋战，打败了侵略者。抗日战争的伟大胜利，无疑是中国军人们用血肉之躯拼杀出来的，是他们用赤热的鲜血为华夏大地唤起崭新的、响亮的脉搏。

中华人民共和国成立后，美帝国主义开始躁动不安。1950年，美国做出武装干涉朝鲜内战的挑衅，破坏世界和平，面对“武装到牙齿”的美国人，毛泽东主席下令抗美援朝。中国人民志愿军以英勇顽强的斗志和不怕牺牲的精神令美军心惊胆寒：怎能忘记，杨根思抱起炸弹包冲入敌群，与40多个敌人同归于尽；万分敬佩，邱少云潜伏在美军阵地前沿的草丛中，不料打来一颗燃烧弹火光四起，为了避免暴露目标，任凭火势蔓延全身熊熊燃烧；脱帽致敬，黄继光在战友因被敌人火力压制而无法推进时，冒着枪林弹雨、果敢机智地冲向敌人的碉堡，用自己的躯体堵住枪口……如果没有这些泰山压顶不弯腰、顶天立地可爱的人，又怎会有中华民族灿烂辉煌的今天？

放眼环球的世界舞台，中国维和部队以其英勇顽强、恪尽职守的工作精神和严谨的生活作风，在国际舞台上充分展现了中国军人的风采，获得了联合国、驻扎国政府和人民的一致好评。作为一支作风勇猛、战斗力强、富有牺牲精神和正义感的威武之师、文明之师、和平之师，中国“蓝盔部队”名扬海外；中国军人令行禁止，勇往直前；一不怕苦，二不怕死；召之即来、来之能战、战之必胜的优良品格，享誉世界！

身为新时代青少年，我们永远尊敬、爱戴中国军人，做时代的弄潮儿，接过前辈的接力棒，为中华民族巍峨屹立于世界民族之林，争做新时代可爱的人！

（作者系天津市南开小作家写作班学员　指导老师　尤朝华）

人生的追求

陕西省西安港务区铁一中陆港中学　赵奕翔

贾府庭院亭匾的名字，三个名字都无比玄妙。“翼然”二字出自欧阳修《醉翁亭记》，将亭子的形态体现得无比传神；“泻玉”二字在“传神”基础上结合了亭下的水，更有动感；而“沁芳”二字则是独创，更具文字张力，既合于当前景物，又隐含元妃省亲的恩泽之意。

在生活之中做事也如同给亭子起名，可借鉴、可升华、更需独创。

我们可以学习前辈的方法去做事，他们的经验是一次次做事总结沉淀下来的。按照他们的方法，结合他们的经验，可以帮助我们快速地学习上手某件事，也可以避免我们绕弯路，花较少的时间就可以掌握一件事将它做得很好。

就如同我们上学一样，老师们将他们的经验教给我们让我们可以更好地学习，让我们更容易地记住知识点拿到高分。包括课本上的一个个知识点也是前人的经验所得。他们花了一生研究出的成果，我们可能花几个小时便能掌握运用。这就是继承前人的智慧经验，也是学习的珍贵之处。包括阅读在内，当我们花几天时间去阅读一本好书所感悟到的思想，可能是作者几十年经历的感悟。这也就是为什么我们作为接班人要学习的根本原因。只有学习才能避免走弯路，才能快速学会去做一些前人能做的事，这也是一个继承的过程。包括一些传统的手艺之所以珍贵，就是因为其中蕴含着数百年的经验。只有我们学习到了这些智慧经验，才能更好地守护下去，让一代代人都可以领略到前人的智慧，学习到前人的经验。

继承前人的智慧、经验的同时，首先我们也要学会一些升华。例如，当我们写作时最重要的是自己的想法和感悟，其次我们可以借鉴一些作家处理文字的方法。甚至我们可以去阅读一些书籍借鉴作者的思维方式，然后再结合自己的观点去写作。其中，无论是前人处理文字的方法还是对待一些事物的思维方式，对我们来说都是有帮助的。

但最关键的还是我们自己的思想，前人是独立的个体我们也是，在学习的同时不要忽视了自我价值。试想一下，在我们后面也会有无数的后来者，如果大家都不发掘自己的创造力，都忽视自身的能力，那人类也只能原地踏步。借鉴的过程便是在前人的助力下找寻创新的感觉，发掘自身的能力和特点，也是一个让我们尝试走出前人庇护的过程。同样在面对一些困难和挑战时，我们也可以借鉴前人对待问题的方法，从而战胜更多的困难。想要发扬前人的智慧，就要不断地丰富它，不断地加入我们自己的理解。

最后也是人类进步的源泉，就是创新。到了这一步，我们就已经完全脱离了前人在实际经验上的庇护，在所有实际的方面已经没有任何助力了，只有靠我们自己去发掘创造。但也并非完全脱离，前人的精神和奠定的基础，算是对我们最后的帮助。我们先前做的一切就是为了让我们走到这一步，也就是完全脱离前人的经验，为我们的后来者留下些什么。

以上的继承、借鉴、创新并没有优劣之分，我们可以用一生去守护前人的智慧经验，让我们的后来者能更好地接受来自前人的馈赠。我们也可以借鉴人的智慧去创造属于我们的价值，去发扬前人的智慧。同样我们也可以在前人的基础上，去创造一些新的东西，让人类不断地前进下去。“翼然”“泻玉”“沁芳”，各有各的韵味，各有各的美。

（指导老师　孙瑀锶）

以智慧浇花

西安市铁一中学　郑梓煊

视他人之疑目，如盏盏鬼火，手持利刃，却走在鼓瑟和鸣、鲜花盛开的路上。他为自己奏乐，将自己送上殿堂。庖丁，一个平凡却运用智慧创造了伟大的解牛者。

庖丁之智，不是烛之武般巧言救国之智，而是善刀而藏之智。

烛之武，一代救国之辩士，运用自己的武器拯救了天下黎民，扭转了危急存亡之秋。而庖丁的武器不似烛之武般可以救天下，但插于骨缝而不被磨损的薄刃成就了他繁花般的人生。族庖需月月更换一把刀，而庖丁却十九年不曾换，是选刀之智，更是人生选择之大智。是故人生的航线上有很多次选择，若不似庖丁般选一把好刀，则会如族庖般月月碰壁。也许好刀是成就人生的钥匙，那么善刀而藏则是润滑油，生命中总会有意外将你的大意变成终身的遗憾，只有保持谨慎、谦虚而藏刀，方能攀上这险峻之山巅。我们的工具不需大到救国，只需为自己人生修好枝叶即可。

庖丁之智，不是张良般察言观色的大智，而是解牛细剖之妙智。

运筹帷幄之张良，察项羽之言，观范增之色，为刘邦开创盛世之国。庖丁亦观其变，他观的是牛筋骨之交错，骨与骨间隙之微小，如何可以从杀牛之莽夫变为解牛之能士。他以神入牛，日日观察练习，使得其解牛时如鼓瑟般悦耳，如高山流水般悦人。是故专注于一事，便可做成一事，运用智化繁为简，寻找新的方法，也许会探寻到其中之妙处，成就人生的新高度，部署航线的新方向，解开枝叶之结梗。

庖丁之智，不是窦娥般乞上天降罚之智，而是日复一日之智。

庖丁与窦娥皆苦，窦娥苦于荆棘绕身，即使有泪可落，亦不是欢喜，皆为悲凉。而对于封建时期女性地位低下，她只能通过乞求上天降罚来重塑自己的善，讨伐恶与怨。而庖丁是日复一日地练习，在寂冷的月光下，摸索着牛的结构，探索着筋骨相连的奥秘。苦啊！日复一日的煎熬、百般寂寥下的坚持，不是他不会享受轻松的笨拙，而是他成就自己的智慧。只有真正智慧的人才会在黑暗中摸索寻找光明，而不是借助外力创造虚假的亮光。坚持是智慧的表现，只有坚持航行才能到达新的大陆，成就自己的繁花似锦。

庖丁之“繁花”以其智灌溉，是选择之妙智，是观察之细微，亦是坚持之无懈。繁花似锦甜如蜜，若想尝其味，必如庖丁般以其智取之，方能行云流水度此生。

（指导老师　杨冰农）

为目标，有所为

陕西省西安国际港务区铁一中陆港学校　周凌旭

人生如同航行在茫茫大海中的船只，若没有明确的目标，便会迷失方向，随波逐流；而仅有目标，却不付诸行动，有所作为，那目标也只是空中楼阁。故而，我们既要树立目标，更要为目标而有所为。

目标是人生的动力源泉。它让我们在迷茫时找到方向，在疲惫时重拾力量。一个清晰明确的目标，能够激发我们内心的潜能，促使我们不断努力奋斗。古往今来，无数仁人志士因怀揣着伟大的目标而成就了非凡的人生。孔子立志恢复周礼，推行仁政，虽历经艰难险阻，却周游列国，孜孜不倦地传播自己的思想，最终成为一代圣人；司马迁，他以著史为目标，虽遭受宫刑之辱，却忍辱负重，最终写成了被誉为“史家之绝唱，无韵之《离骚》”的《史记》；周恩来总理年少时便立下“为中华之崛起而读书”的宏伟目标，此后他为国家和人民奋斗终身，成为深受人民爱戴的领袖之一。正是因为这些伟大的人物心中有着坚定的目标，他们才能在困难和挫折面前不屈不挠，有所作为。

少年有梦，不应止于心动，更应付诸行动。“千里之行，始于足下”，再远大的目标，也需要我们脚踏实地，一步一个脚印地朝着目标前进。在这个过程中，可能会遇到各种困难和挑战，但这正是考验我们意志和能力的时候。我们不能畏惧困难，而要勇敢地去面对，去克服。居里夫人为了提炼镭元素，在极其简陋的实验室里，日复一日地进行着枯燥而艰苦的实验，凭借着坚定的信念和顽强的毅力，她最终获得了成功。正如王安石所言：“世之奇伟、瑰怪，非常之观，常在于险远，而人之所罕至焉，故非有志者不能至也。”他们用自己的实际行动诠释了什么是为目标而有所为。只有那些敢于挑战自我、坚持不懈的人，才能最终实现目标。

在为目标奋斗的过程中，我们还要懂得取舍。人生的道路上充满了各种诱惑和选择，如果我们什么都想抓住，那么往往会顾此失彼，最终一事无成。此外，我们还要学会在实现目标的过程中不断调整和完善自己。目标不是一成不变的，随着时间的推移和自身的成长，我们的目标可能也会发生变化。我们要保持敏锐的洞察力和反思能力，及时发现问题并进行调整。同时，我们也要不断学习和提升自己的能力，以适应目标的变化和挑战。

有风有雨是常态，风雨无阻是心态，风雨兼程是状态。无论前方道路多么崎岖，只要我们心怀信念，就能在路上长出铠甲，在困难中实现突围，在磨难中拔节成长。“有志者，事竟成”，让我们怀揣着目标，坚定地有所为，去书写属于我们自己的辉煌篇章吧！

（指导老师　李海方）

联创之歌，润泽祖孙

西安培华学院　郝泽玺

自古以来，选择自己与照搬他人永远是一个争论不休的问题，照搬他人，坐享成果或许会成功，然而在借鉴的基础上改进也会有意想不到的收获。

《红楼梦》中，“翼然”“泻玉”“沁芳”都有着不同的诗韵与雅致，三者各有所长，也各有其短。三个名字的由来，不由让人联想起百年前的中国……

百年前，列强肆无忌惮地瓜分中国，签订条约。此时出现了三种声音。

其一，照搬西方的技术，“师夷长技以制夷”。轰轰烈烈的洋务运动之后，换来的却是北洋舰队全军覆没，然其根本在于没有看到当时中国社会的本质，一味地根植于传统的经济模式，不舍弃与创新相违背的小农经济，而是邯郸学步地将洋人之皮毛安插在遍体鳞伤的社会当中。

接着，庚子赔款，甲午战争惨败，进一步打开了先进分子的视野，第二种声音随之出现。从今以后在九州大地上改革政体，效仿西方之民主，然诸公曰文化改良以期全盘西化，唯欧美马首是瞻，有甚者号召废弃汉字，欲断我华夏五千年之血脉而后快！辛亥革命没过多久，孙文先生建立的临时政府满目疮痍，民众皆迷茫不知所措。果实又被袁世凯所窃取，北洋政府的魔爪从此便挥舞在中国上空，民主政体依然没有承担起救国之责任，而后中国几百年前的“学生”，居然将矛头对准了老师，巍峨中华，在几次的辗转腾挪中，危在旦夕。

在俄国，学子们看到了希望，一面红色的旗帜便如雨后春笋般在九州大地上生根发芽。第三种声音就此出现。打破传统的民主道路，走社会主义道路！1921年，中国革命焕然一新，骤成燎原之势。

就此看来，照搬他人，绝不可取，而在自己的劣势并未改变的情况下，只改变表面的形象也只是自欺欺人。只能从内部改变自己，走自己的正确的道路。对经验的移用铸就了创新！中国百年来的不懈探索终于证明走社会主义道路是可行的，是坚持要走的。移用，有时会使事情变得事半功倍，例如曹操移用《诗经》中“青青子衿，悠悠我心”表达对贤才的渴望，运用前人的诗句，将自己的情感予以新的寄托，无疑是好的。如若在移用的基础上没有创新则会事倍功半。今日，抄袭歌曲屡见不鲜，听着莫名的熟悉，也让网友们不禁感叹中国当下的音乐界竟成了什么样子。

移用和创新二者相辅相成，缺一不可。在对前人的模仿之中，我们孕育了创新的萌芽。贾政以“泻”字寄托情感，是对其内心想法的最好写照。一味创新没有实践也不可取，在历史进程中，只有经得起考验的，才能在继承和创新共同作用下走出阳光大道！

中国共产党已用实践证明，运用前人以民为本的经验，加上创新后具有中国特色的道路，带领人民走上幸福生活的社会主义是正确的！新时代好青少年们，我们应该把继承优良，积极创新当作是我们的人生信条。接过时代的接力棒，让移用和创新造福我们，造福国家！

（指导老师　王玉玲）

星辰与齿轮——在机械与宇宙之间编织梦想

成都建筑材料工业设计研究院有限公司　张云烨

在我们的生活中，航空航天与机械工程悄然编织了一幅宏伟的图景，如同夜空中的星辰与地面上的齿轮，相互辉映。它们是人类智慧的结晶，是我们与自然对话的媒介，也是我们把握未来的工具。这两个领域虽看似迥异，却在现代社会中无缝地融合，共同推动着人类历史的车轮向前滚动。

每当我们望向星空，或是在工业的嘈杂中凝视那些精密运转的机械，都不难发现，这些技术的背后，隐藏着人类对美好未来的无尽追求。从古老的天文钟表到现代的航天飞机，从简单的轮子到复杂的机器人，每一次技术的进步都承载着人们的梦想和努力，每一个创新都是对未知的一次勇敢探索。

机械工程的精确无误与航空航天的宏大志向，在日常生活中悄无声息地交织着。你看，城市上空偶尔飞过的飞机，留下一串串白色的尾迹，那是航空工程师精心设计的成果。而你手中的手机、身边的汽车，无不体现了机械工程师对精确和效率的不懈追求。这些技术不仅仅改变了我们的生活方式，更深刻地影响了我们的世界观和自我认知。随着技术的发展，我们已能送航天器遨游太空，探索月球、火星乃至更远的星系，每一个成功的发射和着陆，都是对人类潜力的一次挑战和证明。这些探索不仅为我们带来了宇宙的知识，更让我们重新思考地球在广阔宇宙中的位置，以及我们作为地球居民的责任和使命。而在地球上，无人机在空中穿梭，监测农田，保护自然环境，这些机械的眼睛和耳朵帮助我们更好地管理和保护我们的环境。它们是机械工程与环保思想的结合，是技术应用于日常生活的实际例证。每一次飞行，无人机都在用它们独特的方式，提醒我们科技的力量与美。

在机械的精确与航天的浪漫中，我们见证了技术的伟力，并深切体会到了工程师与科学家心中的坚持与激情。他们以双手与智慧不断推进世界的极限，寻求技术与自然、梦想与现实之间的和谐共存。在这个充满无限可能的时代，我们的生活在机械与航空航天工程的浸润下被重新塑形，就如同细雨悄然滋养了干涸的土地，静默而深远。我们已不再是宇宙的单纯观察者，而是变成了能够触摸星辰的梦想家和创造者。卫星划过夜空的每一个轨迹，机器人在工作中的每一次精确运动，不仅彰显了技术的辉煌，也反映了我们对未知世界的无限向往。仰望繁星点点的夜空，我们可以想象，那每一点光芒都可能是遥远星系的生命跳动。这样的想象力，是科技赠予我们最宝贵的礼物。通过航空航天的突破，我们挑战地球引力，探索外层空间；而机械工程的精确则确保了我们探索的步伐坚实而准确。在这个过程中，科技不仅推动了我们物理的界限，更拓宽了我们的心灵和视野。

但科技的发展并非没有代价。环境的破坏、资源的消耗、伦理的挑战，这些都是随着科技进步而出现的问题。在这个信息爆炸的时代，我们更需要在创新的同时，寻求与自然和谐相处的方式，以确保科技的持续发展能够惠及未来的每一个世代。未来的科技画卷，深植于智能化与自动化的丰富土壤中，必将绽放出对人性的理解与对地球的关爱。在这幅星辰与齿轮编织的未来画卷中，我们所期待的科技不仅能解决世界的难题、连接广袤的宇宙，更能激发我们的思考，守护我们珍贵的地球家园。这种新兴的科学精神，洞察到人类福祉与地球健康的紧密联系，成为我们在探索无垠宇宙与维护地球生态平衡之间，不断前行的坚固桥梁。

在这星辰与齿轮编织的梦幻交响中，我们站在时代的浪潮之巅，探望未来的无限可能。技术不只“桥接”了人类与宇宙的深远对话，也重塑了我们对生命居所的责任与思考。如同精密机械和辽阔天际的和谐交融，每一项创新不仅推进了我们向外探索的步伐，也加深了对自我与世界的理解。然而，在技术的光辉之下，隐藏着对自然的深刻挑战。在追求进步的征途中，我们必须寻求与地球的和谐，保护那脆弱的生态平衡。这是一次诗意的旅程，我们的科技成就将不只是物理的突破，更是心灵与自然的共鸣。让我们在星辰的指引下，用齿轮的智慧，共同书写一个既能触及夜空之美，又能护佑地球家园的未来篇章！